KB173112

삼국지 4

신도(臣道)

삼국지 4
신도(臣道)

1판 1쇄 펴냄 2020년 2월 26일

원 작 나관중
편 저 요시카와 에이지
번 역 바른번역
출 간 하진석
출판사 코너스톤
주 소 서울시 마포구 독막로3길 51
전 화 02-518-3919
ISBN 979-11-87011-83-5 04830

* 이 책 내용의 전부나 일부를 이용하려면 반드시 저작권자와 코너스톤의 서면 동의를 받아야 합니다.
* 책값은 뒤표지에 있습니다.
* 잘못된 책은 구입하신 곳에서 바꾸어 드립니다.

삼국지

천하 패권을 다투는 영웅들

4

신도

차례

번뇌 공방전

1

망루 위에 모습을 드러낸 여포(呂布)는 시치미를 뚝 뗐다.

"날 부르는 자가 누구냐!"

사수(泗水) 강물을 사이에 두고 조조(曹操)의 목소리가 수면 위에서 메아리치며 들려왔다.

"그대를 부르는 사람은 적이지만 그대가 좋아하는 허도(許都)의 승상 조조다. 허나 우리 사이에 처음부터 무슨 원한이 있었겠는가. 난 그저 그대가 원술(袁術)과 혼인의 연을 맺는다는 말을 듣고 공격하러 왔을 뿐이다. 원술은 황제를 참칭하며 천하를 어지럽히는 역적이다. 온 세상이 다 아는 천하의 적이란 말이다."

"…."

여포는 침묵했다.

강물 위를 불어오는 하얀 바람, 고요하고 쓸쓸히 울어대는 갈대, 하늘하늘 펄럭이는 양쪽 진영의 깃발까지…. 그사이에는 화살 그림자 하나 날지 않았다.

"난 믿는다. 그대가 옳고 그름을 분간하지 못할 만큼 어리석은 장군이 아니라는 걸…. 지금이라도 과(戈)를 내려놓고 이 조조를 따른다면 내 목숨을 걸고 천자에게 주청하여 그대의 봉토와 명예를 반드시 확보해주겠다."

"…."

"그렇지만 지금 사리에 어두워 그릇된 생각으로 항복하지 않아서 그대의 성곽을 허무하게 함락하는 날이면 때는 이미 늦다. 그대의 일족과 처자는 그 누구도 살아남지 못하리라. 그뿐 아니라 대대로 그 오명은 사수 강물 위를 흐를 것이다. 현명하게 판단해라."

꿈쩍도 하지 않으며 잠자코 듣던 여포가 갑자기 손을 번쩍 들어 올리는 게 아닌가.

"승상, 승상! 잠시간 유예를 주시오. 성안의 부하들과 의논한 뒤 사자를 보내 항복하겠소."

근처에 있던 진궁(陳宮)이 생각지도 못한 여포의 대답을 듣고 적이 놀라서 뛰어 올라갔다.

"무, 무슨 바보 같은 말씀이십니까!"

진궁이 주군의 말을 가로막으며 불쑥 옆에서 큰 소리로 조조에게 외쳤다.

"조조 이 도적놈아! 네놈은 젊어서부터 잘도 입으로 남을 속여왔지만, 이 진궁이 있는 한 내 주군만큼은 속일 수 없다. 찬바람 속에 얼굴을 내밀고 쓸데없이 혀를 놀리지 마라! 어서 썩 물러가라!"

진궁의 말이 끝나자마자, 그 손에 팽팽하게 메긴 활이 휙 하고 활시위를 떠나더니 조조 투구 차양에 맞고 부러져버렸다.

그 순간 조조가 눈을 크게 부라렸다.

"진궁! 잊지 마라! 맹세코 네놈의 목을 내 흙발로 짓이겨 오늘 일에 보답하마!"

그러더니 좌우에 정렬한 20기를 향해 당장 총공격하라고 준열하게 명했다.

망루 위에서 여포가 당황하며 말을 건넸다.

"기다려주시오, 조 승상! 지금 그 말은 진궁 혼자만의 생각이고 내 마음은 그렇지 않소. 내 반드시 의논한 다음, 성에서 나가 기꺼이 항복하겠소. 기다려주시오."

진궁은 활을 내던지고 거의 싸우다시피 진언했다.

"이제 와 무슨 약한 말씀이십니까! 조조라는 인간을 잘 아시지 않습니까? 지금 조조의 감언이설에 속아 넘어가 항복한다면 두 번 다시 목이 붙어 있을 순 없을 겁니다."

"닥쳐라! 시끄럽단 말이다! 네 혼자 생각으로 무슨 소릴 지껄이는 게냐!"

여포도 기를 쓰고 달려들더니 급기야는 칼을 빼 들고 진궁을 처벌하겠다며 서슬이 퍼렇게 덤벼들었다. 그것도 적의 눈에 보이는 망루 위에서였다. 그야말로 주군과 신하가 벌이는 싸움은 추태다. 고순(高順)과 장료(張遼)는 더 두고 볼 수가 없어 두 사람을 억지로 떼어놓았다.

"제발 참으십시오. 진궁도 결코 자신을 위해서 주군의 뜻을 거스른 게 아닙니다. 오로지 충의를 나타냈을 뿐입니다. 원래 충성스러운 간언을 하는 무사입니다. 지금은 아군을 단 한 명이라도 잃어 좋을 게 없습니다."

여포도 겨우 잔뜩 취한 술이 깨는 듯 어깨를 들썩이며 숨을 몰아 내쉬더니 저자세로 나왔다.

"용서해라, 진궁. 조금 전 일은 장난이었다. 그보다 무슨 좋은 계책이 있으면 주저 없이 말해보거라."

2

여포에겐 정나미가 다 떨어진 진궁이었지만, 그래도 주군이다. 그 주군이 머리를 숙여 자기 기분을 맞춰주려 하는 모습을 보니, 진궁은 또다시 충언을 간하는 신하가 되어 분골쇄신할 수밖에 없다는 생각이 들었다.

"좋은 계책이 없지는 않습니다만…."

진궁도 정중한 태도로 답했다.

"단지 이 계책을 쓸지 안 쓸지가 관건입니다. 지금 쓸 수 있는 계책은 '기각지계(掎角之計)'뿐입니다. 장군은 정병과 함께 성 밖으로 나가시고 전 성안에 남아서 호흡을 맞추어, 조조가 머리와 꼬리 양쪽을 막도록 몰아세우는 전략입니다."

"그게 기각지계라는 건가?"

"그렇습니다. 장군께서 성 밖으로 나가시면 반드시 조조의 머리가 되는 군사들이 장군에게 몰릴 것입니다. 그때 제가 바로 성안에서 꼬리를 치는 겁니다. 그러고 나서 조조가 다시 성

쪽으로 달려오면 장군도 방향을 틀어 그 후방을 위협하는 것입니다. 이렇게 기각 진형으로 적을 몰아넣은 다음 전멸시키는 계략입니다."

"좋은 계략이다. 손자(孫子)도 무색해질 계략이구나."

여포는 곧바로 전의에 불타올라 그 자리에서 바로 성 밖으로 나갈 준비를 서두르라고 명했다. 산야로 나가면 추위가 한층 심할 거라는 생각에 장병들은 전포(戰袍) 밑에 솜옷을 두껍게 껴입었다. 여포도 방 안으로 들어가 아내 엄 씨에게 속옷과 모피로 만든 짧은 겉옷 등 눈과 얼음에 견딜 수 있는 옷을 준비하라고 시켰다.

엄 씨는 남편의 모습을 보더니 의심스러운 마음이 들었는지 여포를 붙잡고 이것저것 물었다.

"대체 어디로 나가시려는 겁니까?"

여포는 성을 나가서 싸우겠다는 결의를 말하며 서둘러 옷을 챙겨 입었다.

"진궁이라는 사내는 지혜와 모략이 담긴 주머니 같은 인간이오. 진궁이 알려준 기각지계를 쓴다면 반드시 승리할 것 같소."

그러자 엄 씨가 돌연 안색이 변하며 갑자기 하염없이 눈물을 흘리는 것이다.

"이곳을 남의 손에 맡기고 몸소 성 밖으로 나간다는 말씀이십니까?"

그러고는 더 집요하게 졸라댔다.

"당신은 여기 남아 있을 처자가 불쌍하지도 않습니까? 진궁이 내놓은 의견이라 하셨지만 진궁이 전에 어떤 사람이었나 생각해보십시오. 예전에 조조와 주종의 연을 맺고도 도중에 변심하여 조조를 버리고 도망친 자가 아닙니까? 하물며 당신은 조조만큼 진궁을 중히 여기지도 않잖습니까?"

"…."

아내가 진지하게 말하며 울면서 하소연하자 여포는 어쩔 줄을 몰랐다.

"그러니 진궁이 어찌 조조보다 당신에게 더 깊은 충의를 보이겠습니까? 진궁이 성을 맡고 나서 나중에 변심을 품을지 어찌 알 수 있겠습니까…. 그리되면 아이들과 전 또 언제 당신을 만날 수 있단 말입니까?"

줄줄이 애통한 마음을 늘어놓았다.

"바보같이…. 울지 마시오. 전쟁을 눈앞에 두고 눈물 바람이라니. 불길하오. 출전은 내일로 미루겠소, 내일로…."

여포는 껴입고 있던 모피 속옷을 도로 벗어버리고 아내에게 다가갔다.

"딸아이는 뭘 하오?"

여포는 아내와 함께 딸들이 기거하는 방으로 들어갔다.

날이 바뀌었지만, 여포는 일어설 기색도 없었다. 이틀이 지나고 사흘이 지나갔다.

결국 진궁이 얼굴을 내밀었다.

"장군, 하루라도 빨리 성을 나가서 대비하지 않으면 조조 대군의 세력이 시시각각으로 성 주변에서 힘을 뻗칠 것입니다."

"오, 진궁인가. 나도 그리 생각하지만, 역시 멀리 나가서 싸우기보단 성에 남아서 튼튼히 수비하는 편이 이로울 것 같다는 생각이….”

“아닙니다. 아직 늦지 않았습니다. 얼마 전 허도 쪽에서 어마어마한 군량을 조조 진지로 보냈다는 정보가 들어왔습니다. 장군이 군사를 이끌고 성 밖으로 나간다면 군량을 수송하는 길도 함께 차단할 수 있습니다. 바로 일석이조가 아닙니까? 적에게 치명적인 타격을 주리라는 건 자명한 일입니다.”

3

“뭐라? 조조 진영으로 도읍에서 군량이 속속 수송되는 중이란 말이냐. 음…, 그 길을 차단하라는 말이지. 좋다! 내일은 군사를 이끌고 성을 나가겠다.”

즉시 그 자리에서 마음을 정한 여포의 얼굴이 투지에 불타는 모습을 보고는 진궁도 안심했다.

“아무쪼록 이번 기회를 놓치지 마십시오.”

굳이 여러 말 하지 않고 물러났다.

그날 밤, 여포는 초선(貂蟬)이 기거하는 방으로 건너갔다. 가서 보니 초선이 휘장을 쳐놓고 엎드려 울고 있는 게 아닌가. 왜 그런가 하고 물으니 해당화가 비를 맞은 듯, 눈이 붉게 부어오른 채로 슬퍼하였다.

“이제 두 번 다시 이승에서 장군을 뵐 수 없다는 생각을 하니 울어도 울어도 눈물이 멎지 않습니다. 앞으로 누구를 의지하며 이 세상을 살아가야 하는지….”

"무슨 말을 하는 게냐. 난 건재하잖느냐? 성엔 아직 겨울을 날 군량도 있고 만 명이 넘는 정병도 있다."

"부인께 들었습니다. 장군께서 저희를 버리시고 성을 나간다고 말입니다."

"승리를 얻기 위해 나가 싸우는 것이지 나도 뭐가 좋아서 사지로 나가겠느냐?"

"하지만…, 하지만… 걱정이 앞섭니다. 성을 지킬 진궁과 고순은 평소 사이가 좋지 않으니 장군께서 성을 비우면 분명 적에게 허를 찔려 문제가 생길 것 같습니다."

"두 사람 사이가 그리 나쁜가?"

"특히 진궁이라는 사람은 속마음을 알 수 없다며 부인께서도 걱정하십니다. 장군, 따님이 사랑스럽지 않으십니까? 부인도 첩들도 가엽게 여겨주십시오."

초선은 여포 가슴에 눈물 젖은 얼굴을 바싹 갖다 대며 애교를 부렸다.

여포는 그 어깨를 톡톡 두드리며 억지로 크게 웃었다.

"아하하. 바보 같구나. 울지 마라. 그리 슬퍼하지 않아도 된다. 내 성을 나가지 않으마. 내게 방천화극과 적토마가 있는 한 천하의 그 누구도 이 여포를 정복할 수 없다. 안심해라, 안심."

초선의 등을 쓰다듬고는 침상에 누워 쉬면서 시녀에게 술을 따르게 하여 손수 초선의 입에 넣어 주었다.

이튿날이 밝아왔다. 이번엔 여포도 약간은 멋쩍은 생각이 들었는지 자기가 먼저 진궁을 불러 얼굴을 보면서 고민을 털어놓았다.

"내 다시 확인해보니 도읍에서 적의 진영으로 줄줄이 군량이 수송된다는 보고는 아무래도 거짓인 것 같다. 생각해보니 날 성 밖으로 어루꾀려고 조조가 부러 퍼뜨린 뜬소문이다. 그런 계책에 말린다면 큰 불찰이다. 해서 자중하기로 했으니 성을 나간다는 방침은 중지하겠다."

진궁은 여포 방에서 나와 분개하면서 긴 한숨을 쉬고는 힘없이 중얼거렸다.

"아…, 이젠 아무 말도 하지 않으리. 우리에겐 결국 몸을 묻을 땅도 없으리라."

그때부터 여포는 밤낮없이 주연에 빠져 휘장 안에서는 초선과 희희낙락대다가 가정으로 돌아가면 엄 씨와 딸에게 둘러싸여 지내면서 술이 깨면 지금 처한 상황을 불평해댔다.

"긴히 찾아뵙고 드릴 말씀이 있어서…."

어느 날, 집안사람 둘이 신하를 통해 허락을 얻고 찾아와 여포에게 절을 올렸다. 허사(許汜)와 왕해(王楷)다.

"무슨 일이냐?"

여포가 경계하는 듯한 얼굴로 물었다.

먼저 왕해가 운을 뗐다.

"제가 들은 바로는 회남의 원술은 여전히 세력이 커져간다고 합니다. 장군은 일전에 따님을 원술 아들과 연을 맺어 성대한 혼인식을 올리려고까지 하셨는데, 왜 지금 빨리 사자를 보내 원술에게 원조를 구하지 않으십니까? 혼약이 아직 파기된 것도 아니니 신들이 가서 차분히 상대를 설득한다면 너그러이 받아줄 것 같습니다."

4

"그렇군. 그 혼담도 아직 파하진 않았지…."

여포는 어둠 속에서 한 줄기 빛을 찾아낸 듯이 신음을 내며 두 사람에게 물었다.

"그대 둘이 자진해서 사자가 되어 회남으로 가겠단 말인가?"

"불초하지만 집안의 흥망이 걸린 대사니 제 한 목숨 걸고 다녀오겠습니다."

"기특하구나, 기특해. 잘 말해주었다. 그러면 원술에게 보낼 서신을 준비할 테니 회남으로 서둘러 가주게."

"잘 알겠습니다. 하비성은 이미 적들이 겹겹으로 포위한데다 회남으로 가는 통로에는 유현덕이 관문을 설치해 왕래를 엄중하게 감시한다고 합니다. 저희 사명을 위해 일군의 병사를 보내 포위망을 뚫어주시기를 바랍니다만…."

"좋다. 그렇잖으면 회남으로 갈 수가 없을 터."

여포는 바로 장료와 학맹(郝萌) 두 대장을 불러 각각 500여 기를 주고 명했다.

"두 사람을 회남 경계까지 호위하라."

"존명."

장료가 이끄는 500여 기가 앞에 서고 학맹은 뒤에서 수비하며 비룡(飛龍)의 형태를 만들어 성문을 열고 돌진했다. 물론 적진 한가운데를 가로지르는 일은 심야에만 실행했다. 감쪽같이 조조의 포위 전선을 넘어 이튿날 밤에는 현덕의 진(陣)도 빠져나갔다.

"성공이다!"

두 사자는 회남 경계를 벗어나자 환호성을 질렀다.

"허나 돌아올 때 위험도 남아 있으니…."

학맹이 이끄는 500기는 사자를 회남까지 수행했다.

장료는 부하 500기를 이끌고 원래 왔던 길로 돌아갔는데 이번엔 유현덕 진영이 친 경계선에서 한 무리의 병마에게 들키는 바람에 길을 차단당하고 말았다.

장료가 퍼뜩 적장의 얼굴을 보니 예전에 소패성을 공략했을 때 성 위에서 자신에게 정의로운 말을 전해주던 관우다. 그렇게 두 사람은 적이면서도 서로 예전 일을 되돌아보면서 활이나 극이 아닌 말로써 뜻을 전하며 이야기를 나누었던 것이다. 그 사이에 하비에서 고순과 후성(侯成)이 지휘하는 원군이 도우러 나와준 덕택에 장료는 위험한 상황에서 호랑이 굴을 빠져나와 무사히 성으로 돌아올 수 있었다.

그 후가 문제다. 회남에 도착해 원술을 알현한 뒤 여포의 서신을 전해준 허사와 왕해 두 사자가 돌아왔지만 생각했던 대로 일이 풀린 건 아니다. 원술을 만나고 온 결과는 우선 성공적이다. 두 사자가 외교적인 언변을 구사하며 애를 쓴 덕에 원술의 답변을 받아내기는 했다.

"여포는 하루가 멀다 하고 마음이 변하는 인간이니 서신만으로 신용할 수는 없다. 혹시 지금이라도 사랑하는 딸을 인질로 보낼 만큼의 열의를 보인다면 그 성의를 증표 삼아 짐도 병사를 일으켜 구하러 가겠다."

두 사자는 무척 기뻐하며 길을 재촉하였다.

이경(二更) 무렵 관문 근처를 내달려 빠져나오려는 순간이었다.

"한밤중에 서둘러 말을 타고 가다니, 누구 부대냐!"

장비 진영에서 눈치채는 바람에 순식간에 포위당하고 말았다. 장비의 군사들이 이 잡듯이 샅샅이 찾아내는 바람에 병사 500명은 모조리 토벌되었지만, 허사와 왕해 두 사람은 혼전이 한창인 어둠을 틈타 다행히 살아서 하비성까지 도망쳐 왔다.

5

그날 밤, 학맹을 생포한 장비는 포승줄을 쥐고 곧장 현덕의 병영으로 끌고 갔다.

"이놈은 당돌하게도 수비군 눈을 속이고 회남으로 다녀온 특사를 호송하던 대장입니다. 당장 두들겨 패서 문초하십시오."

현덕은 장비의 공을 치하하고 즉시 심문하였지만, 학맹은 쉽사리 이실직고하지 않았다.

답답해진 장비는 옆에 있던 사졸에게 큰 소리로 명했다.

"이놈을 당장 고문하라!"

사졸들은 가차 없이 학맹의 등에 채찍 100대를 내리쳤다. 빠져나갈 수 없다고 여겼던지 학맹이 비명을 질러대며 소리쳤다.

"유비 장군, 포박을 풀어주시오! 드릴 말씀이 있소."

학맹의 자백을 받아내자 현덕은 날이 밝은 후 그 내용을 서신에 써서 조조에게 알렸다. 조조가 보낸 답변은 예상대로다.

"즉시 학맹 목을 베라. 오가는 길은 더 엄중하게 감시하고, 여포와 여포의 사자가 회남으로 다녀가지 못하게 하라."

현덕은 여러 장수를 불러 거듭 당부했다.

"지금이야말로 우리 임무가 중요하다. 궁지에 몰렸으니 여포는 반드시 이곳을 지나갈 것이다. 이곳은 회남으로 통하는 길이니 생쥐 한 마리도 지나다니지 못하게 하라. 왕법에 사사로운 정은 없다. 임무를 게을리하는 자는 군법에 따라 반드시 엄벌에 처할 것이다."

"두말하면 잔소립니다."

장수들은 명을 받들어 이제부터는 밤이고 낮이고 갑옷을 벗지 않겠다며 입을 모았다.

그때 장비가 조심성 없이 말을 내뱉었다.

"조조는 우리가 학맹을 생포했는데도 아무런 은상도 안 내리는군. 엄중하게, 엄중하게, 이런 농담 같은 말만 하고, 칫."

장비의 말을 언뜻 들은 현덕이 호되게 꾸짖었다.

"수십만 대군을 통솔하는 조 승상이 군령을 말하면서 조금이라도 장난을 치실 리가 있겠느냐! 너야말로 쓸데없는 억측을 가볍게 입에 올리다니 필부의 근성이잖느냐. 쉽게 방심하거나 상대를 얕잡아봐서 천년에 남을 오명을 부르지 마라."

"예."

장비는 구레나룻을 쓰다듬으며 물러갔다. 하룻밤의 공로도 말 한마디에 물거품이 된 꼴이다.

한편, 하비성에서는 무슨 일이 벌어졌을까?

허사와 왕해 두 사자가 회남에 다녀온 결과를 보고하며 의견을 곁들였다.

"원술은 더더욱 의심스러워하며 순순히 저희 요구를 받아들이려는 기색이 없었습니다. 그래도 따님의 혼인 이야기엔 자식을 사랑하는 마음에 아직 미련이 남은 듯하니 원술의 요구대로 따님을 그쪽으로 보내야 할 것 같습니다. 그것도 사태가 위급하니 즉시 보내지 않으면 아무 의미가 없을 것입니다."

여포는 당혹한 표정을 지었다.

"딸을 보내는 건 좋지만, 이젠 성이 겹겹으로 포위되었을 터인데 무슨 수로 보낸단 말인가?"

"다른 사람도 아니고 온실 속에서 자란 귀한 따님이 아닙니까. 그러니 아무래도 장군께서 직접 데리고 가셔야 할 듯합니다만."

"딸아이는 내 목숨과도 같다. 전쟁터는 물론이고 세상의 차가운 바람도 맞힌 적이 없는 백옥 같은 아이이다. 좋다. 내가 직접 회남 경계까지 데리고 가겠다."

"오늘은 흉신(凶神)에 해당하는 좋지 않은 날이니 내일로 미루시는 게 좋겠습니다. 내일 밤, 술시(戌時)쯤에 출발하십시오."

"장료와 후성을 불러라."

여포도 마침내 결심을 굳혔다. 두 대장에게 3000여 기를 주어 군사들이 수레를 끌어 회남으로 데리고 가라는 분부를 내렸다. 그렇지만 그 수레엔 딸이 타고 있지 않았다. 적의 포위를 뚫고 나갈 때까지는 여포가 자기 등에 태우고 갔다. 아무것도 모르는 14살짜리 신부는 두툼한 솜옷과 화려한 비단옷에 감싸인 채 차가운 갑옷을 입은 아버지 등 뒤에 단단히 매여 있었다.

6

겨울밤에 뜬 달은 사수 강물을 교교히 거울처럼 비추었다. 얼음산과 눈 덮인 땅 그리고 바람까지 희디희다. 따가닥 따가닥 따가닥…. 병마들의 검은 그림자가 눈에 띄었다. 장료와 후성이 이끄는 3000여 기다. 한가운데에 여포가 숨어서 하비성을 나섰다.

"척후병, 아무 일도 없느냐?"

한 걸음 한 걸음, 살얼음판을 걷는 듯한 마음으로 행군했다. 척후병이 번갈아가며 먼저 달려가서 전방 상황을 보고했다.

"적의 보초병도 이 추위를 피해 어쩔 수 없이 어디론가 숨어버린 것처럼 조용합니다."

"하늘이 도우셨다."

여포는 냅다 말을 달렸다.

오늘의 여포를 있게 한 가장 큰 공로자 적토마다. 적토마는 한층 건재하여 오늘 밤도 여포를 자개로 장식한 안장 위에 태우고 힘차게 달려갔다. 일단 이 말 위에 올라타면 여포의 모습도 평소와 달리 위대해 보이는 게 신기했다. 영웅의 모습이랄까? 무적의 위풍당당한 모습을 사방에 떨쳤다.

위대해 보이는 여포도 자식이라면 끔찍이 여겼다. 여포같이 기괴한 호걸마저도 딸을 사랑하는 심정으로 3000여 기를 거느린들 적군 보초병 하나가 보내는 눈길조차 두려웠다. 온 천지가 눈으로 뒤덮인 땅 위로 기러기 한 마리가 날아가는 모습만 봐도 가슴이 철렁 내려앉았다.

"얘야, 무서워하지 마라."

몇 번이나 등 뒤를 향해 다독였다.

솜옷과 비단으로 칭칭 감싸인 백옥 같은 14살짜리 처녀는 아버지 등에 업혀서 성을 나설 때부터 이미 반쯤은 실신한 상태였다.

"앞으로 널 황후로 만들어줄 수춘성의 원술 가문으로 시집가는 것이다."

처녀의 어머니가 울면서 말해주었지만, 이것이 과연 신부가 밟지 않으면 안 될 길이란 말인가? 하얀 얼굴은 얼음장처럼 변했고 검은 속눈썹은 위아래 눈꺼풀을 봉해놓은 듯이 꽁꽁 얼어붙었다.

100여 리를 내달렸다. 다음 날도 계속 달리기만 하였다. 차가운 숲속에서 달은 무서울 정도로 선명했다. 그때 느닷없이 북소리와 징 소리가 울리면서 백야가 진동했다. 수천 마리 까마귀처럼 차가운 숲속을 사나운 기세로 가로지르며 달려오는 기병이 눈에 들어왔다.

"앗! 관우 부대다!"

장료가 고함을 지르며 여포를 뒤돌아보았다.

"조심하십시오!"

"그쪽입니다!"

말이 채 끝나기가 무섭게 앞쪽은 이미 눈이 연기처럼 흩날리는 게 아닌가.

휙! 화살이 바람처럼 날아와 몸을 스쳐 갑옷에 맞고 부러졌다. 여기저기서 고함과 신음이 울려 퍼졌다. 뿜어져 나온 피는

흰 눈에 검게 점점이 흩뿌려져 돋보였다.

"아! 무서워요…."

여포는 귓전에서 비단을 찢는 듯한 비명을 들었다. 등 뒤에 매달린 처녀는 아버지 몸에 손톱을 박을 듯이 꽉 매달렸다. 악! 하고 혼이라도 빠진 듯이 소리를 몇 번 질렀다.

적토마는 사납게 날뛰었다. 여포도 그날 밤만큼은 준마를 다루는 데 진땀깨나 뺐다. 만약 적의 화살 하나, 칼 하나라도 등 뒤에 있는 딸이 맞는다면…. 오직 그 생각만으로 온 정신이 딸에게 쏠렸다.

"관문을 지키는 적은 여간내기가 아니다!"

"여포가 있다! 여포 같아 보이는 대장이 저기 있다!"

주위를 포위한 병사들이 이편저편에서 외쳤다.

혹시 관우와 맞닥뜨린다면? 그 생각만으로도 몸서리쳐지며 몸은 움츠러들고 옴짝달싹할 수도 없었다.

"분하지만, 딸아이가 다치면 낭패다."

여포는 허무하게 적토마를 돌려 왔던 길을 되돌아갔다.

"조조 부하 서황(徐晃)이다!"

"조조 휘하 허저(許褚)가 왔다!"

돌아가는 도중에 덮쳐 오는 강적들이 있었지만, 여포는 눈길도 주지 않고 오직 적토마 엉덩이만 채찍질하며 하비성까지 단숨에 달려갔다.

술 항아리를 깨다

1

마지막 계책도 도중에 허무하게 실패했다! 이 일이 있은 연후에 여포는 밤낮으로 괴로워하며 술만 마셔댔지만, 여포를 공격해 성을 포위하는 조조 쪽도 불안한 마음이 짙어지기는 매한가지다.

"성을 포위한 지 60여 일이 지났습니다. 그래도 성에 있는 여포는 더 완강히 버팁니다. 그사이에 혹시 후방에서 적이 들고 일어난다면 우리 전군은 이 혹한에 들판에서 자멸할 수밖에 없습니다."

조조는 근심스러웠다. 계절은 이미 겨울로 접어든 지 오래고 헤아릴 수 없을 만큼 많은 병마가 동사했다. 군량과 마초는 바닥이 난데다 눈이 산과 들을 온통 새하얗게 메워 이제는 군사를 후퇴시키려 해도 돌아가는 일조차 버거웠다.

'어찌해야 하는가.'

초조한 기색을 미간에 잔뜩 모으고 적이 지키는 난공불락의 성을 바라보며 혼자 고민에 빠져 있을 무렵, 파발마가 눈보라를 헤치고 진영에 도착해서 서둘러 보고했다.

"여포와 교분을 나누던 하내(河內)의 장양(張楊)이 후방을 공격해 여포를 돕겠다며 군사를 일으켰습니다. 그런데 그 수하의 양추(楊醜)가 갑자기 변심해서 장양을 죽이고 그 군사를 빼앗는 바람에 대혼란이 일어났답니다. 군사 중에 휴고(眭固)라는 자가 또다시 장양의 원수라며 양추를 처치한 후, 군사를 이끌고 견산(犬山) 방면까지 이동해 왔습니다."

"가만히 둘 수 없다. 사환(史渙), 그대가 부대를 이끌고 견산으로 가서 휴고를 물리쳐라."

조조는 즉시 옆에 있던 대장 사환에게 명하여 앞으로 벌어질 사태에 대비했다.

사환이 지휘하는 부대는 눈을 헤쳐 가며 견산으로 향했다. 조조의 마음은 점점 더 불안해져서 좌불안석이다. 겨울은 참으로 길고도 길었다. 대륙의 하늘은 잿빛으로 닫혀 밤이고 낮이고 새하얀 눈을 온종일 펄펄 뿌리는 게 아닌가.

'공성이 길어지면 심복들이 근심할 터. 내 무력을 깔보고 후방에서 작은 반란이 일어날 것도 뻔하다. 게다가 도읍 북쪽엔 서량(西涼)이 걱정스럽고, 동쪽에선 유표(劉表)가, 서쪽에선 장수(張繡)가 호시탐탐 이 조조가 정벌에 지쳐가기만을 노리고 있다….'

생각다 못한 조조는 여러 장수를 모아놓고 이윽고 약한 소리를 꺼냈다.

"전쟁을 그만두자! 유감스럽지만, 어쩔 수 없다. 또다시 기회를 봐서 원정할 것이다!"

그때 순유(荀攸)가 목소리를 높여 간언했다.

"오랫동안 견뎌온 아군의 고생은 말로 다 할 수 없을 정도지만, 성안의 적들도 저희 못지않게 불안하고 괴롭기는 마찬가지입니다. 지금은 농성하는 자와 공격하는 자 사이의 지구력 싸움입니다. 성안의 병사는 물러서려 해도 물러설 수 없는 입장인 만큼 공격군 이상으로 각오가 단단할 것입니다. 그러니 공격군의 장군들이 해이해진 마음으로 우리에겐 돌아갈 도읍이 있다며 자신 없는 소리를 해서도 아니 되며, 병사들에게 그런 마음이 들게 하면 더더욱 안 됩니다. 헌데 승상부터가 힘이 빠져버리면 어찌 군사들이 용기를 내겠습니까?"

순유가 뜻밖이라는 듯이 극구 퇴각의 불리함을 설명했다.

그 말에 힘을 실어주려는지 곽가가 계책을 제안했다.

"하비성을 함락하지 못하는 이유는 사수와 기수(沂水) 땅이 지닌 이점 탓입니다. 이 두 강물의 흐름을 우리 편에 이롭게 이용한다면 적은 바로 무너질 것입니다."

곽가는 사수와 기수 강에 둑을 쌓은 뒤 양쪽 물을 한 곳으로 향하게 하여 아래쪽에 고립된 성을 물바다로 만들어버리자는 계책을 내놓았다.

이 계획은 적중했다. 인부 2만 명을 동원하고 병사가 통솔하니, 목표한 대로 두 강을 하나로 합칠 수 있었다. 때마침 날씨도 도와주었다. 날이 풀리고 겨울비까지 내려 고립된 성은 순식간에 탁한 강물에 잠겨버린 것이다.

적들은 다들 높다면 높은 곳으로 기어 올라가느라 난리가 났고, 시시각각 차오르는 성벽의 강물을 어떻게 할 재주도 없어 성안은 아수라장이었다. 공격군은 그 모습을 진지에서 여유롭게 바라볼 수 있었다.

2

2척, 4척, 7척, 날이 밝을 때마다 수위는 점점 높아져갔다. 성안 곳곳이 물에 잠겨 싯누런 강물과 함께 소용돌이치고 퉁퉁 부어오른 말과 병사 들의 시체는 쓰레기와 함께 둥둥 떠다니며 흘러갔다.

'어찌하면 좋단 말인가?'

성안의 병사들은 살아 있다는 생각도 들지 않았을뿐더러 점점 머물 곳은 좁아졌다.

이 상황에서도 여포는 허둥대는 대장들에게 짐짓 깔보는 투로 주절거렸다.

"놀랄 것 없다. 이 여포에겐 명마 적토마가 있다. 물을 건너는 일도 평지에서와 다를 바 없다. 허나 그대들은 함부로 허둥대다가 물에 빠지는 일이 없도록 조심해야 할 것이다. 뭐, 그사이에 엄청난 눈바람이 닥쳐 하룻밤 사이에 조조 진영을 100척 아래에 묻어버릴 테니까."

여포는 여전히 믿지 못할 일에 의지하며 밤낮으로 폭음을 일삼았다. 여포의 심약한 성격이 온 마음을 지배해 술에 의지해 현실을 잊고 싶어 했다.

그러던 어느 날이다. 술이 깬 여포가 문득 거울을 손에 들었다. 그러고는 적잖이 놀라서 거울에 비친 모습을 보고는 한숨을 푹 내쉬었다.

"아아… 어느새 이리 늙어버렸단 말인가. 머리카락마저 잿빛으로 변한 줄도 몰랐구나. 눈 주위도 검푸르고…."

여포는 몸을 부들부들 떨며 거울을 내동댕이치더니 또다시 혼잣말로 괴로워했다.

"이건 안 된다. 아직 이렇게 늙어버릴 나이가 아니다. 다 술독 탓이다. 폭주가 내 몸을 갉아먹을 줄이야. 반드시 술을 끊어낼 테다!"

심하게 충격을 받았던지 여포는 그 즉시 술을 끊었다. 금주한 건 좋았지만 동시에 성안의 장수들에게도 금주령을 내렸다. 이를 어길 시 목을 벤다는 법령과 함께 말이다.

하필이면 그때, 성안 대장 중 하나인 후성이 소유한 말 15필이 하룻밤 사이에 사라지는 사건이 일어났다. 조사해보니 말을 사육하는 사졸들이 한통속이 되어 말을 훔쳐 성 밖으로 나가 적에게 바치고 은상을 받으려는 작은 욕심에 벌인 일이었다. 이 소식을 들은 후성은 뒤쫓아가서 말을 사육하는 발칙한 놈들을 말끔히 처리하고, 잃어버린 말을 찾아 전부 끌고 돌아왔다.

"훌륭하다, 훌륭해."

다른 대장들도 축하해주며 후성을 추어올리며 칭찬했다.

"한턱내고 축하해야지."

때마침 산에서 멧돼지 수십 마리를 잡아 온 사람이 성안에 있는지라 술 창고를 활짝 열어젖히고 멧돼지를 맛깔나게 요리했다.

"오늘은 실컷 마시자."

해서 후성은 술 항아리 5통과 살진 멧돼지 1마리를 부하들에게 짊어지게 하여 주군 앞으로 나아갔다. 그러고는 항복한 병사들의 목을 벤 일과 애마들을 되찾아 온 일을 낱낱이 고했다.

"이것도 다 장군의 권세 덕분이라며 여러 대장이 서로 축하해주었습니다. 마침 멧돼지를 잡아 왔는지라 자그마한 축하연을 열었습지요. 주군께서도 기뻐해주십시오."

이리 말하며 이런저런 것들을 죽 펼쳐놓으며 절을 했다. 그러자 여포는 벌컥 화를 내며 술 항아리를 발로 차버렸다.

"뭐냐, 이건!"

술 항아리 하나가 굴러가 다른 항아리와 부딪치는 바람에 항아리 배 부분이 딱 깨지며 술 한 섬이 쏟아져 나왔다. 온몸에 술을 뒤집어쓴 채 독한 술내를 풍기는 후성을 보니 여포는 더더욱 화가 치밀어 올랐다.

"나 역시 술을 끊고 성안에 금주령을 내렸는데 대장이라는 자들이 축하를 핑계 삼아 술자리를 열다니!"

여포는 양옆에 호위하는 무사에게 후성을 베라며 욕지거리를 퍼부었다.

너무나 창졸(倉卒)하여 신하 하나가 다른 대장들을 불러왔다.

"제발 살려주십시오."

대장들이 백번 절을 하며 후성의 목숨을 살려달라고 애원했지만, 여포의 표정은 좀처럼 누그러지지 않았다.

3

"지금 후성처럼 구하기 어려운 대장의 목을 친다면 적에겐 기쁨을 주는 일이며 아군의 사기는 떨어질 일이니 안타깝기 그지없습니다."

여러 대장이 극구 말리며 후성을 살려달라고 간청했다.

이윽고 여포도 고집을 꺾더니 곧바로 무사 둘에게 채찍을 주며 명했다.

"그렇게까지 자네들이 애원하니 목숨만은 살려주겠다. 허나 금주령을 깬 죄는 불문에 부칠 수 없다. 채찍 100대를 쳐 본보기로 삼으라."

무사 둘은 무릎을 꿇은 채로 움직이지 않는 후성 등에 소리를 맞춰가며 번갈아 채찍질을 시작했다.

"하나…."

"둘…."

"셋!"

"넷!"

금세 후성의 옷이 찢기고 살갗이 드러났다. 그 살갗도 순식간에 붉은 피를 뿜으며 등 전체가 물고기 비늘처럼 일어났다.

"서른!"

"서른하나!"

여러 대장은 부지불식간에 얼굴을 돌렸다. 후성은 이를 악물고 가만히 감내하였다.

"일흔다섯!"

"일흔여섯!"

채찍이 가해지는 세찬 소리가 점점 이어지자 후성은 고통스러운 신음을 내지르며 까무러쳤다. 여포는 그 모습을 보더니 홱 하고 전각 안으로 들어가버렸다. 그러자 여러 대장은 무사에게 무언의 눈짓을 보내고, 채찍 수를 건너뛰며 헤아리게 배려했다.

이윽고 후성이 정신을 차리고 몸을 돌아보니 어느 방 안에 눕혀져 막료들의 간호를 받는 중이었다. 후성은 눈물을 줄줄 흘리며 괴로운 듯이 얼굴을 찡그렸다.

"아픈가? 당분간 꽤 힘들 것이네."

친구 위속(魏續)이 따뜻하게 위로를 건넸다.

"나도 무사다. 상처가 고통스러워 통곡하는 게 아니오."

"왜 우는 건가?"

위속이 묻자 후성은 주위를 둘러보며 조심스레 말을 꺼냈다.

"지금 여기 있는 사람은 자네와 송헌(宋憲)뿐인가?"

"그렇다네…. 우리 셋은 평소 아무 격의가 없는 사이가 아닌가. 무슨 말이든 안심하고 말하게."

"그렇다면…. 여 장군이 원망스러운 건 우리 무사들은 쓰레기 취급하면서 처첩들이 아양 떠는 말엔 아무렇지 않게 마음을 움직이는 거라오. 이런 상태라면 결국 우리는 개죽음을 당할 수밖에 없잖은가. 그게 슬픈 거라오."

"후성!"

송헌이 다가가더니 후성 귓전에 뜨거운 입김을 뿜으며 속닥였다.

"맞는 말이오. 사실 우리도 그게 안타깝다네. 차라리 조조에게 항복하는 게 어떤가?"

"음…, 지금 성벽 사방이 강물로 넘치지 않소."

"아니, 동쪽 관문만은 산기슭에 걸쳐 있어 길도 아직 물에 잠기진 않았네만."

"그런가…."

후성은 피가 낭자한 눈을 떠 뚫어지게 천장을 바라보더니 갑자기 벌떡 일어났다.

"가자! 결행합시다. 여포가 의지하는 건 적토마다. 여포는 우리 대장들보다 적토마가 더 중하고 처첩들을 더 사랑한다. 그러니 내가 여포의 마구간에 숨어 들어가 적토마를 훔쳐낸 뒤에 그대로 성 밖으로 탈출할 테니 자네들은 뒤에 남아서 여포를 바로 생포하시오."

"알았네! 그런 몸으로 괜찮겠나?"

"무슨…. 이까짓 상처쯤이야."

후성은 입술을 꽉 깨물며 몰래 옷을 갈아입은 후, 밤이 깊어지기를 기다렸다.

사경(四更) 무렵, 후성은 어둠을 틈타 전각 안쪽에 있는 마구간으로 기어 들어갔다. 멀리서 지켜보니 마침 보초를 서는 사졸이 웅크린 채 조는 모습이 보였다.

백문루 이야기

1

시종이 깨우는 바람에 조조는 새벽녘 차가운 공기에 눈을 떴다. 이제 막 날이 밝아오는 참이다.

"무슨 일이냐?"

장막을 걷어 젖히고 나오니 시종이 급히 전한다.

"성안에서 후성이라는 대장이 항복의 뜻을 보이며 승상을 뵙고 싶다고 진영 문 앞에서 기다립니다."

후성이라면, 적이긴 하지만 용맹한 장수다. 조조는 곧바로 후성을 진영으로 불러들인 후에 직접 만났다. 그 후성이 탈출을 결심하게 된 연유를 말하고 여포 마구간에서 훔쳐 온 적토마를 바치는 게 아닌가.

"뭣이라? 적토마를?"

조조는 기쁨을 감출 수가 없었다. 사실은 조조 자신이야말로 퇴각할 마음으로 꽉 차 있던 때다. 궁하면 통한다고 했던가. 조조에게 하늘이 내린 복이다. 조조는 특별히 후성의 상처를 일일이 돌보며 여러 가지를 심문했다.

후성은 조조가 궁금해하는 내용을 자세히 고했다.

"동료 위속과 송헌 두 사람은 성안에 남아 저와 내통할 준비를 끝냈습니다. 승상께서 아무 의심 없이 단번에 쳐들어가시면 두 사람은 성안에서 백기를 들고 바로 동쪽 문을 열어주기로 약조하였습니다."

조조는 한없이 기뻐하며 당장이라도 쳐들어갈 듯이 즉시 격문을 준비하더니 화살에 매달아 성안으로 쏘아 보냈다.

> 지금 천자의 조칙에 따라 여포를 정벌하겠다. 만약 대군에게 항거하는 자가 있다면 모조리 주멸할 것이다.
>
> 장교부터 백성까지 성안에 있는 사람 중 누구라도, 여포의 머리를 바치는 자가 있으면 조정에서 큰 상을 내리리라.
>
> 대장군 조조

아침 노을 속에서 붉게 물든 구름이 성의 동쪽 하늘을 따라 태연히 흘러간다. 화살에 매단 포고문이 수차례 날아간 걸 신호로, 징과 북소리가 울리고 함성이 대지를 진동하더니 수십만에 달하는 공격군이 한꺼번에 성으로 들이닥쳤다. 이에 여포는 화들짝 놀라서 꼭두새벽부터 여기저기 공격할 곳을 돌아다니며 몸소 병사들의 사기를 북돋았고 자신도 극을 휘두르며 성벽으로 다가오는 적을 격퇴했다.

그런데 마구간을 지키던 병사가 두려움이 가득한 표정으로 보고했다.

"어젯밤에 적토마가 갑자기 사라졌습니다."

여포는 눈살을 찌푸리며 호통쳤다.

"보초병이 한눈파는 사이에 줄을 풀고 성 뒷산에 올라가 풀이라도 뜯고 있을 것이다. 어서 찾아 끌고 와라!"

전방에서 방어하느라 꾸짖을 여유도 없었다.

그만큼 그날의 공격은 격심했다. 줄줄이 뗏목을 만들어 흙탕물을 건너오는 적은 물리치고 물리쳐도 주춤하는 기색도 없이 새까맣게 성을 기어 올라왔다. 오시(午時)가 지났을 무렵, 물에 빠진 양쪽 군사들의 시체로 성벽은 진흙 섞인 피로 물들어갔고, 그 흙탕물로 해자까지 메워질 판국이다.

드디어 해도 서쪽으로 뉘엿뉘엿 넘어갈 무렵, 공격에 지친 군사들이 어느 정도 멀리 물러났다. 여포는 이른 아침부터 음식은커녕 물 한 모금도 못 마시고 분전을 계속했다.

"아아…. 일단 이쯤만 하자."

겨우 한숨을 돌리고는 녹초가 된 몸을 이끌고 방으로 돌아와 의자에 앉자 어느새 꾸벅꾸벅 졸았다.

그때, 여포의 숨소리를 엿듣고 소리 없이 바닥을 기어 들어온 장교 하나가 있었다. 바로 위속이다. 여포가 기댄 극의 자루 부분이 의자 아래쪽으로 살짝 보였다. 위속은 손을 뻗쳐 의자 아래에서 그 자루를 세게 끌어당겼다. 까무룩 졸던 여포는 난데없이 기대던 게 빠져버리자 상반신이 앞으로 쏠리고 말았다.

"앗! 큰일 났다!"

위속이 빼앗은 극을 뒤로 집어던지자 그걸 신호로 한쪽에서 송헌이 달려 나와 여포 등을 들이받았다.

"무슨 짓이냐!"

바닥에 쓰러진 맹호는 양발로 두 사람을 마구 찼지만, 그때 위속과 송헌 부하들이 우르르 방 안으로 쏟아져 들어와 울부짖는 여포 몸 위로 겹겹이 덮쳐 공처럼 꽁꽁 포박해버렸다!

2

"잡았다!"

"여포를 포박했다!"

일제히 고함을 지르며 반군의 장병들이 떠들썩하게 소리칠 때 성 위 망루에서 아군 병사 하나가 미리 작전을 짠 대로 백기를 흔들며 공격군을 향해서 신호를 보냈다.

저것이다! 조조 대군은 한꺼번에 동쪽 관문을 통해 성안으로 물밀 듯이 들어갔다.

'혹시 적의 속임수는 아닐까?'

용의주도한 하후연(夏侯淵)은 의심스러워하며 쉽사리 군사를 움직이지 않았다. 그 모습을 지켜본 송헌은 성벽에서 하후연의 진영을 향해 커다란 극을 던졌다.

"의회하지 말자."

그건 바로 여포가 수년 동안 전장에서 쓰던 방천화극이다.

"지금 성안이 분열된 것이구나."

하후순(夏侯淳)도 잇따라 관문 안으로 내달려 들어가니 나머지 대장들도 줄줄이 입성했다. 성안은 펄펄 끓는 솥처럼 혼란스러웠다.

"여 장군이 잡혔다!"

소식을 전해 들은 성안 병사들이 낭패스러워한 건 당연한 일이다. 이러지도 저러지도 못하고 죽음 앞에 처해진 자, 일찌감치 무기를 버리고 투항하는 자, 다들 우왕좌왕하는 모습은 흡사 지옥과도 같았다.

그중에서도 고순과 장료는 사태가 벌어지자 곧바로 부대를 이끌고 서쪽 문으로 탈출을 시도했지만, 홍수로 넘친 진흙탕 물이 깊어서 진퇴양난에 빠져 모조리 생포되었다. 남문에서 싸우다 죽겠다며 방어전에 힘쓰던 진궁 역시 조조 휘하 용장 서황과 마주치며 포로가 되고 말았다.

그토록 완강히 버티던 하비성도 저무는 해와 함께 조조 손안에 들어갔다. 날이 새자 성 위 망루 문 동쪽과 서쪽에는 조조 군 깃발이 기세등등하게 햇살이 비치는 하늘에서 펄럭였다.

조조는 주요 전각에 해당하는 백문루(白門樓) 망루에 서서 그날 바로 군정을 펼쳐 백성을 안심시킨 후, 현덕을 초대하여 옆자리를 권하고 군사 재판 법정을 열었다.

"자, 항복한 자들을 보자."

맨 먼저 여포가 끌려왔다. 여포는 키가 7척에다 몸집이 거대한 탓에 둥글둥글 공처럼 포박된 몸이 몹시도 괴로워 보였다. 백문루 아래 돌바닥에 꿇어앉은 여포는 계단 위에 앉은 조조를 올려다보며 간청했다.

"모욕을 줄 필요는 없잖은가. 조조, 내 뒷짐결박을 좀 풀어주도록 선처해주시게."

조조는 쓴웃음을 띄우며 약간의 인정을 베풀었다.

"호랑이를 묶는 데 인정으로 대할 수는 없잖나. 말을 못한다면 좀 곤란하지. 손목 줄을 느슨하게 풀어줘라."

그때 주부(主簿) 왕필(王必)이 당황하며 막았다.

"당치도 않습니다. 여포의 용맹함은 보통 사람과는 다릅니다. 연민을 가져서는 아니 됩니다."

여포는 눈을 부릅뜨고 왕필을 노려보았다.

"네놈이 쓸데없이 참견을…."

여포는 어금니를 드러내며 물어뜯을 것 같은 표정을 지었다. 그러고 나서 계단 아래에 나란히 서 있는 장수들을 하나씩 쳐다보았다. 거기엔 위속과 후성, 송헌 등 어제까지 자신을 주군으로 섬기던 자들이 조조 밑에서 만족스러운 표정으로 서 있는 게 아닌가. 여포는 눈을 부라리며 그 장군들을 매섭게 바라보았다.

"네놈들은 무슨 낯짝으로 뻔뻔스럽게도 날 볼 수 있느냐. 내 은혜를 잊었느냐!"

후성이 비웃으며 대답했다.

"그런 불평이라면 평소에 장군이 사랑하던 비원의 부인이나 아끼던 첩들에게 말씀하시는 게 좋겠소. 우리 무신들은 장군에게 채찍질 100대나 가혹한 속박을 받은 적은 있지만, 장군이 사랑하는 여자들처럼 은혜를 받은 적은 없소."

여포는 잠자코 고개를 떨굴 수밖에 없었다.

3

운명이란 참으로 얄궂다. 시간이 흐르면서 일어나는 짓궂은 결과를 배우 자신도 알지 못한 채 연기하는 게 바로 인생이란 무대다. 진궁과 조조 사이도 그런 예라 할 수 있다. 애초에 진궁이 맞이한 그날의 운명은 예전에 진궁이 중무(中牟) 현령(縣令)으로 관문을 수비하였을 때, 붙잡힌 조조를 살려주면서 시작된다.

그때 조조는 아직 젊은 지사(志士)로 낙양 중앙 정부의 벼슬이 낮은 관리에 지나지 않았는데, 동탁(董卓)을 암살하려다 실패하고 도읍을 탈출해 천하에 몸 둘 곳 없이 쫓기던 몸이었다.

지금은 어떤가. 예전의 동탁을 능가하는 지위에 올라 대장군 조 승상으로 존경받으며 발밑에 끌려온 패장 진궁을 차갑게 내려다보는 길이다.

"…."

진궁은 선 채로 잠시간 조조의 얼굴을 가만히 바라보았다. 격세지감을 느끼는 순간이다.

'만약 그 옛날 조조를 중무 관문에서 살려주지만 않았어도 오늘 내가 이런 운명에 처하지는 않았을 텐데….'

그 눈은 과거 일을 후회하는 원망을 역력히 말해주었다.

"꿇어앉지 못하느냐!"

포승줄을 쥔 무사가 허리를 걷어차는 바람에 진궁은 몸이 푹 꺾어지듯 쓰러졌다.

조조는 계단 위에서 그저 냉담하게 바라볼 뿐이다.

"진궁인가. 자네와는 아주 오랜만에 대면하는군. 그 뒤로는 무탈했나?"

"보이는 대로다. 무탈했냐는 질문이 자신의 우월감을 만족시키려고 날 조롱하는 말로 들린다. 여전히 냉혹한 소인배로구나. 차마 웃지도 못하겠군."

"소인배란 너 같은 자를 말하지. 이성과 지혜가 부족한 눈으로만 사람을 보니 나처럼 위대한 인물을 알아보지 못하는 것이다. 결국 이렇게 되어버린 게 바로 그 증거가 아니겠나."

"아니, 내 비록 오늘 모욕을 받더라도 마음이 바르지 못한 널 따르는 것보단 나은 일이다. 간사한 영웅 조조 같은 자를 보고도 무시한 내 선견지명이 자랑스러울 뿐, 추호도 후회 따위는 없다."

"날 불의한 사람이라 평하면서 어째서 여포 같은 포악한 배신자를 섬기며 그 녹을 받아먹었느냐? 넌 대단한 아첨꾼에, 입으로만 정의를 말하는 부하 같구나, 허허. 입만으로 정의를 떠들고 입고 먹는 일은 또 다르다고 하니 참으로 편한 생각이군. 가소롭다, 가소로워."

"닥쳐라."

진궁은 가슴을 활짝 펴고 여포 편을 들었다.

"분명히 여포는 어리석고 난폭한 대장이다. 허나 여포에겐 너보다 훨씬 선한 마음이 있다. 정직하기도 하다. 적어도 너처럼 혹독하고 거짓말만 일삼으며 자신의 꾀에 자만하여 윗사람을 범하는 간웅(奸雄)은 아니란 말이다."

"하하하…. 무슨 이유든 상관없다. 오늘 일은 어떻게 생각하나? 포승줄에 묶여 패군의 장수가 된 감상이 궁금하구나."

"승패는 그때그때의 운이다. 단지 저기 있는 사람이 내 말을 듣지 않아서 참담한 꼴을 당한 것뿐."

진궁은 옆에서 고개를 푹 숙인 여포를 바라보며 거만하게 이야기했다.

"그렇지 않았다면 무슨 일이 있어도 네놈 따위에게 패하지 않았다. 분하다."

조조는 쓴웃음을 지으며 물었다.

"자네는 자신의 몸을 어찌할 생각인가?"

진궁은 그 말을 듣자 얼굴에 감정이 오롯이 드러났다.

"그저 죽음만이 있을 뿐. 목을 베라."

"역시 신하로서 충(忠)도 없고 자식으로서 효(孝)도 없구나. 아마 죽음 외에는 길이 없겠지. 허나 네겐 노모가 있잖느냐?"

그 말을 들은 진궁은 갑자기 고개를 떨구더니 눈물을 주르륵 흘렸다.

4

이윽고 진궁이 고개를 들고 조조의 인정에 호소했다.

"사람의 도리로서 나 역시 어릴 때부터 들어왔다. 필시 그대도 배워 익혔을 터. 천하를 다스리는 자는 남의 부모를 죽이지 않는다고. 노모의 존망은 오직 그대 마음에 달린 것. 마음대로 하시오."

"노모 말고 처자도 있잖나? 네가 죽고 나면 처자의 앞날은?"

"내가 생각한다 해도 어쩔 수 없는 노릇이니 아무것도 생각지 않겠다. 내가 듣기로는 천하에 인정을 베푸는 자는 남의 제사를 끊지 않는다고 했다."

"…."

조조는 어떻게든 진궁을 구하고 싶었다. 아니, 그렇다기보단 차마 죽일 수가 없었다. 미련이 남아 연연하는 사사로운 정과 법으로 죄인을 처단해야 한다는 번뇌가 지금 끊임없이 조조의 마음속에서 싸우는 중이다.

진궁은 조조의 안색을 살폈다.

"소용없는 질문은 그만하고, 군법에 따라 내 목을 베시오. 살아 있는 건 치욕이오."

진궁은 결연히 일어섰다. 그러고 나서 계단 아래 한쪽에서 웅크린 포로 여포를 차갑게 노려보더니 백문루의 긴 돌계단을 내려가서 참수 당할 자리에 당당하게 앉았다.

"아아…."

진궁의 뒷모습을 본 조조는 계단 위 복도에 서서 하염없이 눈물을 흘렸다.

모두가 까치발을 하고 백문루 아래 형장을 지켜보았다. 진궁은 자신이 죽을 자리에 앉아서 가만히 목을 내밀더니, 흐릿한 하늘을 울면서 날아가는 기러기 그림자를 올려다보다가 조용히 형리의 극을 향해 돌아보며 오히려 재촉했다.

"자, 이제 됐는가?"

형리가 번쩍하며 칼을 내리쳤다. 목뼈가 턱 하며 부러지는 소리가 나더니 푸른 피를 뿜고 머리는 4척이나 날아올랐다.

조조는 술이 확 깨는 듯이 명령했다.

"다음은 여포 차례다. 여포를 처단하라!"

그러자 여포가 갑자기 큰 소리로 울부짖었다.

"승상, 조 승상. 이제 승상의 근심이던 여포는 항복해서 없어졌잖습니까? 기왕 이리되었으니 절 살려주시고 장수로 삼아 천하의 일에 쓴다면 사방을 다스리는 힘도 되잖겠습니까? 아, 어찌하여 쓸데없이 죽이려고만 하십니까? 살려주시오. 여포는 이미 마음으로 굴복했습니다그려."

조조는 옆을 바라보며 작은 소리로 물었다.

"유비 공, 여포의 읍소를 들어주는 게 좋겠소 아니면 단죄하는 게 좋겠소?"

현덕은 가리산지리산하였다.

"글쎄요…. 그 일은 어찌 되었을까요? 지금 생각나는 일이 마침 있습니다. 예전에 여포가 양부 정원(丁原)을 죽이고 동탁을 따라갔지만, 후에 또 동탁을 배신하고 낙양의 대란을 일으킨 일입니다만…."

여포가 그 소리를 엿듣고 사색으로 변한 얼굴로 노려보았다.

"닥쳐라! 이 토끼 귀 악당 놈아. 언젠가 내가 진영 앞에서 활을 쏘아 극을 맞춰 널 살려준 은혜를 잊었느냐!"

"형리, 저 목을 쳐라."

조조의 명에 따라 형을 집행하는 관리들이 밧줄을 들고 여포 곁으로 조심스레 다가갔다. 여포는 발악하면서 관리들 손에 잡히지 않으려고 무진 애썼지만, 결국 마구잡이로 눌린 채 그 자리에서 목이 잘리고 말았다.

장료도 당연히 참수될 차례가 다가왔지만, 현덕이 벌떡 일어서더니 조조에게 넙죽 절을 했다.

"장료는 하비성 안에 남아 있던 유일하게 마음이 바른 사람입니다. 바라건대, 용서해주십시오."

조조는 현덕의 청을 듣고 장료를 살려주었지만, 치욕스러운 장료는 스스로 칼을 들어 죽으려고 몸부림쳤다.

"대장부가 추한 장소에서 개죽음을 당하면 어찌하오?"

장료의 검을 빼앗으며 저지한 사람은 일찍이 장료를 알고 지내던 관우다.

조조는 난리를 평정하고 나자, 진궁의 노모와 처자를 찾아서 전쟁을 매듭짓고 허도로 돌아왔다.

허전에서 벌인 사냥

1

도읍으로 돌아가는 대군이 하비성을 나와 서주로 돌아가려고 하자 백성들이 길가로 몰려나와 조조와 장병들에게 환호를 보냈다. 그중에서 한 무리의 노인들이 조조가 걸터탄 말 앞으로 나오더니 무릎을 꿇고 절을 하며 간청했다.

"유현덕 님을 태수로 봉하시고 이 땅에 계시게 해주십시오. 여포의 악정을 피해서 평화롭게 농사일도 하고 장사도 할 수 있다니 이보다 더 기쁜 일이 없습니다만, 유비 님이 이 땅을 떠나시는 게 아닌가 하고 다들 저렇게 슬퍼합니다."

조조는 말 위에서 바로 대답했다.

"걱정하지 마라. 유비 공은 큰 공을 세웠으니 나와 함께 도읍으로 올라가서 천자를 알현한 다음 서주로 되돌아올 것이다."

그 말을 듣자 길가에 서 있던 백성들이 일제히 함성을 지르며 기뻐했다.

민심 깊숙이 뿌리박힌 현덕의 신망에 조조는 문득 질투심이 일었지만, 빙긋이 미소 지으며 현덕을 돌아보았다.

"유 공, 백성들은 이리도 아이처럼 너무나 사랑스럽구려. 천자를 뵙고 나면 바로 내려와 원래대로 서주를 평화롭게 다스려 주시겠소."

날이 흘렀다. 삼군(三軍)은 전쟁에 승리하여 허도로 돌아왔다. 조조는 관례대로 공을 세운 무사에게 은상을 내리고 도민들에게는 사흘 동안 축제를 벌이도록 허락했다. 조정 문 앞 거리거리는 며칠 동안 기쁨에 찬 소리로 북새통을 이뤘다.

현덕이 머물 객사는 승상부 왼편에 정해졌다. 특히 현덕을 위해 따로 건물 1채를 내주며 조조는 예우를 갖추어 깍듯이 대했다. 그뿐 아니라 다음 날, 조복으로 갖춰 입고 조정으로 들어갈 때도 현덕을 불러 한 수레에 타고 나갔다. 사람들은 집집마다 향을 피우고 길을 깨끗이 쓸어 두 사람이 탄 수레가 지나갈 때 무릎 꿇고 절을 했다.

그러고는 다들 눈을 휘둥그레 뜨고 속닥였다.

"이례적인 일이 아닌가."

궁으로 들어가 문안 인사를 올리자 황제는 멀리 계단 아래에서 엎드려 절을 하는 현덕을 보고 특별히 어전으로 불러 이것저것 물어보았다.

"그대의 선조는 대체 어느 땅의 누구라는 말인가?"

"예…."

현덕은 감격에 목멘 나머지 가슴이 먹먹해지며 고개를 숙였다. 고향 누상촌 초가집에서 돗자리를 짜며 노모와 함께 가난한 삶을 살던 때의 모습이 불현듯 눈앞에 떠올랐던 모양이다.

황제는 현덕의 눈물을 바라보고 의아해하며 되물었다.

"선조의 일을 묻는데 어찌하여 눈물을 보이는가?"

"그러게 말이옵니다."

현덕은 옷깃을 바로 하고 정중히 답했다.

"지금 폐하의 하문에 저도 모르게 그만 감상에 빠졌나 봅니다. 신(臣)의 선조는 중산정왕(中山靖王)의 후예인 경제(景帝)의 현손(玄孫) 유웅(劉雄)으로, 유웅의 손자 유홍(劉弘)의 아들이 바로 이 현덕이옵니다. 가문을 일으키신 조상 유정(劉貞)은 한때 탁현(濯縣)의 육성정후(陸城亭侯)에 봉해졌습니다만, 가운이 나빠져 그 이후로 영락하고 말았습니다. 지금 신의 대에 이르러서는 더더욱 선조의 명예를 더럽히고 있을 뿐입니다…. 해서 제 모습이 한심스럽기도 하고 폐하의 하문이 황송한 나머지 눈물이 났나 봅니다. 흉한 꼴을 보여드렸습니다. 용서하십시오."

황제는 놀라서 눈을 동그랗게 떴다.

"그렇다면 유 공은 이 나라 황실의 일족 아니오?"

당장 조정 계보를 가져오게 하여 종정(宗正)에게 일일이 읽게 하였다.

한경제가 아들 14명을 낳다.

중산정왕 유승(劉勝). 승. 육성정후 유정을 낳다. 정. 패후(沛侯) 유앙(劉昻)을 낳다. 앙. 장후(獐侯) 유록(劉綠)을 낳다. 록. 기수후(沂水侯) 유연(劉戀)을 낳다. 연. 흠양후(欽陽侯) 유영(劉英)을 낳다. 영….

한실 선조의 이름들이 낭랑하게 귀에 들려왔다. 그 후손의 후손으로 내가 지금 이 자리에 있는 것인가? 현덕은 몸속에 흐르는 피가 자신의 것이 아닌 듯한 생각이 들면서 온몸이 뜨거워졌다.

2

한나라 황실 계보를 대대로 살펴보니 현덕이 한경제 칠남(七男)의 후예라는 사실이 밝혀졌다. 경제의 일곱 번째 아들 중산정왕의 후예가 지방관으로서 조정을 나간 이후 수대에 걸쳐 지방 호족으로 번영을 누렸지만, 제국의 흥망치란 속에서 어느새 가문을 잃고 농민으로 영락하여 유현덕 양친 대에 이르러서는 짚신과 돗자리를 만들어 팔며 근근이 생계를 이어갈 정도로 쇠락해버린 것이다.

"계보에 따르면 짐의 황숙(皇叔)이 되는구나. 몰랐느니라. 오늘까지 짐에게 현덕 같은 황숙이 있었다는 사실은 진정 꿈에도 몰랐다."

황제의 기쁨은 여간 크지 않았다. 눈물까지 흘리며 거듭해서 해후의 정을 나누었다. 정식으로 숙부와 조카로서 인사를 나누고 황제는 겸손하게 예를 갖추어 현덕을 편전으로 초대했다. 그러고 나서 조조도 함께 불러 주연을 융숭히 베풀었다.

여느 때와 달리 황제는 술잔을 거듭 기울였고 용안은 밝게 물들었다. 곁에 있던 신하들도 이런 황제의 모습은 드문 일이라고 생각했다. 현덕을 보니 황제의 가슴속에 서광이 비쳤던 것일까?

이곳 허창(許昌)에 조정을 세운 이후, 왕도의 융성과 한 황실의 복고를 황제가 만민과 함께 축복하고 기뻐해야 하는 게 당연한데도, 시종들이 보기엔 그렇지가 않고 도리어 황제의 모습은 늘 불만에 차 있고 어딘가 언짢은 듯한 모습이다. 하루라도 눈동자에 어린 근심이 맑게 걷힌 날이 없었다.

"오늘은 어쩐 일인지 밝게 웃으시잖은가?"

시종들도 의아해할 만큼 그날 벌인 주연은 황제도 진심으로 유쾌해했다. 황제 특명으로 현덕은 좌장군(左將軍) 의성정후(宜城亭侯)에 봉해졌다. 그날 이후로 조야의 모든 사람은 현덕을 '유 황숙'이라는 존칭으로 불렀다.

당연히 현덕 세력이 대두되는 걸 그다지 달가워하지 않는 기운도 일부에선 감돌았다. 바로 승상부로 군사 세력과 정권 양쪽을 다 파악하는 조조의 심복 부하들인 순욱(荀彧) 등 여러 대장이다.

"듣자 하니, 천자가 현덕을 존중하여 숙부로 부르고 그 신임도 대단하다고 합니다. 앞으로 승상께 커다란 해가 될까 다들 염려합니다."

어느 날, 순욱과 유엽(劉曄)이 조조에게 슬며시 관심을 쏟도록 부추기자 조조는 한바탕 웃으며 상관치 않았다.

"나와 현덕은 형제보다 더 중한 사이다. 내게 해가 될 게 무엇이 있겠는가."

"아닙니다. 승상의 마음은 그럴지 모르지만, 현덕의 인물 됨

됨이를 유심히 보면 현덕은 진정 당대의 영웅입니다. 언제까지 승상 밑에 붙어 있을지 알 수 없는 일입니다. 가까운 사이라 할지라도 특별히 조심하셔야 합니다."

유엽이 간절히 경계를 주었다.

조조는 더더욱 넓은 도량을 보이려는 듯, 웃어젖히며 마음에 두려 하지 않는 모양이다.

"좋은 일도 30년, 나쁜 일도 30년이면 바뀌네. 좋은 친구든 나쁜 친구든 그 뿌리는 내 마음에 달린 것이다."

조조와 현덕 관계는 날이 갈수록 친밀도가 깊어져, 아침에 나갈 때는 꼭 수레를 함께 탔으며 연회 자리에서는 언제나 자리를 같이했다.

3

어느 날, 승상부 한 전각에서 정욱(程昱)이 찾아와 조조와 단둘이 밀담을 나누었다. 정욱은 조조의 야심만만한 심복 중 하나다.

오랫동안 천하와 관련 있는 일을 논한 끝에, 정욱이 따지듯이 재촉했다.

"승상, 이제 과업을 시작하셔야 할 때가 아닙니까? 왜 미루십니까?"

조조는 짐짓 시치미를 떼며 부러 반문했다.

"과업이라니?"

"패도(覇道)를 개혁하는 일입니다. 왕도 정치가 땅에 떨어져 어느새 천하는 어지러워지고 민심은 지친 상태입니다. 패도 독재를 없앨 강권(强權)이 펼쳐지기를 세상 사람들이 무척이나 기다립니다."

정욱의 말 뒤에는 조정을 무시하는 반역의 뜻이 명백히 드러났다. 조조는 그걸 부정하지도, 그렇다고 나무라지도 않았다.

"아직은 이르다."

"여포도 죽고 천하가 꿈틀거립니다. 웅장한 계략과 담대한 재주도 갈 곳을 잃고 갈팡질팡하여 분란과 혼란이 넘치는 실정입니다. 이때, 승상께서 단호히 패도를 개혁하신다면…."

정욱이 거듭 강조하자, 조조는 눈꼬리가 찢어진 가느다란 눈을 부릅뜨더니 정욱의 목소리를 내리눌렀다.

"함부로 입 밖에 내지 마라. 조정에는 아직 수족 같은 옛 신하도 수두룩하다. 때가 무르익기도 전에 실행한다면 해를 초래할 것이다."

이미 이때 조조의 가슴에는 신하로서 가질 만한 야망보다 더한 게 싹트고 있었다는 건 속일 수 없는 사실이다. 조조는 정욱에게 입단속을 단단히 시켰다. 그러고는 잠시간 생각에 빠지더니 이윽고 정신을 차린 듯이 여느 때처럼 가느다란 눈초리에 형형한 빛을 띠고 혼잣말을 했다.

"그렇다. 요사이 전투에 바빠 사냥을 못 나갔군. 천자를 허전(許田)에 있는 사냥터로 모셔 여러 사람의 동정을 살펴봐야겠군그래."

조조는 서둘러 일어섰다. 즉시 사냥개와 매를 준비해 병사를 성 밖에 모으고 입궁하여 황제에게 주상(奏上)하였다.

"허전으로 행차하시어 신들과 함께 친히 사냥을 하시면 어떠시겠나이까? 맑고 청명한 날이 이어지니 바깥 공기도 한결 부드럽습니다."

황제는 고개를 가로저었다.

"사냥을 나가자는 말인가. 사냥은 성인(聖人)이 즐기는 일이 아니오. 그러니 짐도 사냥을 좋아하지 않소."

"성인은 사냥을 하지 않을지 모릅니다만, 옛 제왕들은 봄에는 살찐 말과 강병을 검열하고 여름에는 경작하는 모습을 순시했으며, 가을에는 호수에 배를 띄우고 겨울에는 항시 바깥으로 사냥을 나가 백성의 땅에서 부는 바람을 가까이하고 무위를 궁 밖에 떨쳤습니다. 외람되옵니다만, 항상 궁 안에만 계시니 폐하의 건강이 어떠실지 신들이 마음속으로 걱정되옵니다. 이보시오, 공들! 천하는 지금 많은 일이 벌어지니, 공경들도 가끔은 바깥 공기를 마시며 심신을 단련하고 광활한 기운을 키우는 일이 지금 해야 할 일이 아닐까 생각하오만…."

황제는 딱히 거절할 말이 떠오르지 않았다. 조조의 말과 행동이 강압적이진 않았으나 그 실력과 강한 성격은 왠지 모르게 황제를 위압했다.

"그럼…, 언제 한번 가겠소."

썩 내키지 않은 모습이지만 황제는 행차를 약속했다.

어찌 알았으랴. 이미 병사와 어가를 준비한 사실을 말이다. 조조의 고집에 황제는 자기도 모르게 눈썹을 찌푸렸지만 마지못해 승낙했다.

"정 그러면 유 황숙도 함께 갔으면 하오."

황제는 갑자기 조칙을 내려 조궁(彫弓)과 금비전(화살촉에 금을 박은 화살 – 옮긴이)을 갖춰서 소요마(逍遙馬)를 타고 궐문을 나섰다.

아침부터 조조 병사가 성 밖에 운집해 있고, 궐문 출입도 왠지 모르게 여느 때와 다른 모습에 일찍부터 궁중을 경비하는 곳으로 나와 있던 현덕은 직접 소요마의 고삐를 잡고 황제를 따라갔다. 물론 관우, 장비 그리고 나머지 장군들도 활과 극을 제대로 갖추고 현덕과 함께 수행에 따라나섰다.

4

사냥을 나간 일행들은 10만여 기라고 했다. 기마 병졸의 대열은 구불구불 줄을 지어 궐문에서 도성 안을 가로질러 별들이 무리지어 있는 땅을 지나 꽃구름 속 해를 돌아가는데, 거리거리에는 남녀노소, 귀한 사람 천한 사람 할 것 없이 터질 듯이 운집했다.

"저분이 유 황숙이야."

황제 행렬을 경호하는 병사들 사이에도 속삭이는 소리가 하나둘 퍼졌다.

그날이다. 조조는 '조황비전(爪黃飛電)'이라 불리는 명마에 올라타 옷도 화려하게 갖춰 입고 천자에게 바싹 달라붙었다. 조조 앞뒤에는 휘하 심복 대장들이 제각각 무기를 들고 호방한 발걸음으로 화살을 들고서 한 치의 빈틈도 없이 줄지어 가는 바람에 조정의 공경백관은 황제 가까이에 갈 엄두도 낼 수 없었다. 공경백관은 그저 저 멀리 뒤편에서 무료한 듯한 표정으로 걸을 뿐이다.

황실이 소유한 사냥터에 다다르니 허전 200여 리 안은 벌써 10만 명에 달하는 사냥 몰이꾼으로 에워싸여 있는 게 아닌가. 천자는 조궁과 금비전을 손에 들고 현덕을 돌아보며 말했다.

"황숙, 오늘 사냥이 짐의 기분 전환을 위한 거라 생각지 마시오. 황숙이 즐거워한다면 짐 또한 기쁠 것이오."

현덕은 황공하여 말안장 앞쪽으로 깊숙이 고개를 숙이고 절했다.

"황송하옵니다."

그때, 몰이꾼이 외치는 소리에 토끼 1마리가 물결처럼 흐르는 초원 위를 뛰어갔다.

황제가 재빨리 외쳤다.

"사냥감이구나. 저걸 쏘아서 잡아라."

"예!"

현덕은 말을 내달려 도망치는 토끼와 나란히 달려가면서 활에 화살을 메기더니 휭 하고 쏘았다. 화살을 제대로 맞은 토끼가 들판에서 데굴데굴 굴렀다.

황제는 그날, 조정 문을 나설 때부터 줄곧 찌푸리던 미간을 비로소 펴고는 현덕의 솜씨를 칭찬했다.

"훌륭하오."

황제는 제방 쪽으로 앞장서서 말을 달리며 부탁했다.

"저쪽 언덕을 둘러볼까? 황숙, 짐의 곁을 떠나지 마시오."

그때 가시덤불 속에서 또다시 불쑥 사슴 1마리가 뛰쳐나왔다. 황제가 조궁에 금비전을 당기며 휘익! 하고 쏘았지만, 안타깝게도 화살은 사슴뿔을 스치며 빗나가고 말았다.

"아, 아깝다."

두세 번 화살을 쏘았지만 하나도 맞지 않았다.

사슴은 제방에서 아래쪽으로 도망치다가 몰이꾼이 지르는 함성에 놀라 다시 위쪽으로 뛰어 올라왔다.

"조조, 조조! 저걸 맞추시오."

황제가 다급히 외치자, 조조가 갑자기 달려와서는 황제 손에서 활과 화살을 가져가더니 조황마를 달리며 순식간에 휙 하고 쏘았다. 금비전이 날아가 사슴 등에 깊게 박혔다. 사슴은 화살을 맞은 채로 100간(間)쯤 줄행랑치더니 고꾸라졌다.

공경백관을 비롯하여 장교와 병졸들까지 금비전이 꽂힌 사냥감을 보고는 다들 황제가 쏜 것이라 착각해 이구동성으로 만세를 외쳤다. 그 만세 소리가 산야를 압도하며 한동안 멈추지 않고 울리는데 조조가 말을 달려 황제 앞을 가로막으며 섰다.

"활을 쏜 사람은 나다!"

그러면서 조궁과 금비전을 양손으로 들어 올리며 군신들의 만세가 마치 자신을 향한 것이라도 되는 양했다.

모두가 깜짝 놀라 낯빛이 변하며 흥이 깨져버렸는데, 특히 현덕 뒤에 있던 관우는 눈을 부릅뜨고 눈썹을 추켜올리며 조조를 사납게 노려보았다.

5

'방약무인한 태도다. 황제를 무시하는 데도 정도가 있다!'

관우는 입 밖에 대놓고 말하지는 않았지만, 속으로는 분노가 타오르고 가슴속의 격노한 피가 쉬 사그라지지 않았다. 자기도 모르게 관우의 손이 칼에 가 닿았다. 현덕이 깜짝 놀라서 몸을 움직여 관우 앞을 가로막고 섰다. 그러고는 손을 뒤로 움직이며 눈짓으로 관우가 품은 분노를 달랬다.

문득 조조의 눈동자가 현덕 쪽으로 움직이는 게 보였다. 현덕은 순간 빙긋 웃음을 머금고 그 눈길에 응하면서 둘러댔다.

"훌륭하십니다. 승상의 빼어난 활 솜씨를 따를 자는 아무도 없을 겁니다."

"하하하."

조조가 큰 소리로 웃으며 너스레를 떨었다.

"칭찬을 들으니 낯간지럽소. 내가 무인이긴 하지만, 활 솜씨는 내 특기가 아니오. 내 장기는 오히려 삼군을 수족처럼 움직이고 만백성을 다스리며 삶에 평안을 주는 일이오. 그런데도 달리는 사슴을 화살 하나로 쓰러뜨린 건 천자의 크나큰 복이라 해야 할 것이오."

조조는 공을 천자의 위엄과 덕망으로 돌리면서 은근히 자신이 대단한 인물이라는 걸 제 입으로 밝혔다. 그뿐 아니라 조조는 잊어버리기라도 한 듯, 황제의 조궁과 금비전을 손에 든 채로 되돌려주지도 않았다.

사냥이 끝나고 야외에서 불을 피워 그날 잡은 새와 짐승의 고기를 구워 신하들이 다 같이 술을 받았지만, 왠지 모르게 공경백관 사이에서는 찬물을 끼얹은 듯한 싸늘한 기운이 감돌았다. 한 줄기 어두운 그림자가 지나가는 걸 감지하지 않을 수 없었다.

이윽고 황제가 환궁했다. 현덕도 도성 안으로 돌아갔다.

그 후, 현덕은 어느 날 밤 몰래 관우를 불러 훈계했다.

"일전에 사냥터에서 왜 조조에게 그런 눈길을 보냈나. 다행히 아무도 눈치채지 못한 모양이지만, 자네에게 어울리지 않는 과격한 태도가 아닌가."

관우는 고개를 숙이고 순순히 꾸지람을 듣다가 조용히 고개를 들어 대꾸했다.

"그러면 주군께서는 그때 조조의 태도를 보고 아무 느낌도 들지 않았습니까?"

"그런 말이 아니다."

"오히려 주군께서 왜 절 제지했는지 의아했을 정도입니다. 허창 도읍에 직접 머물며 눈에 보이고 귀에 들리는 것이라곤 하나같이 조조가 포악한 무력을 과시하는 일뿐입니다. 조조는 결코 왕도를 지키는 무신의 장자(長子)라 할 수 없는 자입니다. 야심만만하게 패도를 실행하려는 간웅입니다. 그 야심을 벌써 드러내어 공경백관을 비롯하여 10만 장병 앞에서 황제 폐하를 욕보였습니다. 황제 앞을 가로막고 서더니 신하들의 만세를 받으며 잘난 체하는 모습을 보고 다른 사람은 몰라도 전 가만있을 수 없었습니다. 비록 문책을 받는다 해도 참기 어렵고 몸이 떨릴 지경이었습니다."

"지당한 말이네…."

현덕은 고개를 주억거렸다. 관우의 말에 몇 번이고 동감한다는 듯 끄덕였다.

"관우, 지금은 깊이 고민해야 할 시기다. 쥐를 죽이자고 가까이에 있는 무기를 던진다고 생각해보게. 쥐의 가치와 무기의 가치를 염두에 두어야 하네. 우리 의형제의 목숨이 그렇게 값쌀 리가 없지. 만약 그때 혹시라도 자네의 목적이 이루어졌다 한들, 조조 밑에는 10만 장병과 수많은 대장이 있었으니 우리도 함께 허전의 땅이 되고 말았을 터. 장비라면 몰라도 자네까지 생각이 짧아서는 곤란하이. 꿈에서도 말 꼬리에서도 그런 격한 기색을 드러내서는 아니 될 일이야."

유비가 계속해서 타이르자 관우는 대꾸할 말이 없었다.

관우는 별이 총총히 떠 있는 밤에 혼자 밖으로 나가서 길게 한숨을 내쉬며 하늘을 향해 외쳤다.

"오늘 저 간웅을 죽이지 않는다면 결국 내일의 화가 되리라. 맹세코 말한다! 천하가 어지러운 징조는 조조가 살아 있는 만큼 더 커지리라!"

비밀 조칙을 꿰매다

1

한낱 비원 안에 날아드는 새도 지저귀는데 황제는 웃음이 나오지 않았다. 주렴 앞에 꽃이 피어도 황제 입술에는 근심이 감돌며 어떤 말도 내뱉으려 하지 않았다. 그날도 온종일 황제는 궁궐 안 거처에서 수심에 잠겨 하루를 보냈다. 시녀 셋이 저녁에 촛불을 켜놓고는 물러갔다. 미간에 드리워진 그늘은 더더욱 어두워졌다.

복(伏) 황후가 슬그머니 물었다.

"폐하, 무슨 일로 그리 심려하십니까?"

"짐의 앞날은 걱정치 않지만, 세상이 끝나는 날을 생각하면 밤에도 편히 누울 수가 없소. 슬프구려…. 짐은 어찌하여 부덕하게 태어났단 말이오."

주르륵 눈물을 흘리며 황제는 말을 덧붙였다.

"황제 자리에 오르고 나서 하루도 편안한 날이 없었소. 역신이 나오면 그 뒤에 또 다른 역신이 나오고, 동탁이 일으킨 대란에 이각과 곽사의 변이 이어지더니 이제야 도읍을 정했다 생각하니 또다시 조조가 권세를 쥐락펴락하며 조정을 휘두르게 되질 않았소. 특히 사당의 위엄이 실추된 걸 보자니…."

함께 흐느껴 우는 복 황후의 하얀 목에 촛불이 어둡게 비쳤다. 황제는 감정을 추슬러 말을 이어 나갔다.

"정사는 아침에 정전에서 의논하지만, 영(令)은 승상부에서 내려지오. 공경백관은 있어도 속으로는 조조의 표정만 살피며 두려워할 뿐이라오. 궁 안에는 강직하고 도량 있는 자도 없소. 짐은 정전 위에 있어도 늘 바늘방석에 앉아 있는 느낌이오. 아, 언제쯤 이 괴로움과 굴욕에서 벗어날 수 있을까…. 400여 년이 지난 지금 한나라 황실에 충신은 하나도 없는가. 짐의 몸을 한탄하는 게 아니오. 짐은 말세를 슬퍼하는 것이오."

그때였다. 주렴 건너편에서 누군가 다가오는 발소리가 들렸다. 황제도 황후도 화들짝 놀라 입을 닫았다. 다행히 걱정할 사람은 아니다. 복 황후의 아버지 복완(伏完)이다.

"폐하, 슬퍼하지 마십시오. 여기 복완도 있습니다."

"황부(皇父), 그대는 내 마음을 알고 그리 말하는가?"

"허전에서 조조가 사슴을 쏘아 맞힌 일을 떠올려보십시오. 조정의 신하로서 이를 악물지 않은 자가 어딨겠습니까? 조조가 반역을 일으키려는 뜻은 이미 분명하다 할 수 있습니다. 그날, 조조가 굳이 주상을 모욕하고 신하들의 만세를 받은 것도 자신의 위세를 여러 사람에게 물어 신망을 시험해보고자 했던 간책(奸策)이옵니다."

"황부, 부탁이니 조용히 말하시오. 궁 안도 모조리 조조의 눈과 귀라고 생각해도 될 정도요."

"염려치 마십시오. 오늘 밤은 숙직하는 관리도 물리고 오직 충신들만이 멀리에 나와 있습니다."

"그렇다면 그대 생각을 들어보겠소."

"신이 폐하의 가까운 인척이 아니었다면 아무리 마음속에 품은 말이라 해도 결코 입 밖에 내지 않습니다."

복완이 이제야 비로소 조조를 제거하려는 뜻을 밝히자 황제도 마음이 동했다.

"신은 이미 나이를 먹고 위엄 있는 명성도 없습니다. 지금 조조를 제거할 만한 사람이라면 거기장군(車騎將軍) 동승(董承) 밖에 없습니다. 동승을 불러 친히 비밀 조칙을 내리면 반드시 어명을 받들 것입니다."

중대한 일이다. 비밀, 또 비밀을 유지해야 한다.

깊이 숙고한 황제는 직접 손가락을 깨물어 하얀 비단 옥대에 피로 조칙을 쓴 다음에 복 황후에게 명해 자주색 비단을 조칙 뒤에 겹쳐 옥대 심에 촘촘하게 꿰매도록 부탁했다.

2

다음 날, 황제는 몰래 칙명을 내려 국구(國舅) 동승을 불렀다. 동승은 장안을 떠날 때부터 항상 곁에서 시중을 들며 대란으로 이리저리 떠돌아다닐 때도 조정을 지켰던 어림의 원로다.

"무슨 일로 부르시는 걸까?"

동승은 황급히 입궁했다.

"국구, 몸은 항상 건강하십니까?"

"성은을 입어 무탈하게 늙은 몸을 돌보고 있습니다."

"그거야말로 축하할 일입니다. 어젯밤, 복 황후와 함께 장안을 도망쳐 나와 이각과 곽사 등에게 쫓길 때의 괴로움을 서로 이야기하다 국구의 공로를 떠올리며 눈물을 흘렸지 뭡니까? 생각해보니 오늘까지 국구에게 아무런 은상도 내리지 않았던 것이오. 국구, 앞으로도 짐 곁을 떠나지 말아주시오."

"황공하옵니다."

동승은 황송하여 몸 둘 바를 몰랐다.

황제는 동승과 함께 전각으로 난 복도를 가로질러 뜰을 거닐며 낙양에서 장안 그리고 허창까지 도읍지를 3번이나 옮기는 와중에 겪었던 이런저런 고생에 대해 이야기를 나누었다.

"생각해보니 몇 번이나 존망의 구렁텅이를 거치면서도 오늘까지 국가 종묘가 유지되어온 건 그대 같은 충심과 절개가 있는 신하 덕분이었소."

황제는 계속 국구와 같이 걸으며 종묘 돌계단을 하나둘 올라갔다. 그러더니 종묘로 들어서자 곧바로 공신각(功臣閣)으로 올라가 몸소 향을 피우고 그 앞에서 거듭 3번을 절했다. 여기는 한실 역대 조종을 모시는 영묘다. 좌우 벽 사이에는 한고조부터 24대까지 대대로 이어진 황제의 어진을 모셔놓았다.

황제는 옷깃을 바로 하며 동승을 향해 물었다.

"국구, 짐의 선조는 어느 땅에서 입신하시어 이 업을 세운 것이오? 짐이 알 수 있도록 그 유래를 설명해주시겠소?"

동승은 적잖이 놀란 얼굴로 몸을 웅크렸다.

"폐하, 지금 신을 놀리시는 것이옵니까?"

황제는 한층 더 엄숙하게 말했다.

"선조의 일이오. 놀리다니요. 어서 얘기해주시오."

동승은 어쩔 수 없이 유래를 설명하기 시작했다.

"고조 황제께선 사상(泗上)의 정장(亭長)으로 입신하신 후, 3척 길이의 검으로 망탕산(芒蕩山)에서 흰 뱀을 베어 죽이고 의병을 일으켜 난세를 종횡무진으로 활개 치며 3년 만에 진(秦)을 멸하고 5년에는 초(楚)를 평정하여 대한 400년의 치세를 열어 만세의 기초를 세우셨다는…. 신이 굳이 말씀드리지 않아도 어린아이부터 하인들까지 모르는 사람이 없는 역사이옵니다."

황제는 자책하며 눈물을 줄줄 흘렸다.

"폐하, 왜 그리 슬퍼하십니까?"

동승이 주뼛주뼛하며 물으니 황제가 한탄했다.

"지금 그대가 말한 선조가 계신데도 후손으로는 어찌 짐처럼 나약한 사람이 태어났을까, 이리 생각하니 내 신세가 슬퍼서 그러오. 국구, 더 들려줘 날 가르쳐주오. 저기 고조 황제 어진 양옆에 있는 두 사람은 누구였지요?"

"…."

동승도 그제야 무엇인가 깊은 성려가 있다는 걸 알아차렸지만, 황제의 눈길이 너무나 엄해 보여 몸이 굳어버렸는지 곧바로 입술을 뗄 수가 없었다.

3

황제는 벽에 걸린 어진을 가리키며 거듭 동승에게 설명을 요구했다. 고조 황제를 양옆에서 모시는 사람이 누구인가 하고 말이다.

동승이 삼가 대답했다.

“오른쪽은 장량(張良)이고, 왼쪽은 소하(蕭何)입니다.”

“음…. 그 장량과 소하 두 사람은 어떤 공을 세워 고조 옆에 서게 되었는가?”

“참모 장량은 계책을 짜내어 승리를 1000리 밖에서 결정했으며, 소하는 국가의 법을 세워 백성들을 따르게 했고 치안을 중히 여겨 국경 지방을 튼튼히 지켰습니다. 고조께서도 항상 그 덕을 칭찬하시어 고조가 계시는 곳엔 반드시 두 사람이 모시고 서 있었다고 합니다. 해서 건업을 이룬 두 공신을 받들어 후대에 고조 황제의 어진을 그릴 때는 꼭 양옆에 장량과 소하를 그리게 되었습니다.”

“과연. 저 두 신하 같은 사람이야말로 진정한 사직의 신하라 할 수 있을 것이오.”

“그렇사옵니다.”

동승은 바싹 바닥에 엎드려 있었지만, 머리 위에서 황제가 탄식하는 소리를 들으니 왠지 책망을 듣는 기분이 들었다.

황제가 갑자기 몸을 숙이더니 동승의 손을 다정스레 잡았다. 동승이 적이 놀라자 황제는 낮은 목소리로 힘을 담아 읊조렸다.

“국구, 그대도 앞으론 언제나 짐 곁에 서서 장량과 소하처럼 일해주시오."

"황송하옵니다."

"싫은가?"

"당치도 않습니다. 단지 신같이 어리석고 아무런 공도 없는 사람이 감히 폐하 곁에 서는 영예를 더럽히지 않을까 염려스럽습니다."

"아니오. 지난날 장안 대란에서 짐이 역경에 빠졌을 때부터 국구가 애써준 크나큰 공은 잠시도 잊지 않았소. 무엇으로 그 공에 보답해야 할지…."

그러더니 황제는 몸소 곁에 입은 어의를 벗어 옥대와 함께 동승에게 하사했다. 동승은 분에 넘치는 은혜에 잠시간 감읍했다. 절을 한 뒤, 하사 받은 어의와 옥대를 가지고 궁을 나섰다.

참 빠르기도 하여라. 그날, 황제와 동승이 움직인 일은 이미 조조 귀에 들어갔다. 누군가 몰래 보고한 것이다. 보고를 받은 조조는 바늘처럼 날카로운 눈을 반짝거리며 한쪽을 바라보더니 시기와 의심으로 입술을 잘근잘근 깨물었다.

"그러고 보니?"

무언가 짐작 가는 일이 있었다. 조조는 갑자기 수레와 수행원을 부르더니 입궐을 서둘렀다.

금위문에 다다르자 가신을 시켜 궁중을 경비하던 관청 관리에게 묻게 했다.

"황제께선 오늘 어느 대각(臺閣)에 들어 계시는가?"

"지금 영묘에 참배하러 공신각에 올라가 계시옵니다."

조조는 그 말을 듣자 그러면 그렇지 하는 듯한 표정을 지으며 궐문 밖에 수레를 세워두고 발걸음을 재촉하여 궁 안으로 들어갔다. 하필이면 그때였다! 남원(南苑) 중문에 다다랐는데 마침 저 멀리서 궁을 나오는 동승과 딱 마주치고 말았다. 동승은 조조를 보고 흠칫 안색이 변했다. 품에 안고 있던 어의와 옥대를 허둥지둥 옷소매로 감추면서 원문(苑門) 옆으로 몸을 슬그머니 피했다.

4

동승은 몸이 오들오들 떨리는 걸 어찌해볼 도리가 없었다. 숨이 멎기라도 한 듯이 그 자리에 얼어붙었다.

"오오, 국구. 벌써 퇴궐하시오?"

조조가 말을 걸면서 다가왔다.

하는 수 없이 동승도 아무렇지 않은 듯 인사했다.

"승상 아니십니까? 언제나 기분이 좋으시니 더할 나위가 없습니다."

조조는 입가에 쓴웃음을 띠면서 의심스러운 눈초리를 담아 노골적으로 물었다.

"국구는 오늘 무슨 일로 입궁하셨소?"

동승은 어물어물하며 어렵사리 운을 떼었다.

"아…, 천자께서 부르셔서 무슨 일인가 하고 입궐했는데, 생각지도 못하게 어의와 옥대를 하사 받고 천은이 망극하여 들뜬 마음으로 집으로 돌아가던 길입니다."

"호오…. 천자께서 어의와 옥대를 하사하셨단 말이오. 근자에 보기 드문 명예로운 일이구려. 무슨 공이 있어 영예를 얻으신 게요?"

"예전에 장안을 떠나 천도하셨을 때, 불초의 몸으로 도적 떼를 물리쳤던 공로를 지금에서야 떠올리셨다 합니다."

"아니? 그때의 은상을? 그러고 보니 늦기는 했소만, 폐하의 어의와 옥대를 하사 받다니 이례적인 일이오. 무슨 일을 해도 이보다 더한 명예는 없을 것이오."

"덕이 얕고 공도 모자란 미미한 신하에게 더없이 과분한 은혜라는 생각에 감읍하고 있습니다."

"그렇겠지요. 우리도 조금은 그대 덕을 얻고 싶은 마음이오. 하사품을 잠시 내게 보여주시겠소?"

조조는 손을 내밀며 다가왔다. 그러고는 동승의 안색을 헤아리려는 듯 가만히 지켜보았다. 동승은 발뒤꿈치 아래부터 온몸이 덜덜 떨려와 굳어갔다.

오늘 공신각에서 본 황제의 기색도 그렇고, 그때 들려준 의미심장한 말도 그렇고, 동승은 예삿일이 아니라 헤아리는 중이다. 혹시 하사 받은 어의와 옥대 안에 비밀 조칙이라도 숨겨놓은 게 아닐까? 그러자 왠지 모르게 두려운 마음이 들었던지 조조의 날카로운 눈초리가 다가오는 순간 식은땀이 흘렀다.

"보여주시오."

조조가 재촉하자 동승은 부득이하게 하사품을 조조 손에 바쳤다.

조조는 태연스럽게 어의를 펄럭하고 펼치더니 햇빛에 비추어 보는 게 아닌가. 그러고 나서 자기 몸에 걸치더니 옥대를 한 다음 좌우에 있는 신하를 돌아보면서 물었다.

"어떤가. 잘 어울리는가?"

아무도 웃을 수 없었다.

"당연히 잘 어울리겠지. 됐소."

조조는 혼자서 웃고 혼자서 즐거워했다.

"국구, 이 하사품을 내게 주시오. 대신 무언가 답례는 할 테니 이 조조에게 양보하시겠소?"

"당치도 않습니다. 다른 것도 아니고 천자께서 하사하신 물건입니다. 드릴 수는 없습니다."

동승이 자세를 바로 하며 말을 딱 잘랐다.

"그렇다면 무언가 이 안에 황제와 국구께서 숨겨둔 모략이라도 있는 게요?"

"그리 의심하신다면 어의도 옥대도 기꺼이 드리지요."

"농담이오, 농담."

조조는 돌연 그 말을 취소했다.

"어떻게 남이 하사 받은 물건을 함부로 내가 가로채겠소. 장난 좀 쳐본 거요."

그러면서 하사품을 돌려주더니 궁전 쪽으로 발걸음을 재촉하며 총총 사라져 갔다.

유정등심(油情燈心)

1

"아…, 큰일 날 뻔했구나."

호랑이 굴을 빠져나온 것 같은 심정으로 동승은 서둘러 집으로 돌아갔다. 돌아가자마자 동승은 방 안에 조용히 들어가 어의와 옥대를 꼼꼼하게 살펴보았다.

"음? 아무것도 없나?"

다시 어의를 털어보고 옥대 뒤쪽을 하나하나 살펴보았다. 종잇조각 하나 보이지 않았다.

"내 생각이 지나쳤던가…."

하사 받은 두 물건을 잘 개어서 탁자 위에 올려두었지만, 웬지 모르게 그날 밤은 잠을 이룰 수가 없었다. 하사품을 받았을 때, 황제는 의미심장한 눈길로 무엇인가 암시하는 듯했다. 그때 황제의 용안이 눈꺼풀에서 떠나지를 않았다.

그날로부터 네댓새가 지났다. 동승은 그날 밤에도 탁자에 앉아서 수심에 빠진 채 턱을 괴고 앉았다. 어느 틈엔가 피로가 몰려오는 바람에 꾸벅꾸벅 졸고 말았다. 그때, 옆에 있던 등불이 갑자기 어두침침해졌다. 새어 들어오는 바람에 등잔불의 불똥이 떨어진 것이다.

"…."

동승은 더 깊이 잠들었는데, 순간 타는 냄새가 코를 찔렀다. 화들짝 놀라 눈을 뜬 동승이 벌떡 일어나 주변을 돌아보니 불똥이 개어놓았던 옥대 위에 떨어져 연기를 피우는 게 아닌가.

"앗!"

동승이 서둘러 비벼 껐지만, 둥근 용이 수놓인 자색 비단에 엄지손가락만 한 구멍이 뚫려버렸다.

"황공하게도…."

구멍은 작았지만, 크나큰 죄를 지었다는 생각에 동승은 잠이 확 깨어 옥대를 뚫어지게 바라보았다. 가만히 바라보던 동승은 불에 탄 구멍에 또다시 불똥이 떨어지기라도 한 듯 눈을 번쩍 떴다. 옥대 안쪽에 하얀 비단으로 된 심이 얼핏 비쳤던 것이다. 그뿐이었다면 모르겠지만, 하얀 비단엔 피 같은 게 번져 있는 게 아닌가.

이상한 낌새를 알아차린 동승은 옥대를 세심하게 살펴보았다. 그곳에는 1척 길이만큼 실로 한 땀 한 땀 다시 꿰맨 자국이 눈에 띄었다. 동승의 가슴이 두근두근 방망이질하기 시작하였다. 동승은 작은 칼을 꺼내 옥대의 꿰맨 자국을 잘라 조심스레 펼쳐보았다.

과연 하얀 비단에 피로 쓴 비밀 조칙이 드러났다. 동승은 불을 피워 절을 한 후, 부들부들 떠는 손으로 글자를 하나하나 읽어 내려갔다.

짐은 들었다. 인륜의 큰 도리는 부자간의 도리가 가장 먼저고, 존비가 다른 건 군신의 도리가 무거움이라고 했다.

근자에 역적 조조가 나타나 전각 문을 탐하고 보좌하지 않으며 사당(私黨)을 결연하여 조정의 뿌리를 순식간에 무너뜨렸다. 상을 내리고 벌을 주는 일은 짐의 뜻이 아니다.

이른 밤, 짐이 느끼는 근심과 두려움은 천하가 위험에 빠지는 게 참으로 무섭기 때문이다.

경은 나라 원로며 짐과 가장 가까운 인척이다. 고조가 건업의 어려움을 생각해 충의의 열사를 규합하여 간당을 멸하고 사직의 포악을 미연에 방지해 조종의 치업대인(治業大仁)을 만세에 이루었다.

슬프고도 두렵다. 손가락을 깨물어 조칙을 쓴 연후에 경에게 보낸다. 삼가 이에 거스르지 말지어다.

건안 4년 3월 봄

조(詔)

"…."

뜨거운 눈물이 줄줄 흘러 혈서 위로 하나둘 떨어졌다. 동승은 엎드려 절을 한 채 잠시간 얼굴을 들 수 없었다.

"이렇게나…. 이 얼마나 애처로운 마음이신가."

동시에 동승은 굳게 맹세했다. 이 늙은 몸을 황제가 의지하는 이상 무엇을 두려워할 것이며, 어찌하여 남은 생을 아까워하겠는가. 그렇다 해도 그리 간단한 일이 아니다. 동승은 피의 밀조를 옷소매 안에 몰래 숨겨 넣고 서원 쪽으로 발걸음을 조심스레 옮겼다.

2

시랑(侍郞) 왕자복(王子服)은 동승의 둘도 없는 친구다. 조정에서 천자를 섬기는 몸으로 평소에 외출도 자유롭지 않았지만, 그날은 잠시 짬을 내어 친한 벗 동승의 집을 방문해 가족들과 함께 온종일 집 안에서 놀며 즐겼다.

"바깥어른은 무슨 일이 있습니까?"

저녁이 되어도 동승의 얼굴이 보이지 않자 왕자복이 약간 불만스러운 듯이 물었다. 가족 중에 한 사람이 대답했다.

"안채에 계시는데 며칠 전부터 조사할 일이 있다며 줄곧 방 안에만 계시고 아무도 만나지 않으십니다."

"거 이상하군. 대체 뭘 조사한다는 겁니까?"

"뭘 조사하는지는 저희도 모릅니다만…."

"저렇게 일을 하다가는 몸에도 좋지 않을 텐데…. 내가 왔으니 오늘 밤은 다 같이 웃고 즐겨보자고 한번 권해보겠습니다."

"죄송합니다, 왕자복 님. 함부로 서재에 들어가면 화를 내십니다."

"화를 내더라도 상관없습니다. 친구가 방에 들어갔다고 설마 절교라도 하겠습니까?"

동승의 집을 자기 집처럼 여기는 왕자복인지라 하인들의 안내도 받지 않고 혼자서 저벅저벅 집주인의 서원으로 들어갔다. 가족들도 곤란한 표정을 지었지만, 둘도 없는 친구기도 하고 저녁 준비를 할 시간이 다가와 그냥 내버려 두었다.

동승은 얼마 전부터 깊은 고민에 잠겼다. 서원에 틀어박혀 어찌하면 조조 세력을 궁에서 내칠 수 있을까? 어떻게 황제의 마음을 안심시켜 기대에 부응할 수 있을까? 밤이고 낮이고 그 생각뿐이다. 조조를 멸할 계책에 부심하며 지금도 책상에 앉아 생각에 빠졌다.

"아니, 조는 건가?"

몰래 방 안으로 들어온 왕자복은 그대로 동승 뒤에 서서 팔꿈치 밑에 친구가 무엇을 감쌌는지 책상 위를 빼꼼 들여다보았다. 하얀 비단에 피로 쓰인 글 속에 '짐'이라는 글자가 언뜻 눈에 비쳤다. 왕자복이 화들짝 놀란 순간, 동승이 뒤에서 누군가의 인기척을 느끼고 아무렇지 않은 듯 돌아보았다.

"아, 자네인가."

창황히 놀란 듯, 동승은 허둥대며 책상 위에 놓인 글을 옷소매 아래에 숨겼다. 왕자복은 그 모습을 바라보면서 가볍게 추궁했다.

"뭡니까? 방금 그건?"

"아니오, 아무것도…."

"무척 피곤해 보입니다만…."

"요 며칠 서책을 읽는데 빠져 있었더니 좀 그런가 보오."

"손자의 책입니까?"

"음?"
"숨기셔도 소용없습니다. 얼굴에 다 드러납니다."
"아니, 좀 피로해서 그렇소."
"그렇겠지요. 걱정하시는 것도 무리는 아닙니다. 자칫하면 조정의 문이 무너지고 구족(九族)이 멸하고 천하에 대란이 일어날 테니까요."
"아니, 자네…. 대체 무슨 농을 하는 겐가?"
"국구, 소생이 조조에게 가서 고하면 어떡하시겠습니까?"
"고하러 간다고?"
"그렇습니다. 소생은 오늘까지 국구와 문경지교(刎頸之交)를 맹세했다고만 생각했습니다. 무슨 일인지는 모르지만, 국구는 소생을 남 대하듯 비밀을 품고 계시는군요."
"…."
"둘도 없는 친구라 소생만이 자부하였나 봅니다. 고하러 가겠습니다, 조조한테로."
"기다리게."
동승은 왕자복의 옷소매를 덥석 붙잡고 눈물을 글썽이며 애원했다.
"만약 자네가 내 비밀을 조조에게 고하러 간다면 한실은 멸망할 수밖에 없네. 자네도 누대에 걸쳐 한실의 은혜를 입은 신하 중 하나가 아닌가. 아무리 친한 사이라 해도 친구에 대한 노여움은 사사로운 원한이네. 자네는 사사로운 원한에 사무쳐 대의(大義)를 잊는 사람은 아니지 않은가."

3

친구이긴 하지만, 동승은 상대방의 대답에 따라서는 찔러 죽이기라도 할 듯한 표정을 짓고 있었다. 왕자복은 조용히 웃으며 동승을 안심시켰다.

"소생이라고 왜 한실의 크나큰 은혜를 잊었겠습니까? 지금 한 말은 농이었습니다. 존경하는 국구가 중대한 일을 비밀에 부치느라 소생에게까지 감추고 근심에 몸이 축나는 모습을 보니 친구로서 불만스러워 그랬습니다."

동승은 가슴을 쓸어내리며 왕자복의 손을 잡고 고개를 숙이며 미안해했다.

"용서해주게. 자네 마음을 의심해서가 아닐세. 만약 자네도 힘을 써서 이 대사를 도와준다면 그거야말로 천하의 큰 행운이네."

"국구의 근심은 어느 정도 헤아리고 있습니다. 저도 힘을 보태 의를 밝히겠습니다."

"고맙네. 이제 뭘 감추겠나. 자네에게 다 털어놓겠네. 뒤쪽 문을 닫고 오게."

동승은 옷깃을 바로 했다. 그러고 나서 황제의 혈조(血詔)를 보여주며 눈물 섞인 목소리로 떨면서 속마음을 털어놓았다. 왕자복도 함께 뜨거운 눈물을 머금고 잠시간 등잔불 쪽으로 얼굴을 돌리다가 이윽고 약속했다.

"잘 말씀해주셨습니다. 기꺼이 힘을 보태겠습니다. 맹세코 조조를 물리쳐 황제의 마음을 편히 해드립시다."

두 사람은 밀실에서 촛불을 켜고 의맹(義盟)의 뜻을 굳게 맹세하였다. 비단 두루마리를 꺼내 먼저 동승이 의문(義文)을 쓰고 서명했다. 그다음에 왕자복도 이름을 쓰고 그 밑에 피로 지장을 찍었다.

"이것으로 우리는 의맹을 맺었네만, 또 다른 좋은 동지는 없겠는가?"

"있습니다. 소생의 친구 오자란(吳子蘭) 장군은 충성스러운 마음이 두터운 사람입니다. 의를 말한다면 반드시 힘을 실어줄 것입니다."

"거 정말 든든하군. 조야에도 교위(校尉) 충집(种輯)과 의랑(議郞) 오석(吳碩)이 있네. 둘 다 한가(漢家)에 충성을 다하는 사람이지. 길일을 택해서 이야기하도록 함세."

어느새 밤도 깊어가고 왕자복은 그대로 친구 집에 묵었다. 다음 날도 주인 서재에서 무슨 일인가 몰래 이야기를 나누었다. 정오 무렵에 심부름꾼이 오더니 손님이 왔다며 전갈을 알렸다.

"호랑이도 제 말 하면 온다더니…. 마침 잘 왔군."

동승은 기쁨의 손뼉을 쳤다.

"누굽니까? 손님은."

왕자복이 궁금한지 물었다.

"어젯밤 자네한테도 말했던 궁중의 의랑 오석과 교위 충집이 왔네."

"둘이 같이 온 겁니까?"

"그렇소. 자네도 잘 알잖소?"

"조석으로 궁 안에서 보기는 합니다만, 두 사람의 본심을 정확히 알 때까지 소생은 병풍 뒤에 숨어서 지켜보겠습니다."

"그게 좋겠소."

손님 둘이 심부름꾼의 안내를 받고 문지방을 넘어왔다.

"여어, 어서 오시게. 오늘은 따분한 나머지 책을 읽던 참이었는데 때마침 찾아와 주시니 기쁘오."

"독서 중이십니까? 아이코, 모처럼 조용한 날을 방해하였습니다그려."

"무슨 말이오? 책 읽기도 질리던 참이오. 그래도 역사서는 언제 읽어도 재밌구려."

"《춘추》입니까? 아니면 《사기》?"

"《사기열전》이라오."

오석이 별안간 화제를 돌려 말을 꺼냈다.

"일전에 사냥을 나갔던 날, 국구께서도 자리에 계셨지요?"

"음…. 허전에 사냥을 나갔던 일 말이오?"

"그렇습니다. 그날, 뭔가 느낀 점이 없으십니까?"

자신이 물으려던 참에 뜻밖에도 손님이 먼저 질문하자 동승은 적잖이 놀라 표정이 바뀌었다.

4

그렇다고 아직 상대방의 마음을 헤아릴 수 없다. 사람의 마음은 참으로 읽기 어렵다.

동승은 주의 깊게 살피며 말머리를 열었다.

"허전에서 벌였던 사냥은 요사이 보기 드문 큰 행사였소. 우리 신하들도 오랜만에 산야에서 우울한 마음을 떨쳐버려 정말 유쾌한 날이었소."

아무렇지 않은 듯이 대답하자, 두 사람은 거듭 따지듯이 물어왔다.

"그뿐입니까?"

"유쾌한 날이었다는 말은 국구의 본심일 리가 없습니다. 우리는 오히려 지금 더욱 크나큰 통한을 가슴에 새기고 있습니다. 어째서 유쾌한 날이란 말입니까? 허전에서 사냥하던 날은 한실이 치욕을 겪은 날입니다."

"왜 그러는가?"

"왜냐고 물으셨습니까? 그러면 국구는 그날 조조가 한 행동을 두 눈으로 보고도 아무 생각이 없으셨단 말입니까?"

"좀…, 목소리를 낮추시오. 조조는 천하의 영웅, 벽에도 귀가 있다는데 혹시 그런 격한 말이 새어 나가기라도 한다면…."

"왜 그리 조조를 두려워하십니까? 영웅은 틀림없는 영웅이지만, 하늘에 도움이 되지 않는 간웅입니다. 우리가 미력하지만, 충의를 근본으로 하여 국가 종묘를 지키는 조정 신하 입장에선 조금도 두려워할 만한 적이 아닙니다."

"본심에서 우러나 하는 말이오?"

"이런 일은 장난삼아 입에 올릴 문제가 아닙니다."

"아무리 원통하고 억울하다 한들 실력 있는 조조를 어떻게 할 수는 없잖소."

"정의가 우리 편에 있습니다. 하늘의 가호를 믿습니다. 가만히 때를 기다려 조조의 허점을 노린다면 아무리 튼튼한 나무라도, 웅장한 건물이라도 의로운 바람 한번에 쓰러지지 않겠습니까? 오늘 국구의 마음을 한번 두드려보고 싶었습니다. 진실을 듣고 싶다는 생각에 둘이서 발걸음을 한 것입니다."

"…."

"국구, 며칠 전 몰래 황제의 부름을 받고 영묘 공신각에 올라가셨을 때 말입니다만, 황제께 직접 특별한 뜻을 받으신 건 아니십니까? 격의 없이 털어놓아 주십시오. 저희는 누대에 걸쳐 한실의 녹을 받아온 조정 신하들입니다."

젊고 혈기왕성한 두 신하는 그만 목소리가 격해지는 것도 잊은 채, 동승에게 물으며 압박하였다.

그때, 조금 전부터 병풍 뒤에 숨어 있던 왕자복이 쓰윽 모습을 드러내더니 큰소리로 꾸짖기 시작했다.

"조 승상을 죽이겠다는 모반자 놈들, 꼼짝 마라! 즉시 승상부 병사를 불러올 것이다."

충집과 오석은 그다지 놀라지도 않았다. 차가운 표정으로 왕자복을 돌아볼 뿐이다.

"충신은 목숨을 아끼지 않는다. 내 목숨은 언제든 한실에 바칠 것이다. 고하려거든 고해라."

왕자복이 등을 보이자 칼에 손을 갖다 대며 뒤에서 단번에 내리치기라도 하려는 듯 번쩍이는 눈으로 답했다.

"이것으로 됐소. 그대들의 마음은 확실히 알았소."

왕자복과 동승이 동시에 말하며 두 사람의 격해진 기색을 차분히 가라앉혔다. 그러고는 자리를 다시 밀실로 옮겨 두 사람을 시험해본 죄를 깊이 사과했다.

"이걸 보시오."

황제가 쓴 혈조와 두 사람이 의문을 쓰고 함께 피로 서명한 두루마리를 펼쳐 보였다.

"역시나."

충집과 오석은 혈조에 절을 하고 통곡하더니 서명했다.

때마침 하인이 와서 이리 고했다.

"서량 태수 마등(馬騰) 님께서 서량으로 돌아가시는데 인사드리고 가시겠다며 찾아오셨습니다."

5

"하필이면…."

동승은 혀를 끌끌 찼다. 손님인 왕자복과 오석, 충집도 눈살을 찌푸리며 동승의 얼굴을 지켜볼 뿐이다.

"영지로 돌아간다고 인사하러 왔다는데 만나지 않을 수도 없겠군요."

동승은 고개를 살살 흔들었다.

"만나지 않겠소. 이상하다고 눈치채지는 않을 것이오."

주의를 기울여 하인을 불러 허전에서 사냥을 하고 돌아온 이후로 몸이 편찮은지라 줄곧 방에서 나오지 않는다며 정중히 거절하게 했다.

"병상에서라도 괜찮으니 뵙고 싶다면서 아무리 거절해도 돌아가시지 않습니다."

입장이 곤란해졌는지 하인이 돌아와 고했다.

"게다가 사냥에서 돌아온 날부터 병중이라 들었지만, 얼마 전 입궁하는 모습을 얼핏 보았을 정도니 중병은 아닐 거라며 강경하게 말씀하시면서 쉽게 돌아가시려 하지 않습니다."

하인이 나중에는 우는 목소리로 호소해왔다.

"어쩔 수 없군. 별실에서 잠시 만나겠다."

결국, 동승도 뜻을 굽히고 몸이 아픈 체를 하며 마등을 다른 전각으로 불러들였다.

서량 태수 마등은 화를 팍팍 내면서 손님방으로 들었다. 그러고는 집주인의 얼굴을 보자마자 성난 기색을 여실히 드러냈다.

"국구께서는 천자 외척이시며 국가의 큰 원로라 존경해 마지않습니다. 특별히 헤어지기 전에 인사드리러 찾아왔는데 문전박대를 하시다니 너무하시잖습니까? 무언가 이 마등에게 품은 마음이라도 있으신 겁니까?"

"마음을 품다니? 당치도 않소. 병중이라 되려 실례라는 생각에서 그랬소."

"저 멀리 벽촌에 경계가 있어 서번(西蕃)을 지키는 임무를 맡은 탓에 아침에 천자를 배례하는 일도 좀처럼 없고 국구를 뵈는 일도 드문지라 굳이 뵙기를 청했습니다. 얼핏 봐서는 그리 병이 중해 보이지도 않는데 왜 절 가벼이 여기고 문전에서 내치시려 했습니까? 이해할 수가 없습니다."

"…."

"왜 대답이 없으십니까?"

"…."

"벙어리마냥 고개만 숙인 채 아무 말씀도 안 하시고 대체 무슨 일입니까? 아아…, 지금까지 내가 등신같이 국구를 너무 믿었나 봅니다."

분연히 자리에서 일어선 마등은 침묵에 침을 뱉기라도 하듯 말을 내뱉었다.

"그대는 나라의 기둥도 아닙니다! 쓸데없이 이끼만 자라는 돌멩이에 지나지 않았던 것입니까?"

마등이 거친 발소리를 내며 돌아가려는 순간 동승이 갑자기 고개를 들어 입을 열었다.

"장군, 기다려주시오."

"뭡니까? 이끼 낀 돌멩이가…."

"내가 나라의 기둥이 아니라니? 무슨 말씀이오. 이유를 듣고 싶소."

"노하신 겁니까? 노한 모습을 보니 그 돌에도 조금은 기가 흐르는 모양입니다. 눈을 뜨고 제대로 보십시오. 조조가 사냥하러 나간 날, 사슴을 화살로 쏘아 맞히던 그 포악한 모습을…. 마음과 귀를 맑게 하고 찬찬히 들어보십시오. 분노한 의인(義人)의 피가 내는 소리를…."

"조조는 병마의 우두머리며, 당대의 승상이오. 우리가 분노한다 한들 어떻게 하겠소?"

"허튼소리 마시오!"

마등은 눈썹을 추켜세우며 실망스러움을 토해냈다.

"살기를 탐하고 죽기를 두려워하는 자와는 함께 대사를 논할 수 없습니다. 이만 실례하겠소. 그대는 기껏해야 양지바른 곳에서 사치나 즐기며 머리와 턱에 낀 이끼나 키우면서 사는 게 좋겠소."

성큼성큼 걸으며 돌아가는 마등을 쫓아가며 동승이 등 뒤에 대고 속삭였다.

"기다리시오. 이 이끼 낀 돌멩이도 한마디 하고픈 말이 있소."

마등의 소맷자락을 억지로 끌고 안쪽 전각으로 부른 동승은 비로소 비밀 조칙과 속내를 탁 털어놓았다.

6

마등은 동승의 진의를 듣고 나서 황제의 비밀 조칙에 배례하더니 격정에 못 이겨 통곡했다. 마등은 멀리 국경 지역 서번에서도 서량의 맹장으로 두려움의 대상이고 쇳덩이같이 정의로운 마음을 지닌 무인이었으나 눈물이 많았다.

"그대도 나와 같은 뜻을 품었다는 걸 알고 내 가슴의 피가 끓어올랐지만, 잠시 무례를 무릅쓰고 속마음을 떠보려 했던 것이오. 만약 장군이 대세에 협력해준다면 이 일은 이미 반은 성공한 것이나 다름없소. 이 두루마리에 장군도 서명해주시겠소?"

동승의 말에 마등은 주저 없이 손가락을 입속으로 밀어 넣었다. 그러고는 혀끝에 피를 뚝뚝 흘리며 곧바로 서명했다.

"만약 도읍 안에서 조조를 상대로 국구가 대사를 결행하는 날이 오면 난 반드시 서량 멀리에서 봉화를 올리고 오늘의 약속에 응할 것이오."

마등은 눈초리가 찢어지고 머리카락은 쭈뼛쭈뼛 서서 벌써 풍운에 포효하는 날의 모습이 눈앞에 그려질 정도였다.

동승은 왕자복과 충집, 오석을 불러 마등에게 일일이 소개해 주었다. 의문에 피로 맹세한 동지들이 다섯이나 된 셈이다.

"오늘은 뭐라 말할 수 없이 기쁜 날이오. 이런 날에 일을 진행하면 순조롭게 움직일 터. 내친김에 왕자복이 평소 눈여겨보았다는 오자란도 함께 이 자리에 불러 대사를 의논해보면 어떻겠소?"

동승의 말에 모두 동의했다. 왕자복이 곧바로 말을 달려 오자란을 데리러 갔다. 오자란도 이날 일원이 되어, 동지는 여섯으로 늘어났다.

밀실은 이윽고 앞날을 축하하는 자그마한 연회로 변해 각자 의로운 술잔을 나누며 대사를 논했다.

"진정으로 심지가 굳은 사람 열이 모이면 대사가 성공할까?"

"그렇다. 궁 안의 열좌원행로서(列座鴛行鷺序)를 가져와서 한 사람 한 사람 점검해봅시다."

마침 동승이 생각난 듯, 즉시 기록소로 심부름꾼을 보내 열좌원행로서를 가져오게 시켰다. 열좌원행로서란 조정의 정전 윗자리 서열과 아래의 여러 경(卿)들까지 이름을 적어놓은 관원록이다. 그 관원록을 펼쳐서 차례차례 살펴보는데 사람은 많지만 진실로 신뢰할 수 있을 만한 사람은 눈에 띄지 않았다.

그때 마등이 외쳤다.

"있소! 여기 딱 한 사람 있소."

마등의 목소리는 아무리 옆 사람이 나무라도 항상 남보다 배로 큰 소리로 말하는 탓에 사람들이 깜짝깜짝 놀랐다. 찾았다는 소리를 듣고 다들 마등의 손안에 있는 종이로 얼굴을 모았다.

"누구요?"

"게다가 한실 일족 중에 이 사람이 있다는 건 참으로 하늘이 도우신 게요. 보시오, 나열된 친족 중에 예주 자사 유현덕이라는 이름이 있잖소."

"오오…."

"어줍잖은 사람 열보다 이 사람 하나를 들인다면 우리의 맹세는 1000근의 무게를 더하게 될 것이오. 더 고마운 일은 현덕이 의형제 사이에도 언젠가는 조조를 타도하려는 굳은 의지가 있다는 거요."

"그걸 어찌 압니까?"

"사냥을 나갔던 날이었소. 방약무인하던 조조가 황제 앞을 가로막고 서서 여러 신하의 만세 소리를 마치 제 것인 양 받던 때, 현덕의 의제 관우가 달려들어 베어버릴 듯한 표정을 지었소. 생각해보니 현덕도 기회를 엿보면서 참고 있는 게요."

마등의 말에 동승을 비롯한 동지들은 벌써 여명을 바라는 듯 앞날의 뜻을 단단히 다짐했다. 하지만 현덕이라는 인물을 잘 아는 만큼, 현덕을 맞아들이는 일은 쉽지 않다고 여겼다. 대사를 일으키려면 신중을 기하는 편이 좋다는 생각에 그날은 헤어지고 천천히 좋은 기회를 엿보기로 하였다.

닭 울음소리

1

낮에는 사람들의 눈에 띄기 쉽다. 어느 날 밤 몰래 동승은 비밀 조칙을 품속에 감춘 채 두건으로 얼굴을 가리고 하인에게조차 알리지 않은 채 현덕이 머무는 객사로 나귀를 몰았다.

"풍류를 아는 친구가 진대(秦代)의 이름난 벼루를 손에 넣어 시(詩) 모임을 열었다고 하니 오늘 밤은 혼자 다녀오겠다."

조조의 밀정에게 눈치 채여 미행당하는 일이 없도록 평소에 시문만으로 교류를 맺는 풍류를 아는 나이 지긋한 친구를 먼저 방문한 다음, 부러 한밤중까지 이야기하다가 삼경 무렵이 되자 생각났다는 듯이 허둥지둥 집을 나섰다.

"아, 오늘 밤은 생각지도 못하게 이야기가 무르익어 오래 머물렀소. 아무래도 시나 그림 이야기에 빠지면 시간 가는 줄을 모르나 보오."

그곳은 교외에 위치한 곳이라 현덕의 객사에 다다랐을 때는 이미 사경이 가까웠다. 한밤중이다. 게다가 뜻밖의 손님이 찾아오자 현덕도 의심스러워하면서도 동승을 친히 맞이했다.

'무슨 일일까?'

현덕은 손님이 찾아온 이유를 대강 알아차렸다는 듯이, 하인을 시켜 객실에 촛불을 켜라고 말하려다 그만두었다.

"아니다, 안채에 딸린 작은 건물로 가겠다."

직접 동승을 안내해 뜰을 가로질러 서원(西苑)의 한 누각으로 발걸음을 옮겼다. 허도로 온 이후 잠시간 조조가 베푼 호의로 승상부 바로 옆 관저에서 살다가, 지금 이곳으로 옮긴 것이다.

"이곳은 도읍 중심지로 시골뜨기가 살기엔 너무 화려합니다. 변변찮습니다만…."

푸른 등잔불 바로 아래에 작은 주연에 쓰이는 식기라든가 술잔이 진열되어 있었다. 그 도기를 보나 방 안에 해놓은 장식을 보나 청초하고 고상한 집주인 취향이 엿보여 동승은 과연 현덕이구나 하는 생각이 들었다.

이런저런 이야기 끝에 현덕이 물었다.

"뜻밖에 찾아와 주셨는데, 무슨 일이십니까?"

동승이 자세를 고쳐 잡고 운을 떼었다.

"별일은 아닙니다만…. 허전으로 사냥을 나갔던 날, 의제 관우 님이 조조를 막 베려고 하던 걸 공께서 눈짓, 손짓으로 제지하신 걸 봤습니다. 그 자세한 연유를 여쭙고 싶어 찾아뵈었습니다."

현덕의 낯빛이 대번에 변했다. 조조 대신 힐문하러 온 것이라 짐작한 자신의 예감과 달랐다. 감추어야 할 일도 아니고 감출 수도 없는 처지라 생각한 현덕은 결심했다.

"아우 관우는 완고한 성격이라 그날 승상이 한 행동이 황제의 위엄을 범했다고 생각해 한순간 격노했을 터입니다. 아니? 국구, 왜 우시는 겁니까?"

"아, 부끄럽소. 방금 그 말을 들으니 지금 만약 관우 님 같은 마음을 지닌 사람이 몇 명만 더 있다면…. 그만 넋두리 같은 생각이 들었소."

"승상부엔 조 승상이 계시고, 조정에는 국구 같은 분께서 황제를 보좌하며 세상은 태평하지 않습니까? 무슨 근심을 하십니까?"

"황숙."

동승은 물기 어린 눈을 들고 똑바로 말했다.

"그대는 내가 조조의 부탁을 받고 의중을 살피러 온 건 아닐까 하고 속으로 경계하시는 듯하오만…. 의심은 거두시오. 그댄 천자의 황숙이오, 나 또한 외척 끝에 있는 사람, 어찌하여 두 사람 사이에 거짓이 끼어든단 말이오. 지금 분명하게 사실을 말하겠소. 이걸 보시오."

동승은 고쳐 앉고 헛기침을 몇 번 하더니 비밀 조칙을 펼쳐 보였다. 등잔불을 켜고 그 조칙을 가만히 내려다보던 현덕이 이윽고 하염없이 흐르는 눈물을 양손으로 감쌌다. 슬프고 분한 나머지 현덕의 구레나룻과 머리카락이 솟아올라 등잔불 그늘에 비쳐 부들부들 떨었다.

2

"넣어두십시오."

현덕은 눈물을 닦고 비밀 조칙에 배례한 다음 조칙을 동승에게 돌려주었다.

"국구의 마음은 충분히 알았습니다."

"그대도 이 비밀 조칙에 절을 하고 이 세상을 위해 눈물을 흘려주시겠소?"

"물론입니다."

"고맙소."

동승은 크게 기뻐하며 몇 번이고 현덕에게 인사한 뒤, 두루마리를 펼쳤다.

"그러면 하나 더. 이걸 좀 봐주시오."

동지 이름과 피로 쓴 서명이 나열된 의문이다. 맨 위에 거기장군 동승, 두 번째는 공부랑중(工部郎中) 왕자복, 세 번째로 장수교위(長水校尉) 충집, 네 번째는 의랑 오석, 다섯 번째는 서량태수 마등, 여섯 번째는 소신장군(昭信將軍) 오자란이다. 하나같이 유난히 굵은 글씨로 서명하였다.

"오오, 벌써 이분들과 얘기를 나누셨습니까?"

"세상은 아직 멸하지 않았소. 든든한 일이오. 탁한 세상에도 숨어 있는 곳을 찾아보면 아직 충성스러운 사람들도 있소."

"그러니 세상이 아무리 어지럽고 썩었다고 해도 포기해서는 안 됩니다. 전 항상 그렇게 믿습니다. 해서 아무리 세상이 지옥처럼 변한다 해도 비관하지 않습니다. 인간은 이제 끝이라고 생각지 않습니다. 오히려 보이지 않는 곳에 같은 뜻을 품고 초야에 숨은 청렴한 사람을 찾아 인간의 광기 어린 탁한 흐름을 언젠가는 맑게 흐르는 영원한 물결로 바꾸고자 하는 바람을 언제나 가지고 있습니다."

"황숙, 그 말을 들으니 이 늙은 몸이 안심이 됩니다. 이 나이가 되어서야 진정한 인간과 천지의 불멸을 알게 된 느낌입니다. 단지 난 힘도 재주도 턱없이 부족합니다. 힘을 빌려주시지 않겠소?"

"두말할 나위가 있겠습니까? 여기 이름이 나열된 여러 공이 이미 일어선 만큼, 저도 견마지로를 아끼지 않겠습니다."

현덕이 일어서서 몸소 붓과 벼루를 가지러 가려는 찰나. 방 밖의 복도와 창 주변에 어렴풋이 가느다란 빛줄기가 비쳐 들어왔다. 아침이 밝아오기 시작한 것이다.

바깥 복도에 달린 차양에서 이슬이 똑똑 떨어지는 소리가 퍽이나 듣기 좋았다. 그곳에 누군가가 소리 내어 우는 모습이 비쳤다. 현덕은 돌아보지도 않았다. 오히려 동승이 화들짝 놀라며 복도 쪽을 내다보았다. 현덕을 호위하기 위해 밤새도록 밖에 서 있던 신하들이다. 바로 의제 관우와 장비다. 서로 끌어안고 우는 모습이 인상적이다.

"아…, 두 사람도 이 밀담을 들었구려."

동승은 부럽다는 생각까지 들었다. 의문에 이름을 써 내려간 사람들의 맹세도 만약 현덕과 의제들 사이처럼 깊이 맺어진다면 반드시 대사는 성공할 거라는 생각이 들었다.

벼루를 들고 현덕은 조용히 동승 앞으로 돌아왔다. 그러고는 의문의 일곱 번째 자리에 근엄한 태도로 한 자 한 자 써 내려갔다.

좌장군 유비

현덕이 붓을 내려놓더니 한마디 부탁을 했다.

"목숨이 아깝지는 않습니다만, 이것만큼은 굳게 지켜주십시오. 꿈을 가볍게 여기고 움직이지 않는 것입니다. 때가 무르익기도 전에 경거망동하여 우를 범하는 일을 경계해야 합니다."

그렇게 말하는 현덕의 옆얼굴에 새벽녘의 희미한 빛이 선명하게 비추었다. 멀리서 닭이 우는 소리가 들려왔다.

"언젠가 다시…."

손님은 나귀를 타고 아침 이슬 속으로 조용히 사라져 갔다.

푸른 매실에 술을 마시며 영웅을 논하다

1

"장비, 하품하느냐?"

"으음…. 관우 형님이오? 매일 할 일도 없잖소."

"또 술을 마셨느냐?"

"아니, 아니, 안 마셨소."

"벌써 여름이 다가왔군."

"매실도 알이 제법 굵어졌소이다. 대체 우리 대장은 어찌 된 일이오?"

"우리 대장이라니?"

"큰형님 말이오."

"도읍에 있는 동안은 말을 좀 조심해라. 주군을 보고 큰형님, 우리 대장이 뭐냐?"

"뭐가 나쁘오? 의형제 사이에."

"넌 그렇게 쉬 말하지만, 조정에서는 황숙이요, 밖에서는 좌장군 유 예주시다. 예전 말버릇대로 부르면 큰코다친다. 우리 주군의 위엄을 우리 입으로 떨어뜨리는 일이란 말이다."

"그런가? 듣고 보니 그렇소."

"뭐가 그리 따분하다는 표정이냐?"

"뭐라니요? 그 좌장군 되시는 분이 요사이 매일 뭘 하시는지 형님은 아오?"

"안다."

"날씨가 좋아 머리가 약간 어떻게 되신 게 아닌가 하고 진지하게 걱정하는 중이오."

"누구 말이냐?"

"그러니까 우리 주군의 행동 말이오."

"어째서?"

"어째서라니? 서서 할 얘기가 아니오. 별일 아니지만, 우리 주군 이야기니까."

"곧바로 복수하는구나. 허허허, 네놈처럼 고집 센 녀석이 또 있을까…."

쓴웃음을 지으며 관우도 함께 그곳 돌 위에 걸터앉았다. 저편에 수많은 말이 매여 있는 마구간이 보였다. 이곳은 하인들이 기거하는 방이 있는 집 안 공터다.

복사꽃이 하나둘 떨어진다. 시(詩)는 느끼지 못해도 복사꽃을 보는 두 사람은 누상촌의 도원을 다시금 떠올렸다. 장비는 조금 전부터 혼자 따분한 표정으로 나무 아래 앉아서 턱을 괸 채 낙화를 바라보던 참이다.

"대체 왜 그러느냐? 주군의 행동에 무슨 불만 있느냐?"

"요즘 주군이 저택 안에 있는 밭에 나가서 농부 흉내만 내지 않소? 밭에 나가는 건 좋지만, 몸소 물동이를 지고 거름을 뿌리고 곡괭이를 들고 나물이나 인삼을 캐고 할 것까지는 없잖소?"

"그 일이냐?"

"농사를 짓고 싶다면 누상촌으로 돌아가면 되잖소. 도읍에 저택을 마련할 이유도, 좌장군이란 관직도 굳이…. 똥지게를 메는 일에 우리 군대가 왜 있어야 하는 건지, 나 원 참…."

"이놈아, 그런 말을 함부로 하는 게 아니다."

"그러니까 이게 날씨 탓인지도 모른다고 걱정하는 게요. 어찌 생각하오, 형님은?"

"군자의 말에 청경우독(晴耕雨讀, 날이 개면 논밭을 갈고 비가 오면 글을 읽는다는 뜻으로 부지런히 일하며 공부함을 뜻함 – 옮긴이)이라는 말이 있다. 비 오는 날에는 글을 즐겨 읽으시니 군자의 생활을 실천하신다고 생각하는데…."

"무슨 소리요? 벌써부터 은자가 되다니…. 애초에 우리는 앞으로 세상에 나가서 큰일을 하려는 사람들이 아닙니까?"

"물론이다."

"그러니 군자 흉내 따위는 그만 좀 하시오!"

"나한테 그래 봤자 어쩔 수가 없다."

"오늘도 밭에 나가셨소?"

"그래, 밭일을 하시는 모양이다."

"둘이 같이 의견을 말하러 가지 않겠소?"

"글쎄…."

"뭘 망설이오? 형님은 방금 주군의 위엄을 떨어뜨린다고 날 나무라지 않았소? 나한텐 뭐든지 다 말하면서 주군 앞에선 왜 아무 말도 못 하는 거요?"

"바보 같은 소리."

"갑시다. 따라오시오. 충의의 행동 중 가장 어려운 일은 위에다 바른 소리를 하다 죽는다 해도 원망하지 않는 거요."

2

푹, 푹 하고 곡괭이로 땅을 힘차게 일군다. 흙내가 얼굴에 진하게 밀려 들어왔다. 현덕은 작업복 팔꿈치로 이마에 송골송골 맺힌 땀을 연방 문질러 닦았다.

"…."

곡괭이로 땅을 짚고 서서 잠자코 초여름 해를 올려다보았다. 한숨을 돌리고 곡괭이를 내려놓은 현덕은 분뇨 섞인 흙이 담긴 통을 어깨에 메더니 방금 일군 채소가 있는 땅에 꼼꼼하게 거름을 뿌렸다.

"주군! 장난하십니까? 소인배들이나 하는 일을 배워서 어쩌자는 겁니까! 어이가 없어서, 내 참."

뒤에서 장비가 내지르는 우렁찬 목소리가 들려왔다.

현덕이 뒤돌아보며 빙그레 웃었다.

"오오, 무슨 일이냐?"

말투만큼은 좌장군 유비다웠다. 그러자 장비는 더더욱 어처구니없었다. 원래 장비는 구변이 좋은 무사가 아니다. 난폭한 말이라면 얼마든지 내뱉겠지만, 주군에게 충성스러운 간언을 하는 데는 도통 재주가 없었다.

"관우 형님, 말 좀 해보시오."

슬쩍 관우를 떠밀며 도움을 청했다.

"뭐냐, 네놈이 내 손을 끌고 온 주제에…."

"난 나중에 말할 테니까, 어서…."

"형님, 오늘은 이렇게 부르는 걸 용서해주시오."

관우는 앞으로 몇 걸음 걸어 나오더니 밭에 무릎을 꿇었다.

"무슨 일이냐, 새삼스럽게."

"저희 어리석은 소생들은 좀 이해하기가 어려워 형님의 의중을 여쭈려고 왔습니다."

관우가 말을 시작하자 장비가 작은 목소리로 부추겼다.

"미적지근하오, 미적지근해. 그런 말로는 어림없소. 두려워 말고 간언하는 것이야말로 충신의 일이 아니오."

"시끄럽다. 그 입 다물라."

옆에서 장비를 꾸짖으며 관우가 다시 말을 이었다.

"뭔가 깊은 생각이 있어 하시는 일이겠지만, 요사이 2달 남짓 매일 채소밭에 나와서 묵묵히 농부 흉내만 내시잖습니까? 왜 몸소 똥거름을 짊어져야 합니까? 몸 건강을 생각하신다면 궁마(弓馬)로 단련하시는 게 좋습니다만…."

"그렇소!"

장비가 우쭐대며 끼어들었다.

"앞으로 군자나 은자의 생활은 없는 거요. 농사지을 생각이었다면 우리가 도원에서 굳게 결의해서 여기까지 깃발을 메고 올 이유도 없었소. 미안한 일이지만, 큰형님이 뭘 생각하는지 우리는 도무지 이해할 수가 없소."

현덕이 웃음을 머금은 채 가만히 듣더니 이리 답하였다.

"자네들은 알 바 아니네. 모르면 잠자코 자네들 일이나 열심히 하게."

"그럴 수는 없소."

장비가 번개같이 달려들었다.

"세 사람의 피는 하나요, 세 사람은 일심동체라고 큰형님도 누누이 말하지 않았소. 우리 부하들이 밤낮없이 무기를 연마하여도 큰형님의 어깨가 거름통을 짊어지고, 머릿속은 농부가 되어가니 일심동체라고 할 수 없소."

"허허, 내가 졌네."

현덕이 가볍게 웃으며 둘을 달랬다.

"맞는 말이다. 머지않아 알게 될 터. 깊은 생각이 있어서 그러니 걱정하지 마라."

그런 말을 들으니 더는 반박할 수가 없었다. 역시 조조를 상대로 모종의 계략을 꾸미고 있을지도 몰랐다. 곰곰이 생각해보니, 현덕이 이런 식으로 하루하루를 보내는 건 동승과 밀회한 그날 이후부터 시작된 일이다.

생각을 고쳐먹고 두 사람은 매일매일 무료함을 달래며 기다렸다. 그로부터 며칠 후, 둘이 함께 외출해서 저택으로 돌아와 보니, 매일 나오던 채소밭에도 안채에도 현덕의 모습이 보이지 않았다.

3

"주군은 어디 가셨는가?"

눈빛이 달라진 장비와 관우는 집을 지키는 하인에게 물었다.

"승상부로 가셨습니다."

"뭐? 조조가 불렀는가?"

"예. 조 승상께서 무슨 일인지 급히 사람을 마중하러 보내셨습니다."

그 말을 듣고 두 사람은 너무 뜻밖이어서 동시에 얼굴을 서로 마주 보았다.

"큰일 났다…. 우리가 있었으면 무슨 일이 있어도 같이 갔을 텐데…."

짚이는 데가 있었다. 평소에 침착한 관우조차 흥분하며 현덕을 걱정했다.

"마중 나온 사람은 누구더냐?"

"조조의 심복 허저와 장료가 수레를 타고 왔습니다."

"더더욱 의심스럽군."

"형님, 생각만 하고 있을 때가 아니오. 그건 나중에 해도 상관없소. 혹시라도 문밖에서 들여 보내주지 않으면 쳐부수고 들어갈 테요."

"그래야겠다! 서둘러라."

두 사람은 하늘을 나는 듯이 허도 대로를 지나 승상부로 한달음에 달려갔다.

그보다 몇 시간 전 일이다. 조조가 보낸 사람이 불쑥 찾아와 현덕은 속으로 무슨 일인지 의심스러웠지만, 마중 나온 허저와 장료에게 물어봐도 쌀쌀맞은 대답뿐이다.

"무슨 일로 부르시는지는 우리도 알 수 없습니다."

거절할 수도 없으니 현덕은 마음속으로 살얼음판을 걷는 듯한 심정으로 승상부 문에 들어섰다. 안내를 받은 곳은 관청이 아니라 조조 저택에 붙어 있는 남원 누각이다.

"오오, 오랜만이오."

조조가 기다리고 있었다. 홀쭉하고 기다란 얼굴, 여느 때처럼 가늘고 긴 눈초리에 반짝이는 눈동자를 빛내는 조조는 요사이 위용과 기품 둘 다 갖춰진 용모를 지닌 듯해 보였다.

"요즘 어쩌다 보니 그만 인사도 못 드리고 지나갔습니다. 항상 건강하십니까?"

현덕이 천연덕스럽게 인사하자 조조는 현덕의 얼굴을 빤히 쳐다보았다.

"건강 말이 나왔으니 말인데, 공은 무척이나 그을렸소. 듣자하니 요사이 채소밭에 나가서 농사일만 한다던데 그 일이 그리 즐겁소?"

"참으로 즐겁습니다."

마음속으로 현덕은 '이런 이야기라면' 하고 다소 마음을 놓았다.

"승상께서 정령(政令)으로 잘 다스리니 세상이 평안합니다. 해서 한가로움을 잊으려고 뒤뜰에서 밭을 열심히 가는데 낭비하는 일이 없고 몸에도 이로우며 밥맛이 좋아지니 더할 나위 없습니다."

"과연, 돈은 들지 않겠군. 공은 욕심이 없는 사람이라 생각했는데 재산을 모으는 취미는 있나 보오."

"무슨 그런 심한 농을 다 하십니까?"

현덕은 부러 부끄러운 듯이 고개를 숙였다.

"농담이오, 농담. 마음에 두지 마시오. 승상부 매화나무 정원에 매실이 열린 걸 보다가 문득 작년에 장수를 정벌하러 갈 때 행군하던 기억이 떠올랐지, 뭐요. 타는 듯한 날씨에 갈증으로 물도 없이 괴로워하는 병사들을 향해 조금만 더 가면 매실이 익은 매화나무 숲이 있으니 서둘러 가자고 했던 일 기억하오? 병사들을 속여 행군하니, 다들 입안에 침이 고여 나중에는 갈증을 잊게 되어 기나긴 여름날을 행군했던 일이 있었잖소."

조조는 그 일을 은근히 자랑스러워했다.

"해서 그대와 그 매실을 익혀 맛보면서 술잔을 나누고 싶다는 생각이 들었던 거요. 자, 이리 오시오. 술자리를 마련했으니 매화나무 숲을 거닐어봅시다. 내가 안내하리다."

조조는 먼저 일어서서 벌써 넓디넓은 매화나무 길을 성큼성큼 걸어가는 게 아닌가.

4

"오오…. 무척이나 넓은 매화나무 숲입니다."

조조의 안내에 따라 여기저기 거닐면서 현덕은 소리 내어 감탄했다.

"유 예주, 이 숲을 처음 보시오?"

"남원 문을 지난 건 오늘이 처음입니다."

"그렇다면 매화꽃이 필 때 안내했으면 더 좋았을 텐데, 참으로 아쉽구려."

"승상께서 몸소 안내해주시는 것만으로도 몸 둘 바를 모르겠습니다."

"주연을 준비한 작은 정자는 저쪽 매화 계곡을 돌아서 건너편에 있는 전망이 좋은 곳이오."

그때, 갑자기 후드득 하고 머리 위에서 무언가 땅으로 떨어졌다. 전부 푸른 매실이다.

"아니…!"

그 순간 나무 어린잎들에서도 나뭇가지 끝에서도 소리가 나며 사위가 한 점 암흑으로 변했나 싶더니 금세 기둥 같은 새털구름이 저 멀리 산그늘을 스치며 피어오르는 게 아닌가.

"용이다, 용."

"저것 봐라. 용이 승천한다!"

그곳으로 뛰어가는 심부름꾼 동자와 가신들이 저마다 바람 속에서 소리쳤다. 순식간에 천지를 쓸어버릴 듯이 소나기가 쏴하고 세찬 빗발로 내리쳤다.

"금방 그칠 거요."

조조와 현덕은 나무 그늘에서 비가 그치기를 기다렸다. 이때 조조가 현덕에게 이런 말을 했다.

"그대는 우주의 도리와 변화를 아오?"

"아직 알지 못합니다."

"용이라는 게 그걸 잘 설명하오. 용은 때로는 크기도 하고 때로는 작기도 하오. 큰 용은 안개를 뿜어 구름을 일으키고 강을 뒤엎으며 바다에 소용돌이를 불러일으키지. 작은 용은 머리를 묻고 발톱을 감추며 심연 속에서 잔잔한 물결도 일으키지 않소. 승천할 때는 대우주 높이 떠오르며, 숨어 있을 때는 100년이고 연못 바닥에 있소. 본디 성격은 양(陽)에 속하니 때마침 봄이 무르익으니 크게 움직이는 것이오. 용이 승천하면 구천이라 하여, 사람이 흥하고 의지와 시운(時運)을 얻으면 천하를 종횡한다고 하오."

"실제로 존재하는 것입니까?"

"있다고 생각하면 있고 없다고 생각하면 없을지도 모르오. 이를테면 지금이오."

조조는 하늘을 가리키며 말을 이어 나갔다.

"구름 기둥이 저편에 있는 산악을 스치고 무시무시하게 피어오르는 듯이 보였소. 하지만 구름 저편에 펼쳐지는 신비와 자연이 말해주는 신속함을 어느 누가 제대로 그 흔적을 잡아서 실제로 증명해 보일 수 있겠소."

"예부터 용에 관한 이야기는 무수히 들어왔지만, 아직 진짜 용의 실물은 손톱만큼도 본 적이 없습니다만."

"무슨 소리요!"

조조가 세차게 고개를 가로저었다.

"난 보고 있소! 이 눈으로 똑똑히…."

"아, 그렇습니까?"

"신비로운 용은 아니오. 이 지상에서 풍운을 만나면 일어서는 수많은 인간이라는 형상을 한 용이오. 다시 말해 용은 인간이라는 게 내 생각이오."

"그럴 수도 있겠습니다."

"그대도 용이오."

"무슨 말씀이십니까? 번개처럼 날아가는 신통력도 없고, 움켜쥘 발톱도 없으며 자유자재로 모습을 감추고 드러내는 재주도 없습니다. 아마 용은 용이라도 앞에 토(土) 자가 붙은 토룡이겠지요."

"겸손하시오. 그대는 제국의 이곳저곳을 돌아다녔으니 군웅을 꽤 알겠군. 그 가운데 당대 영웅으로 불러도 좋을 인물은 누구와 누구일 것 같소?"

"글쎄요, 어려운 질문입니다. 저같이 평범한 안목으로는…."

"그대 마음속에 있는 사람이면 누구라도 좋으니 한번 말해보시오."

현덕은 조조의 집요한 눈길에서 벗어나고 싶은 마음에 먼저 나무 그늘에서 나와 하늘을 바라보았다.

"아…, 비가 그쳤습니다."

천둥을 두려워하는 사람

1

비가 그치기를 기다리면서 나누던 잡담에 지나지 않아서 조조는 교묘히 대답을 피하는 현덕에게 화도 낼 수 없었다. 현덕은 약간 앞장서서 걷다가 적당한 곳에서 조조를 기다리며 하늘을 가리켰다.

"아직도 비가 내릴 듯한 구름입니다."

"비 또한 정취가 있어 좋소. 우정(雨情)이라는 말도 있잖소."

"방금 내린 소나기로 푸른 매실이 적잖이 떨어졌습니다."

"마치 시(詩) 속의 풍경 같지 않은가."

조조는 우뚝 멈춰 섰다. 현덕도 볼 수 있었다. 후각에서 시중드는 시녀들이 비가 그친 걸 보고 푸른 매실을 주우려고 하나 둘 몰려들었다. 아름다운 여인들이 손에 저마다 바구니를 들고 주워든 매실 개수를 서로 자랑했다.

"어머나, 승상께서 오셨네."

조조를 알아본 여인들은 여원(女院)의 차양이 쳐진 곳으로 도망치듯 숨어버렸다.

그 순간 조조는 시를 느꼈을까? 아니면 시녀들이 뿜어내는 젊음에 희열을 느꼈을까? 그 가늘고 긴 눈초리에 웃음을 가득 머금고 바라보다가 문득 손님인 현덕이 생각난 듯 툭 던졌다.

"애처로운 것이오, 여자란. 저게 바로 생활이오."

"어찌 저리도 아리따운 시녀들만 용케 뽑으셨습니까? 역시 도읍이라서 그런가요?"

"하하하. 이 숲에 매화꽃이 한꺼번에 피어 향기를 풍길 때는 시녀들의 아름다움도 자취를 감추고 만다오. 애석하게도 매화꽃은 지고 말지만…."

"미인의 아름다움은 오래가지 않습니다."

"그렇게 앞일을 생각한다면 모든 일이 허무해지오. 난 인생을 70년, 혹은 80년, 사람 수명을 최대한 길게 생각하고 싶소. 불자(佛者)는 짧다, 짧다 말하고 공간의 한순간이라 하지만 말이오."

"그 느낌은 잘 알겠습니다."

"난 불교 설법이나 군자의 말에 무조건 따를 수는 없소. 애초에 태어나기를 반골로 났나 보오. 허나 대장부가 가는 길은 스스로가 대장부가 아니라면 이해하기 어렵소."

조조는 입을 닫고 발걸음을 옮기면서 어느새 또 조금 전에 나누었던 이야기로 돌아갔다.

"어떻소, 유 공. 대체 당대 영웅은 누구라 생각하오? 있는지 없는지 그대 맘속에 있는 사람을 말해보시오."

"다시 그 얘기십니까? 암만 생각해도 전 이렇다 할 사람이 딱히 떠오르지 않습니다. 그저 승상의 은고(恩顧)를 입으며 조정을 받들 뿐입니다."

"공이 영웅이라고 단호히 말할 만한 사람이 없다면 세간에서 들은 이야기라도 좋소."

물론 성격이겠지만 열정적이다. 끈질긴 질문에 현덕도 더는 피할 수 없었다.

"들은 바로는 회남의 원술 같은 사람이 영웅이라 불리는 편인 듯합니다. 병사(兵事)에 정통하고 군량이 충분하며 세간에서도 한결같이 칭찬이 자자한 모양입니다."

그 말을 듣자 조조가 웃어젖혔다.

"원술인가. 그자는 이미 살아 있는 영웅이 아니오. 무덤 속에 묻힌 백골이지. 머지않아 내 반드시 생포해 보이겠소."

"그러면 하북(河北)의 원소를 들어볼까요? 원소 가문은 사대삼공(四代三公) 위치까지 오르고 문하에서 손꼽을 만큼 두드러진 관리들을 상당히 배출하였습니다. 지금 기주(冀州)에 호랑이처럼 웅거하는 모사와 용장은 그 수를 헤아릴 수 없다고 하며 앞날의 대계(大計)는 억측을 허용치 않습니다. 아마도 원소를 시대의 영웅이라 할 수 있잖겠습니까?"

"하하하, 그런가. 원소는 담력이 약하고 결단력이 없는, 이른바 옴 같은 놈이오. 큰일 앞에선 몸을 사리고 사소한 이익이 보이면 생명도 가벼이 여기는 성격이지. 그런 인간이 어떻게 시대의 영웅이 될 수 있겠소."

누구의 이름을 들먹여도 조조는 정면으로 부정하고 나섰다.

2

부정(否定)하기는 하지만, 모호하지 않다. 조조의 부정은 명쾌했다. 듣는 사람의 귀에 통렬한 쾌감조차 느끼게 한다. 현덕도 그만 그 재미에 빨려 들어갔다. 그렇게 현덕이 당대 영웅들의 이름을 하나씩 입에 올리면 조조가 논파하면서 자기도 모르게 이야기에 빠져 들어갔던지, 어느새 술자리가 마련된 작은 정자 앞에 다다랐다.

"유 공, 정취가 있지 않소?"

"과연 훌륭한 장소입니다."

"매화꽃을 감상하는 계절이 오면 자주 여기서 주연을 연다오. 자연의 정취를 느낄 수 있어 퍽 좋소. 오늘도 딱딱한 예의는 잠시 접어두고 편히 즐겨봅시다."

"좋습니다."

"같이 걸으면서 당대 영웅이 누군지 꽤 말을 많이 했는데, 내게는 아직도 탁상공론에 빠져 있던 때의 서생 기분이 남아 있는 모양인지 토론하는 일이 즐겁소. 오늘은 실컷 얘기해봅시다."

조조는 흉금을 터놓고 속마음을 다 보여줄 요량으로 말했다. 너무나 자연인다운 모습에 얼핏 낙양의 일개 서생처럼도 보였다.

허나 어디까지가 진짜 조조 모습인가. 현덕은 조조의 장단에 맞춰 경계심을 풀어버릴 듯한 모습은 좀처럼 드러내지 않았다. 현덕이 조조처럼 자신을 드러내 보인다면 말 그대로 자기 전부를 노출하는 것이리라. 현덕은 자신을 감추기 위해 세심하게 신경을 썼다. 아니, 오히려 겁이 많아 보이기까지 했다.

좋게 보자면 현덕이 인간의 본성을 깊이 관찰하고 단점에 신중하여 어디까지나 타인과 융화하는 일에 조심하는 온화한 모습 또는 마음가짐으로 보이지만, 나쁘게 보면 쉽게 남에게 속을 내비치지 않고 이중 삼중으로 주의하고 경계하는 성격이라고도 할 수 있다. 적어도 조조라는 인간은 그보다는 훨씬 간단명료했다. 때때로 감정을 겉으로 드러내기만 해도 어느 정도는 속내를 엿볼 수 있었다.

그렇다고 현덕은 음흉하고, 조조는 사람이 좋다고 딱 잘라 말할 수는 없다. 조조는 감정이나 쾌활하게 지껄이는 말, 흉금을 터놓고 말하는 서생 기질에도 상당히 기교와 기지를 발휘한다. 오히려 속내를 터놓고 말하며 상대를 방심하게 하는 책략으로 보일 수도 있다. 단지 조조는 타고난 성질이 드러나는 때와 기교와 기지가 발휘되는 때를 스스로 의식하지 못하기도 했다. 해서 조조 자신은 결코 그 둘을 말과 행동으로 일일이 분류해서 생각지 않을지도 모른다.

고운 옥 술잔
아름다운 도기 술잔
술안주는 푸른 매실

조금 전에 매실을 줍던 미희들 속에서 얼핏 본 듯한 미인 몇몇이 정자로 와서 두 사람의 술시중을 들었다.

"어, 취한다. 매실과 함께 먹으니 취기가 오르는 건가."

"저도 꽤 마셨습니다. 오랜만에 즐겁게 술을 마셨습니다."

"푸른 매실, 술을 데우고 영웅을 논하다. 조금 전부터 시의 첫 구만 완성하고 뒤를 이을 수가 없소이다. 유 공이 여기에 다음 시구를 붙여보지 않겠소?"

"도저히 못 합니다."

"시는 짓지 않는가?"

"애초에 풍류를 모르는 사람으로 태어났나 봅니다."

"그대라는 사람은 정말 재미없는 사내로군."

"송구합니다."

"그냥 술이나 마십시다그려. 헌데 술잔을 왜 내려놓으시오?"

"충분히 즐겼습니다. 이제 그만 일어설까 합니다만."

"에이, 무슨 소리요?"

조조는 자기 술잔을 들이대며 붙잡았다.

"아직 영웅론도 다 끝내지 못했잖소. 그대는 조금 전, 원술과 원소를 당대 영웅으로 들었소만, 이제 천하에 다른 인물은 없다고 여기는 거요? 묻겠소! 지금 이 시대는 정녕 인재가 부족하단 말이오?"

3

억지로 받은 술잔과 날아오는 질문에 현덕은 자리에서 마음대로 일어서지 못했다.

"아, 조금 전에 들었던 이름은 세간에서 들은 이야기를 말씀드린 것뿐입니다."

현덕은 또 그만 술잔을 받고 말았다.

조조는 연달아 물었다.

"세상 사람들이 하는 말이라도 좋소. 원소와 원술 말고 오직 당대 영웅에 비길 만한 사람이 누구요?"

"다음은 형주 유표일까요?"

"유표라…."

"위엄으로 보면 9주(州)를 다스려 팔준(八俊)이라 불리고, 다스림에도 눈여겨볼 점이 있다고 전해 들었습니다."

"아니오, 아니오. 다스리는 일은 유표 부하 중에 조금 영리한 놈이 하는 것일 뿐. 유표 단점은 뭐니 뭐니 해도 주색에 빠지기 쉽다는 거요. 여포와 같은 점이지. 그러니 어찌하여 시대의 영웅이 될 수 있겠소."

"오나라 손책(孫策)은 어떻습니까?"

"으음. 손책인가…."

조조는 웃음을 떨쳐버리지 않았다. 살짝 고개를 기울였다.

"승상 눈에는 손책이 어떤 인물로 보이십니까? 손책은 강동의 영수인데다 나이도 젊습니다. 백성도 소패왕으로 부르며 신뢰하는 듯합니다만…."

"말할 거리도 못 되오. 기략으로 한때 공을 세웠다 한들 애당초 부친의 명성을 등에 업고 일어선 풋내기일 뿐이오."

"그러면 익주 유장(劉璋)은 어떻습니까?"

"그런 자는 문지기 개요."

"아, 그렇다면 장수, 장로(張魯), 한수(韓遂) 같은 사람들은 어떻습니까? 이 사람들도 영웅이라 할 수 없습니까?"
"아하하. 영웅이 아니오, 전혀."
손뼉을 치며 조조는 비웃었다.
"그 사람들은 변변찮은 소인배들로 논할 가치도 없소. 하다못해 조금은 인간다운 꼴을 한 사람은 없소?"
"이제 그 외에는 들은 바가 없습니다."
"한심하오. 무릇 영웅이란 큰 뜻을 품고 만 가지 계책의 묘를 갖추고, 기가 꺾이지 않으며 기회를 놓치지 않고 우주의 기개와 도량, 천지의 이치를 체득하여 만민을 지휘하는 사람이 아니면 안 되오."
"이 세상에 그런 자질을 갖춘 인물이 있겠습니까? 무리한 요구십니다."
"아니오, 있소!"
조조는 갑자기 손가락을 들어 현덕의 얼굴을 가리키더니 또 그 손가락을 돌려 자기 코를 가리켰다.
"그대와 나요. 큰소리치는 게 아니라 지금 천하의 영웅이 될 만한 사람은 우리 두 사람밖에 없소."
그 말이 채 끝나기도 전이다. 번쩍하고 창백한 번갯불이 두 사람 무릎에서 번뜩인다 싶더니 억수같이 쏟아지는 비와 함께 우렛소리가 울려 퍼지며 어딘가에 있는 거목 위에 벼락이 내리꽂히는 듯했다.
"앗!"
현덕은 손에 쥔 젓가락을 내팽개치고 양쪽 귀를 막으며 바닥에 납작 엎드려버렸다. 금방이라도 천지를 찢을 듯한 울림이었지만, 너무나 놀라는 현덕 모습에 함께 자리에 있던 미희들조차 자지러지게 웃었다.

"호호호."

조조는 의심스러웠다. 잠시간 얼굴도 들지 못하는 현덕을 매서운 눈초리로 쳐다보았다. 하지만 미희들까지 비웃는 통에 자기도 모르게 입술을 일그러뜨리며 쓴웃음을 지었다.

"왜 그러시오. 이제 하늘도 개었는데…."

현덕은 술도 다 깨어버린 듯 읊조렸다.

"아…, 놀랐습니다. 천둥을 가장 싫어해서…."

"천둥은 천지의 소리, 어찌하여 두려워하는 게요?"

"모르겠습니다. 어릴 때 경기를 일으켰던 탓일까요? 이상하게도 어릴 때부터 천둥소리가 나면 몸 숨길 곳을 찾느라 갈팡질팡했습니다."

"흐음…."

순간 조조는 자신에게 딱 좋은 일이라도 생긴듯 기뻐했다. 현덕의 인물됨도 이 정도라면 세상이 필요로 하지 않는 사람이라 여겼다. 현덕의 먼 계략도 알지 못한 채 말이다.

4

마침 그 무렵 남원 문 주변에서도 뇌성 같은 사람의 목소리가 울려 퍼졌다.

"문 열어라, 문! 안 열면 쳐부수고 짓밟아버릴 테다!"

정원 안에 서 있던 보초병이 화들짝 놀라며 물었다.

"누구냐!"

실랑이를 벌이는 사이에도 거대한 문이 흔들흔들 움직였다. 유리 기와 두세 장이 문 지붕 위에서 덜그럭거리더니 떨어져 박살이 났다.

"이 무슨 행패냐! 누군지 이름을 대고 무슨 일인지 말하라."

그러자 문밖에서 말소리가 들려왔다.

"꾸물거릴 틈이 없다. 우리 두 사람은 오늘 승상에게 초대받은 손님, 유현덕 의제들이다."

"앗, 관우와 장비인가."

"열어라!"

"승상의 허락을 받고 왔는가?"

"그러고 있을 시간이 없다는데도…. 말귀를 못 알아먹는 놈이구나, 에잇! 귀찮다. 형님, 거 좀 비키시오. 이 큰 돌로 문을 때려 부술 테니."

안쪽에 서 있던 보초병은 두 눈이 휘둥그레졌다.

"기다려라, 기다려. 그런 당치 않은 행동은 멈춰라. 안 열겠다고는 하지 않았다."

"빨리 열어라! 빨리!"

"당돌한 놈이군."

벌벌 떨면서 어쩔 수 없다는 듯 문을 열자 두 사람을 쫓아온 듯한 승상부 관리와 병사들이 다급하게 저지했다.

"안 된다, 안 돼. 승상 허락을 받으라는데도 억지로 들어가려는 난폭한 놈들이다. 못 들어간다."

양옆에서 고함을 지르며 달려들었다.

"벌레 같은 놈들. 밟혀 죽고 싶으냐!"

장비가 때리고 밟아 뭉개고 집어 내던졌다. 병사들이 겁을 먹고 우르르 도망가자 장비가 큰 돌을 들어 올려 문을 부숴버렸다. 두 사람은 뛰어 들어가 매화나무 숲 사이를 질풍처럼 달렸다. 현덕이 이제 막 술자리에서 일어서 돌아가려던 참에, 두 사람이 작은 정자 아래에 도착했다.

"오오, 주군."

"큰형님."

현덕의 무사한 모습을 보고 땅에 넙죽 엎드려 북받치는 기쁨에 눈물을 흘리며, 한편으로 맥이 풀려 잠시간 어깨를 들썩이며 크게 한숨을 내쉬었다.

조조가 의심스러운 눈으로 관우와 장비를 바라보았다.

"관우와 장비인가. 부르지도 않았는데 무슨 일로 왔는가?"

"아…."

관우는 순간 말문이 막혀버렸다.

"그, 그러니까…. 마침 주연을 여신다는 말을 듣고 저희가 서투르지만 검무를 보여드리며 흥을 돋울까 하는 마음에 무례함을 무릅쓰고 찾아왔습니다만…."

괴로운 듯이 둘러대자 조조가 입을 떼기가 무섭게 크게 웃어젖혔다.

"와하하. 뭘 망설이는가. 이보게, 오늘은 그 옛날 홍문(鴻門)에서 벌인 잔치가 아니다. 어찌 항장(項莊)과 항백(項伯)이 필요하겠소. 그렇잖소, 유 황숙?"

"둘 다 덜렁대는 성격이라서…."

현덕도 덩달아 웃음으로 얼버무렸다.

"무슨 말이오, 덜렁이는커녕 천둥을 겁내는 사람의 의제치고는 과분할 정도요."

조조는 눈을 떼지 않고 두 사람을 지그시 쳐다보더니 이윽고 정자 위에서 술을 권했다.

"모처럼 찾아왔으니 검무는 됐고 두 번쾌(樊噲, 한고조 때 공신으로 홍문 회합에서 위급한 처지에 놓였던 유방을 구해 후에 유방이 왕위에 오르자 장군이 되었다 – 옮긴이)에게 술잔을 주게."

장비는 절을 하고 분풀이라도 하려는 듯 마구 마셔댔지만, 관우는 입안에 술을 머금고 있다가 조조가 보지 않는 사이에 뒤쪽에 뱉어버렸다.

비가 온 후 맞이하는 저녁 하늘에는 하얀 무지개가 걸려 아름다웠다. 호랑이 굴을 빠져나온 현덕이 몸을 실은 수레는 두 의제의 엄한 호위를 받으며 무지개 아래에 바퀴 자국을 남기면서 무사히 돌아갔다.

흉문 탈출

1

며칠 후, 현덕이 일전에 푸른 매실 아래 벌였던 주연에 초대해준 보답을 하러 승상부로 직접 가겠다며 수레를 준비시켰다.

관우와 장비는 입을 모아 걱정했다.

"조조의 마음속에 어떤 꿍꿍이가 숨어 있는지 알 수가 없습니다. 재주가 뛰어난 간웅의 흉문(兇門)으로 굳이 이쪽에서 가까이 다가가는 건 현명하지 않습니다."

평소 두려움이 없는 두 사람조차도 조조에게만은 경계를 풀지 않았다. 아니, 그렇다기보다 오히려 현덕이 자중하기를 간절히 바랐다.

현덕은 고개를 끄덕이고 빙긋이 웃어 보였다.

"해서 나도 굳이 채소밭에서 거름통을 지기도 하고 천둥소리에 귀를 막고 젓가락을 떨어뜨리기도 한 것일세. 조조가 총명하고 민감한 사람이니 피하고 다가가지 않으면 또 의심할 게야. 되레 어수룩하게 보여 가끔 조조가 비웃도록 해주는 편이 무사할 것이네."

왜 채소밭에서 곡괭이를 잡았는지 또 왜 우렛소리에 귀를 막았는지, 그 깊은 생각과 계략을 비로소 현덕이 밝혔다.

그 용의주도한 모습에 새삼 허를 찔린 관우와 장비는 '큰형님이 그렇게까지 마음을 먹은 이상, 조조에게 가까이 가는 일을 두려워할 수 없다'고 여기고 함께 수레 뒤를 따라 묵묵히 걸었다.

현덕을 맞이한 조조는 그날도 기분이 좋아 보였다.

"황숙, 오늘 날씨는 며칠 전과 달리 맑게 개고 바람도 없이 따뜻하니 천둥도 치지 않을 터. 천천히 함께 즐깁시다."

조조는 얼마 전에 벌였던 청아하고 담백한 정취와 달리 그날은 맛이 진하고 화려한 안주로 술상을 채웠다.

그때 한 신하가 다가와 고했다.

"하북 정세를 살피러 간 만총(滿寵)이 부하 밀정으로부터 받은 정보를 모조리 모아서 방금 돌아왔습니다."

조조는 흘끗 현덕의 얼굴을 보더니 명령했다.

"오, 만총이 돌아왔다고? 즉시 이곳으로 안내하라."

이윽고 만총이 신하와 함께 술자리로 와서 한쪽 끝에 섰다. 조조가 보고하라고 명했다.

"하북 정세는 어떤가? 원소의 허실을 제대로 살펴보고는 왔는가?"

"하북에 특별히 이상한 일은 없었습니다만, 북평의 공손찬(公孫瓚)이 원소에게 멸망당했습니다."

그 말을 듣고 놀란 사람은 자리에 있던 현덕이다.

"예? 공손찬이 죽었단 말입니까? 그 정도로 세력 기반이 있고 덕도 갖춘 인물이 어째서 하루아침에 멸망했을까…."

허무함에 탄식하고 손에 든 술잔도 잊은 듯한 현덕의 모습을 보고 조조가 의심스럽다는 듯 물었다.

"공은 어찌하여 공손찬의 죽음을 그토록 탄식하는 거요. 참모를 일이오. 흥망은 병가지상사가 아니오."

"그거야 그렇습니다만, 공손찬은 오래전부터 친하게 지내던 은혜로운 벗입니다. 일찍이 황건적 난이 일어났을 때였습니다. 가난했지만 뜻을 세운 제가 제대로 된 무기나 병사를 갖추지도 못하고 관우, 장비와 함께 지냈을 때, 난을 진압하러 가는 공손찬이 자기 부대에 흔쾌히 참가하게 해주었습니다. 또 그 진(陣)을 빌려 전투를 하는 등, 여러모로 신세를 졌던 분입니다. 아아, 만총 장군. 부탁이니 좀 자세히 들려주시지 않겠소?"

그 말을 듣고 조조가 조금은 수긍했다.

"그런 일이 있었소? 공은 무명일 때부터 공손찬과 깊은 사이였구려. 만총, 귀빈이 원하신다. 공손찬이 어떻게 죽었는지 자세한 사정을 말해보라."

그러자 만총이 빠짐없이 그 이야기를 들려주었다.

2

애초부터 만총은 정보를 얻기 위해 다녀온 터라 세세한 부분까지 들려줄 수 있었다. 믿을 수 있는 내용이란 말이다.

만총의 말에 따르면 북평의 공손찬은 근래에 기주에서 중요한 곳에 역경루(易京樓)라고 이름 붙인 큰 성곽을 지었고 완공하자 가족들을 다 그곳으로 이주시켰다.

역경루 규모는 어마어마하게 커서 한번 보면 공손찬의 세력이 더더욱 왕성해졌다고 믿을 수도 있지만, 실상은 그와 달랐다. 해마다 조금씩 이웃 나라 원소에게 국경 지역을 먹혀버려 옛날에 설치해놓은 성 주변 해자만으로는 불안했는지라 큰 공사를 한 것이다. 역경루로 옮겼다는 말은 이미 후퇴를 의미하는 쇠약의 조짐으로 한발 다가섰다는 뜻이리라.

공손찬은 역경루에서 군량 30만 석과 대군을 모아 몇 번 전투를 일으켜 그나마 강국의 면모를 유지하려고 노력하였다. 허나 언젠가 아군 한 부대를 적들 속에 내팽개쳐 모조리 죽게 한 사건이 있은 후부터 공손찬에 대한 신망은 옅어지고 군사들의 사기는 흐트러져갔다.

그날은 성 밖으로 나가 치열한 전투를 벌인 끝에 패하자, 너도나도 도망쳐 와서 역경루 성문을 굳게 닫은 뒤에야 알았다.

"적들 속에 우리 아군이 500명 넘게 퇴로가 끊긴 채 갇혀 있다. 이대로 버려둘 순 없다. 원군을 조직하여 구하러 나가자."

병사들을 구하러 나가려 움직였지만, 공손찬은 단호하게 허락지 않았다.

"그럴 순 없다. 500명의 병사를 구하려다 1000명의 병사를 잃고, 결국 성문의 허를 찔려 적이 밀어닥치기라도 한다면 크나큰 손해를 입을 것이다."

아뿔싸! 그 후 일이다. 원소 군이 성 주변까지 새까맣게 밀어

닥치자 성안에서 불만에 차 있던 병사들이 느닷없이 우르르 성을 나가더니 1000명이 넘게 한 무리가 되어 적에게 항복하는 게 아닌가.

항복한 병사는 적에게 심문을 받으면서 거리낌 없이 전했다.

"공손찬은 우리를 돈이나 물건으로밖에 생각지 않소. 손해인지 이득인지만 따져 500명이라는 생명을 못 본 체 죽게 내버려 두었소. 해서 우리는 공손찬에게 천(千)의 손실을 주겠다고 맹세한 거라오."

손실은 적에게 항복한 1000명 병사에 그치지 않았다.

그날 이후론 남아 있던 많은 병사의 사기도 쉬 오르지 않았다. 해서 공손찬은 흑산(黑山) 장연(張燕)에게 협력을 요청해 원소를 압박하여 물리치기로 계책을 세웠지만, 비밀 계획은 불의의 습격을 당하는 바람에 참패로 끝났다. 그 일이 있은 후로는 역경루 수비에만 의지하여 경계하며 밖으로 나가지 않은 탓에 공격하던 원소도 차차 지쳐갔다.

"역경루를 함락하려면 적어도 성안 병사가 30만 석에 달하는 군량을 다 먹어 치울 동안의 시간은 족히 걸릴 것이다."

이런 말이 떠돌 즈음, 원소 진영에 귀신같은 모략을 꾀하는 군사가 있으리라 누가 생각했겠는가. 땅을 뚫고 밤낮으로 지하도를 파더니 드디어 성안으로 침입해 불시에 덮쳐 방화에 교란, 살육까지 하면서 동시에 밖에서도 공격을 가해 단번에 성 전체를 몰살시켜버렸다. 도망칠 길도 없었던 공손찬이 처자를 베어 죽이고 자결하였음은 당연지사다.

"그렇게 해서 원소의 영토는 넓어지고 병마는 증강하는 중입니다. 뿐만 아니라, 근자에 원소의 동생인 회남의 원술도 한때는 황제라고 참칭하더니 자신이 만든 황제 자리도 얻을 수 없게 되자, 형 원소에게 전국옥새를 바쳤답니다. 형에게 황제 이름을 취하게 한 뒤 자신은 실리를 꾀하겠다며 결탁하려는 움직임이 있습니다. 이 두 사람이 또다시 합병한다면 절대 방치할 수 없는 큰 세력을 이루어 원소와 원술을 당해낼 만한 나라는 없을 것입니다."

만총이 긴 보고를 마쳤다. 조조는 상당히 심기가 언짢은 모습이다.

"승상, 긴히 부탁드릴 말씀이 있습니다. 들어주십시오."

홍이 깨진 조조의 얼굴을 향해 쭈뼛쭈뼛하며 현덕이 입을 열었다.

3

"황숙, 그리 정색하고 내게 부탁을 다 하다니요?"

"제게 승상의 일군을 빌려주시겠습니까?"

"내 군사를 이끌고 대관절 어디로 가려 합니까?"

"지금 만총이 하는 얘기를 들으니 불현듯 회남의 원술이 참칭하던 황제 이름과 함께 가지고 있던 전국옥새를 형 원소에게 주었다는 말은, 안으로는 두 사람의 세력을 모으고 밖으로는 하북과 회남을 하나로 합쳐 중원으로 날개를 펼치려는 속셈입니다. 이는 승상께서도 가만히 두고 볼 수 없는 징조가 아닙니까?"

"음…, 심각한 일이긴 합니다만, 공은 이 일에 대한 대책이라도 있소?"

"원술이 회남을 버리고 하북으로 가려면 반드시 여주 땅을 통과해야 합니다. 제가 지금 일군을 빌려 급히 달려가 원술의 행군을 도중에 습격해서 반드시 승상이 생각하는 우려를 없애겠습니다. 제위를 엿보는 원소의 주제넘은 행동을 징계하여 원소가 도모하는 모든 야심을 미연에 쳐부수겠습니다."

"공으로서는 평소답지 않은 용기오만, 어찌하여 갑자기 그런 생각이 들었소?"

"원술과 원소를 옴쭉 못하게 한다면 벗 공손찬의 영을 조금이나마 달래줄 수 있을까 합니다."

"과연…. 그대의 신의도 상관있었군그래. 원소는 은혜로운 벗을 죽인 적이기도 하다 그런 말이로군. 좋소. 내일 아침, 함께 천자를 뵌 후에 공의 요구를 주청하겠소. 공이 출전해준다면 나야말로 든든할 것이오."

다음 날 조정으로 나가 조조가 현덕의 뜻을 황제에게 아뢰자, 황제는 눈물을 머금으며 현덕을 직접 배웅하러 궐문까지 나갔다. 현덕은 장군을 나타내는 표지를 허리에 두르고 조정을 나와 승상부에 들렀다. 그러고 나서 조조로부터 5만 정병과 대장 둘을 빌려 서둘러 출발했다.

"뭐라? 유 황숙이 허도를 떠났다?"

놀란 사람은 동승이다. 동승은 십리정(十里亭)까지 말을 한달음에 달려 현덕을 쫓아갔다.

"국구, 안심하십시오. 항상 마음에 품은 맹약을 잊을 리가 있겠습니까? 도읍을 떠나더라도 내 마음은 잠시도 천자 곁을 떠나지 않을 겁니다. 그저 우리가 계획한 대사를 조조에게 들키지 않도록 신중하십시오."

현덕은 동승을 잘 타이르고 나서 헤어졌다. 그러고는 더욱 서둘러 밤낮으로 행군에 박차를 가했다.

관우와 장비가 의아해하며 물었다.

"큰형님, 전에 없이 왜 이리 급하시오. 무슨 일로 당황하시면서 소란스럽게 도읍을 떠나는 것이오?"

그러자 현덕이 속마음을 털어놓았다.

"이제 와 하는 말이지만, 우리가 허도에 있는 동안 하루도 안심하고 산 적이 없었다. 허도에 있는 동안 우리 몸은 새장 안에 갇힌 새요, 그물 속에 잡힌 물고기 같은 목숨이었네. 혹시라도 조조의 마음이 변한다면 언제 어느 때 조조를 위해 죽어야 할지도 모르리라…. 아, 이제 도문을 빠져나오니 지금은 큰 바다로 나간 물고기, 푸른 하늘로 돌아간 새가 된 기분이로구나."

"과연…."

그 말을 들은 관우와 장비는 현덕의 마음고생을 깊이 느꼈다. 무사한 것처럼 보였던 만큼 현덕의 마음고생은 오히려 컸던 것이다.

한편, 그 후 여러 군을 순찰하고 허도로 돌아온 곽가(郭嘉)가 승상부에 들렀다. 처음으로 현덕이 도읍을 떠나면서 대군을 빌려 간 사실을 알았다.

"당치도 않다!"

곽가가 놀라 곧바로 조조를 만나 극구 현덕의 무모함을 힐책하며 간절히 충언했다.

"어째서 호랑이에게 날개를 빌려준 것도 모자라 들판에다 풀어준 것입니까? 승상께서는 현덕을 얕잡아보신 게 아닙니까?"

4

"그런가…?"

조조의 얼굴에 동요하는 기색이 살포시 떠올랐다.

"당연합니다."

곽가는 더 호되게 다그쳤다.

"더 심하게 말하면 승상께선 현덕에게 한 방 먹은 셈입니다."

"어째서?"

"현덕은 승상께서 보시는 것처럼 착하기만 하고 평범한 인물이 아닙니다."

"아니다, 나도 처음엔 그리 생각했다."

"그럴 것입니다. 현덕이 왜 갑자기 채소밭에서 거름통을 짊어지고 자신을 만만하게 보이게 했는가 말입니다. 승상처럼 혜안을 가지신 분이 어찌하여 현덕만은 그리 우습게 보셨단 말입니까?"

"허면 현덕이 내 군사를 빌려 날 위해 원술을 물리치겠다고 한 말이 거짓이란 말인가?"

"아주 거짓은 아닐 것입니다. 승상을 위한 일이라는 둥, 그런 말에 우쭐해 하시면 크나큰 잘못입니다. 현덕이 한 행동은 어디까지나 자기 자신을 위한 것일 뿐입니다."

"그것참…."

조조는 발을 동동 구르고 입술을 깨물며 후회했다. '내 인생의 큰 과오다, 천둥을 겁내는 자에게 당하다니' 하면서 길게 탄식했다.

그때 진영 막사 밖에서 누군가가 끼어들었다.

"승상, 무얼 후회하십니까? 제가 한달음에 쫓아가 그놈을 생포하여 데리고 오겠습니다."

여러 사람이 보니 그 사람은 호분교위(虎賁校尉) 허저다.

"허저인가? 장하구나. 당장 서둘러라!"

허저는 가볍게 무장한 용맹스러운 기병 500명을 선발하여 질풍같이 현덕을 쫓아갔다. 쫓아간 뒤 나흘 만에 따라잡은 허저와 현덕은 각자가 부리는 병사들을 이끌고 말 위에서 회견했다.

"교위, 무슨 일로 예까지 왔소?"

"승상의 명이오. 병사를 내게 넘기고 즉시 도읍으로 돌아가시오."

"갑자기 무슨 일이오? 난 천자를 뵙고 조칙을 받았을 뿐 아니라 친히 승상의 명을 받아 당당히 도읍을 떠나왔소. 이제 와 교위에게 병사를 내주라니…. 아하, 알겠군. 그러고 보니 자네도 곽가나 정욱 무리와 상통하는 천한 비렁뱅이 패거리인가?"

"뭣이라? 비렁뱅이 패거리?"

"그렇다! 나에게 화를 내기 전에 스스로 돌아보라. 우리가 떠나기 전에 곽가와 정욱이 줄기차게 뇌물을 요구하는 걸 상대도 안 하고 거절했더니 그 분풀이로 승상께 모략하여 네게 쫓아가라고 부추겼나 보구나. 허…, 가소롭다. 비렁뱅이 혀끝에 놀아나 애써 심부름 온 자네의 정직함이…."

현덕은 껄껄 웃었다.

"그렇지 않고 억지로라도 나를 끌고 가려 한다면 우리에겐 관우와 장비가 있으니 인사시켜도 좋겠지. 허나 승상이 보낸 사자의 목을 베어 돌려보내고 싶은 마음은 추호도 없다. 자네도 심사숙려하여 내가 한 말을 승상께 잘 전해라."

말을 끝낸 현덕은 여러 병사 속으로 홀연히 모습을 감추었고, 현덕 군은 곧바로 발맞추어 전진하였다.

허저는 어찌해보지도 못한 채 허무하게 도읍으로 돌아가 조조에게 낱낱이 보고했다. 조조는 분노하여 즉시 곽가를 불러 뇌물에 관한 일을 엄하게 심문했다.

곽가는 얼굴색이 바뀌면서 서운해했다.

"승상, 무슨 말씀이십니까? 제가 말씀드린 대로 또 현덕에게 속아 저까지 의심하시다니요."

그러자 조조도 깨달은 듯이, 시원시원하게 웃으며 곽가를 달랬다.

"지금 한 말은 잠시 농을 한 것이다. 세월은 불러도 돌아오지 않고, 실수는 쫓아도 예전으로 되돌릴 수 없는 법. 이제 군신 사이에 불만을 토로하는 일은 그만두자. 어리석구나, 어리석어…. 오히려 술잔을 들어 새로이 대비하자꾸나. 후일에 오늘 내가 저지른 실수의 백배를 현덕에게 맛보게 해줄 터. 곽가, 누각으로 올라가 술이나 한잔하세."

가짜 황제의 말로

1

일찍이 동승과 함께 의맹에 이름을 올렸던 서량 태수 마등도 현덕이 도읍을 탈출했다는 소식을 들었다.

"앞날은 아직도 멀었구나."

그렇게 생각했는지 본국에 오랑캐가 습격했다는 보고를 올리고 급히 서량으로 돌아갔다.

때는 건안 4년 6월, 현덕은 이미 서주에 도착한 뒤였다. 서주성은 전에 조조가 당분간 머물게 한 임시 태수 차주(車胄)가 지키는 성이다.

때마침 차주가 마중을 나왔다.

"승상부 직속 대군을 이끌고 오셨는데, 무슨 일로 급히 내려왔을까?"

차주는 의심을 품으면서도 그날 밤, 성안에서 큰 주연을 벌여 먼 길을 달려온 피로를 달래주고 싶다는 마음을 전했다.

연회에 참석하기 전에 현덕은 차주와 따로 다른 전각에서 만나 이야기하며 협력을 구했다.

"승상께서 내게 병사 5만을 내리신 이유는 일찍이 전국옥새를 가로채 황제 자리를 넘본 원술이 형 원소와 결탁해 전국옥새를 하북으로 빼 돌리려는 걸 도중에 토벌하기 위해서요. 그러니 공도 신속하고 은밀하게 우리를 도와 원술의 근황과 회남 정세를 탐색해주었으면 하오."

"잘 알겠습니다. 승상께서 군사와 함께 보내신 대장은 누구와 누구입니까?"

"주령(朱靈)과 노소(露昭)요."

"건승하신 모습을 뵈니 기쁩니다."

두 사람이 이야기를 나누는데, 옛 신하 미축(糜竺)과 손건 등이 만나러 와서 다들 그날 밤 벌어지는 연회 장소로 이동했다. 연회가 끝나기를 학수고대한 현덕은 미축, 손건 등과 함께 성을 바삐 나섰다. 그러고 나서 오랜만에 처자가 있는 옛집으로 돌아갔다.

현덕은 맨 먼저 어머니가 기거하는 방으로 들어가 노모 앞에서 무릎을 꿇고 손을 내밀었다.

"어머님, 아들이 돌아왔습니다. 비라고 불러주십시오. 비입니다."

"오오, 비냐…."

노모는 현덕의 손을 쓰다듬으며 어깨를 어루만지더니 이윽고 아들의 얼굴을 껴안았다.

"이렇게 무사히…."

노모 눈에 금세 눈물이 고였다. 노모는 요사이 눈도 침침해지고 귀도 멀어 혼자서는 걸을 수도 없었다. 그래도 언제나 부드러운 비단이나 짐승 가죽, 털옷을 입고 오로지 자식이 무사하기만을 빌었다.

“기뻐하십시오, 어머님. 이번에 도읍으로 올라가 천자를 알현했습니다. 천자께서 직접 하문하셔서 처음으로 우리 가계의 이야기를 들려드렸습지요. 즉시 조정 계보를 조사하시고 유현덕은 한실과 이어진 사람의 후손이다, 현덕은 짐의 외숙뻘 되는구나, 하시며 분에 넘치는 말씀을 해주셨습니다. 해서 오랫동안 묻혀 있던 우리 가문도 다시 한가 계보에 기록되어 조금이나마 지하에 계신 조상님께 제사를 올릴 수 있게 되었습니다. 이 전부가 어린 묘목이던 절 통해 어머님의 힘이 하나의 꽃으로 피어난 결과입니다. 어머님, 아무쪼록 오래오래 사셔서 더더욱 유씨 가문이 꽃 피는 날을 봐주십시오.”

“오…, 그랬더냐. 오오….”

노모는 기쁨에 찬 표정으로 그저 눈물만 주르륵 흘렸다. 조용히 눈물을 흘리며 고개만 주억거릴 뿐이다.

이윽고 방 안은 봄바람처럼 단란함이 감돌며 활기가 넘쳤다. 아내도 함께 자리하고 아이들도 오랜만에 모였다. 현덕도 어느새 그 속에 섞여 마음 놓고 가족의 한 사람이 되었다.

2

이때, 회남의 원술은 황제라 참칭하고 전각이나 후궁도 모조리 황제의 부(府)를 흉내 내어 막대한 비용을 들여 지었던 터라, 자연히 백성에게는 무거운 세금을 부과하고 폭정에 폭정을 거듭하였다. 이제 무리하지 않고서는 그 지위를 유지할 수 없었다. 당연히 민심은 등을 돌렸고 내부에서는 분규가 일어났다. 뇌박(雷薄)과 진란(陳蘭) 등과 같은 대장들도 이대로는 앞날이 염려스럽다며 숭산(嵩山)으로 들어가 몸을 숨겼고, 설상가상으로 근년에 있었던 수해로 국정은 위기와 맞닥뜨렸다.

해서 원술이 기사회생의 한 책략으로 생각해낸 것이, 하북의 형 원소에게 이미 실컷 누릴 만큼 누린 황제의 칭호와 전국옥새를 내주어 확실하게 몸을 보호하자는 것이다. 원소에겐 처음부터 천하에 바라는 일이 있었다. 게다가 일전에 북평의 공손찬을 멸하여 영토는 단번에 확대되었다. 원래부터 군량과 재화가 풍부한데다 세력이 융성해진 만큼 두말없이 답했다.

"회남을 버리고 하북으로 오겠다면 뒷일은 책임지겠다."

어리석게도 원술은 수해로 굶주려 운신을 못하는 주민들만 남겨둔 채 사람과 말을 모조리 이사시키기로 결심하였다. 회남에서 하북으로 말이다. 황제를 위한 물건과 궐문에서 쓰던 집기만을 싣는데도 수레 수백 승이 필요했다. 후궁들을 태운 수레와 어리고 나이 든 가족들을 태운 나귀만으로도 구불구불한 대열이 몇 리나 이어졌다. 기마병 대열도 뒤를 따랐고 장병들 가족부터 가재도구까지 이어졌으니 전대미문의 대규모 이동이다. 그 대열은 개미 떼처럼 끈기 있게 들판을 걷고 산을 굽이 돌아 강을 건너며 천천히 이동했다. 새벽 일찍 떠나 해가 질 무렵에만 잠깐씩 머무르며 북으로 북으로 기나긴 행렬을 움직였다.

서주 근처였다. 현덕 군이 눈에 불을 켜고 기다리는 중이었다. 총 5만 군사, 주령과 노소를 양옆에 거느리고 현덕이 한가운데에 서서 학익진을 만들어 포위해 갔다.

"돗자리나 짜던 교활하고 천한 놈이…."

원술 선봉에서 지휘하던 대장 기령이 달려왔다.

"오래 기다렸다."

기령을 본 장비가 말을 마치기가 무섭게 무기를 번뜩이며 10합 정도 서로 고함을 지르며 싸우다가 순식간에 기령을 창으로 찔러 죽였다.

"이리 되고 싶은 자는 장비 앞으로 와서 이름을 대라."

장비가 적에게 시체를 내던지며 엄포를 놓았다.

잇달아 원술 휘하 장군들이 줄줄이 쓰러지며 그 숫자는 야금야금 줄어갔다. 그뿐 아니라 어수선하게 흐트러진 뒤쪽에서 한 무리의 군마가 원술의 중군을 맹공격하더니 군량과 재물, 부녀자들을 실은 수레를 약탈하기 시작했다.

아직 전투가 벌어지는 중인데 대낮에 강도를 맞은 것이다. 그 도적 군은 일전에 원술은 가망이 없다며 포기하고 숭산으로 몸을 숨긴 옛 신하 진란과 뇌박 등이 이끄는 무리였다.

"네 이놈, 충성도 의리도 없는 역적 놈들."

원술이 격노하여 비명을 지르는 부녀자를 구하려고 몸소 창을 들고 미친 듯이 달려갔지만, 뒤돌아보니 어느새 아군 선봉도 궤멸당하고 이진(二陣)도 무너져갔다. 해 질 무렵 초저녁달이 떠 아래를 내려다보니 아군 시체가 헤아릴 수도 없을 만큼 겹겹이 쌓여 있는 게 아닌가.

"이러다간 나도 위험하겠는걸."

퍼뜩 이런 생각이 들어 밤낮을 달려 도망쳤지만, 도중에 강도와 산적 패거리에게 위협을 받아 강건한 병사들이 제멋대로 뿔뿔이 흩어져버릴 줄이야. 간신히 강정(江亭)이라는 땅까지 후퇴하여 병사들 수를 세어보니 1000명도 채 못 미쳤다. 그 반은 살이 통통 오른 일족이거나 아무 도움도 되지 않는 늙은 하인이나 여자아이들이다.

3

때는 무더운 6월이었으니 고충은 이만저만하지 않다. 찌는 듯한 날씨에 몸이 타버릴 것 같다고 호소하는 노인도 있었다.

"이제 한 걸음도 더는 못 걷겠소."

"물을 마시고 싶다. 물을 다오."

절규하면서 숨이 끊어진 병자나 부상자도 더러 있었다. 도망가는 사람 수가, 10리를 가면 10명이 줄고 50리를 가면 50명이 주는 추세다.

"걷지 못하는 자는 어쩔 수 없다. 부상자나 병자도 버리고 간다. 우물쭈물하다가는 현덕의 손에 잡히고 만다."

원술은 일족의 노인과 어린아이들, 평상시 거느리던 부하들도 거리낌 없이 버리고 도망쳤다. 며칠을 도망자 신세로 지내는 동안 비축해둔 군량도 바닥나버렸다. 보리 부스러기를 먹으며 사흘이나 견뎠지만 이제 그마저도 남아 있지 않았다.

굶어 죽는 사람이 몇인지 파악할 수 없을 정도였다. 마침내 입고 있던 옷까지 도적 떼의 습격으로 빼앗겨 비틀거리듯이 열흘 넘게 터덜터덜 걸어가는데, 돌아보니 어느새 자기 옆에는 조카 원윤(袁胤)밖에 보이지 않았다.

"저기 농가가 보입니다. 저곳까지 조금만 참으십시오."

당장이라도 숨이 끊어질 듯한 원술 손을 어깨에 올려놓으며 조카 원윤은 타는 듯한 하늘 아래에서 기를 쓰고 걸었다. 두 사람은 아귀같이 그 농가 부엌까지 기어갔다.

원술은 큰 소리로 온 힘을 짜내어 외쳤다.

"내게 물을 다오! 꿀물은 없는가…."

부엌에 있던 농부 하나가 썩은 미소를 날렸다.

"뭐, 물? 핏물이라면 모를까. 꿀물 따위 있을 리가 있나? 말오줌이라도 마시는 게 좋을…."

냉혹한 말이 쏟아지자 원술은 비틀비틀 겨우 일어섰다.

"아! 이제 백성도 없는 군주인가. 정녕 물 한 잔을 기꺼이 내주는 사람도 없는 몸이 되었단 말인가…."

큰 소리로 통곡하더니 컥! 하고 입에서 피 2말을 토하며 썩은 나무가 쓰러지듯 고꾸라졌다.

"앗, 백부님!"

원윤이 매달리며 목 놓아 불러댔지만, 아무 대답이 없었다. 원윤은 울면서 원술을 묻고 혼자서 노강(盧江) 방면으로 도망쳤지만 소용없었다. 도중에 광릉(廣陵)의 서구(徐璆)라는 사람이 원윤을 붙잡아 몸을 뒤져보니 뜻밖의 물건을 발견했다. 다름 아닌 전국옥새다.

"어떻게 이런 물건을 가지고 있는가?"

고문으로 추궁당한 원윤이 원술의 최후를 자백하자, 깜짝 놀란 서구는 즉시 조조에게 서신으로 보고하면서 전국옥새도 동봉하였다. 조조는 서구가 세운 공을 치하하며 바로 광릉 태수에 봉했다.

한편, 현덕은 기대한 목적을 달성했으니 주령과 노소를 도읍으로 돌려보내고 조조에게서 빌린 5만 병사는 '국경을 수비하기 위한' 목적으로 그대로 서주에 주둔시켰다. 두 대장이 도읍으로 돌아가 조조에게 그 연유를 보고하자, 조조는 열화같이 분노했다.

"내 병사를…. 내 허락도 기다리지 않고 왜 서주에 남겨두고 왔나!"

조조가 그 자리에서 두 대장의 목을 베려는 순간 옆에서 순욱이 간언했다.

"이미 승상께서 현덕에게 총대장이 되도록 허락하셨는지라 군 지휘도 당연히 현덕에게 넘어간 것입니다. 두 사람은 현덕의 부하로 갔으니 그 위령에 따르지 않을 수 없었을 것입니다. 이제 어쩔 수 없습니다. 이렇게 된 이상 차주에게 모략을 지시하여 현덕을 물리칠 수밖에…."

"음…. 그렇군."

조조는 순욱의 간언을 받아들이고 그때부터 오로지 현덕을 제거하기 위한 궁리를 하였으리라. 마침내 은밀히 서신을 차주에게 보내 그 책략을 지시했다.

안개 바람

1

진 대부 아들 진등(陳登)은 그 후에도 서주에 머무르며 임시로 성을 지키던 차주를 보좌하였는데, 어느 날 차주의 부름을 받고 성으로 올라갔다. 그날따라 차주가 주위 사람을 물리더니 목소리를 한껏 죽이며 의견을 구했다.

"조 승상이 밀서를 보내 현덕을 죽이라는 비밀 명령을 내렸는데, 자칫 잘못하면 큰일이 벌어질 것 같소. 뭔가 필살의 명안이 없으시오?"

진등은 내심 놀랐지만, 천연덕스러운 얼굴로 말했다.

"지금 현덕을 죽이는 일은 주머니 속에 있는 물건을 잡는 것처럼 손쉬운 일이 아닙니까? 성문 안에 복병을 깔아두고 현덕을 불러 문을 통과할 때 사방에서 창과 검을 날려 무기의 밥으로 만드는 겁니다. 전 망루 위에서 현덕을 따르는 부하들이 해자 위 다리를 건널 때 쉴 새 없이 활을 쏘아 쓰러뜨리겠습니다."

"좋소, 서두르시오."

차주는 그 계략을 기뻐하면서 군사를 모으는 한편, 사자를 보내 성 밖에 있는 현덕에게 편지를 띄웠다.

> 8월의 서늘한 가을, 달구경 하기에 좋은 계절입니다. 맑은 바람에 가마를 타시고 성루 앙월대(仰月台)로 와주십시오. 아름다운 여인과 옥 술잔을 마련해놓고 기다리겠습니다.

그날, 진등은 귀가하자마자 진 대부에게 그 일을 털어놓으며 아버지의 기색을 살폈다. 현덕을 생각하는 진 대부의 마음은 예전과 조금도 다르지 않았다.

"현덕은 인자(仁者)다. 우리 부자는 조조에게 녹봉을 받기는 했지만, 그렇다고 현덕을 죽일 수는 없는 노릇. 넌 어찌 생각하느냐?"

"애초에 제가 차주에게 답한 건 본심이 아닙니다."

"그러면 즉시 현덕에게 이 일을 몰래 보고하는 게 좋겠다."

"사자를 보내는 건 아무래도 불안하니 밤이 되기를 기다렸다가 직접 다녀오겠습니다."

이윽고 진등은 땅거미가 질 무렵, 나귀를 타고 홀로 집을 나섰다. 현덕의 옛집을 찾아갔지만, 현덕은 만나지 못하고 관우와 장비를 불러 차주가 꾸민 일을 알렸다.

"조금 전에 시치미를 딱 떼고 인사하면서 달구경에 초대한다던 그 사자 말이군. 교활한 놈 같으니."

진등의 말을 듣자마자 장비가 어금니를 앙다물며 당장이라도 기병 70~80기를 거느리고 성안으로 쳐들어가 차주의 목을 찢어발기고 오겠다며 큰소리를 쳤다.

"서두르지 마라, 적도 채비하였을 것이다."

관우는 장비의 경솔함을 나무라며 계획을 찬찬히 세운 다음 밤이 깊어지기를 기다렸다.

"이런 일은 큰형님 귀에 들어갈 필요도 없는 사소한 일. 단둘이 조용히 처리하자."

관우의 생각에 장비도 순순히 응했다. 그러고는 함께 관우가 세운 계략을 따르기로 약조했다.

얼마 전 도읍에서 이끌고 온 5만 군대는 조조 깃발을 사용한다. 관우는 그 깃발을 이용하여 아직 안개가 부옇게 낀 새벽녘 어스름한 무렵, 병마를 이끌고 소리 없이 살금살금 서주성 해자 가장자리까지 나아갔다.

일순간 소리 높여 외쳤다.

"문을 열어라!"

"누구냐?"

뜻밖에 나타난 군마에 성안에서 번을 서던 부장(部將)은 적잖이 긴장하며 쉽게 문을 열 기색을 보이지 않았다.

"난 조 승상의 사자로 긴급한 용무가 있어 허도에서 급히 내려온 장료다. 의심스러우면 승상께서 내리신 깃발을 보아라."

새벽녘 별빛 아래에서 줄기차게 깃발을 흔들었다. 조조가 보낸 급사라는 말에 차주는 의심이 갔다. 그보다 먼저 성안으로 들어간 진등은 차주가 의심하며 망설이는 모습을 보더니 슬며시 위협했다.

"뭘 하십니까? 어서 성문을 열지 않고. 저렇게 조 승상의 깃발이 펄럭이는 게 보이지 않습니까? 혹시라도 사자의 심기를 불편하게 해서 후환이 생겨도 전 모르는 일입니다."

2

차주도 호락호락 넘어가지는 않았다. 진등이 옆에서 조급히 굴어도, 위협해도 굳건히 버텼다.

"아니오, 날이 밝기를 기다렸다 문을 열어도 늦지 않소. 아직 성문 밖이 어두운데다 아무 예고도 없이 불쑥 들이닥친 사자를 들일 수는 없는 노릇이오."

날이 밝으면 만사는 끝장이다. 관우는 초조해졌다.

"문을 열지 못할까! 긴급히 기밀한 일로 조 승상이 보내신 사자를 왜 성문을 닫고 거부하느냐. 아하, 그러고 보니 차주 네놈에게 딴속이 있는 모양이군. 좋다, 돌아가서 이 일을 그대로 조 승상에게 전할 테니 나중에 후회하지 마라."

말을 마치고 뒤쪽 대열에 있는 군사들에게 부러 큰 소리로 돌아가라는 호령을 외쳤다.

당황한 차주가 곧바로 성문을 활짝 열어젖혔다.

"아, 아니, 기다리시오. 동녘 하늘도 희붐히 밝아오니 사자인지 아닌지 어렴풋이 분간이 가오. 승상이 보내신 사자가 틀림없군. 들어오시오."

말이 끝나자마자 해자 수면 위에 자욱이 낀 하얀 아침 안개가 뭉게뭉게 피어 들어왔다. 그 속에서 따가닥따가닥 다리를 건너는 말발굽 소리와 병사들의 발소리는 오싹한 느낌을 주었다. 아직 날이 밝기 전이라 서로 얼굴을 대면하지 않는 이상, 누가 누군지 분간할 수가 없었다.

"그대가 차주인가?"

관우가 다가가자 차주는 이상한 낌새를 느꼈다.

"앗, 네놈은?"

차주는 갑자기 고함을 지르며 어디론가 도망쳐버렸다. 순식간에 사방에 푸른 피가 억수같이 흘러내리며 성안에 있던 병사들은 몰살당하였다. 당시 성안 병사들은 대부분 곤히 잠든 상태였다. 관우와 장비 부하 1000여 명은 전날 밤부터 만반의 준비를 한 결과 예상했던 대로 무시무시한 살육전이 벌어졌다.

진등은 잽싸게 성루 위로 뛰어 올라가 미리부터 그곳에서 잠복하던 노궁수에게 명했다.

"차주 부하들을 쏴라."

활을 메기던 병사들은 아군을 쏘라는 명령에 주저했지만, 진등이 뒤에 서서 칼을 뽑아 들자 일제히 달아나는 아군 위로 화살비를 쏟아부었다. 소낙비같이 쏟아지는 화살 아래 쓰러지는 병사 수를 헤아릴 수 없을 지경이다. 임시 성주 차주가 마구간에서 말을 끌고 나와 뒤도 돌아보지 않고 허겁지겁 성문을 빠져나가려는 찰나.

"이 벌레 같은 놈, 어디로 도망가느냐!"

끝끝내 쫓아온 관우의 번뜩이는 칼날에 차주 목은 뎅강 잘려 땅에 고꾸라졌다.

이윽고 날이 밝아왔다.

"음…. 큰일을 저질렀구나."

현덕이 변고를 듣고 당장 집을 뛰쳐나와 서주성으로 달려가려고 하니, 이미 관우는 선혈이 뚝뚝 떨어지는 차주의 목을 말안장에 꽁꽁 매달고 개가를 올리며 돌아온 뒤였다. 관우를 맞이한 현덕만이 혼자 근심 어린 표정으로 안타까워했다.

"차주는 조조가 신임하는 신하이자 서주의 임시 성주였다. 차주를 죽이면 조조가 백배 더 분노할 것이다. 내가 미리 알았더라면 죽이지 않았을 것을…."

그 속에 장비 모습이 보이지 않아 걱정하니, 한발 늦게 장비도 돌아왔다.

"상쾌하다. 해장술이라도 실컷 들이킨 것 같은 시원한 아침이군."

그리 말하며 장비는 피를 후두둑 떨쳤다.

현덕이 눈살을 찌푸리며 물었다.

"차주의 처자와 친족은 어찌하였느냐?"

"내가 뒤에 남아 모조리 베어버리고 왔으니 안심하십시오."

장비는 대수롭지 않은 듯 의기양양하게 답했다.

"왜 그런 무자비한 짓을 했느냐?"

현덕은 정신없이 떠들어대는 장비를 심히 나무랐지만, 야단쳐도 이미 돌이킬 수 없는 일이다. 허도에 있는 조조를 생각하니 현덕은 근심과 두려움이 남몰래 커져만 갔다.

편지 1통에 10만 병사가 움직이다

1

그 후 자기 의지와는 달랐지만, 현덕은 서주성으로 들어갔다. 하지만 사태가 돌아가는 귀추를 보고 사방에서 벌어지는 정세를 둘러보아도 예전처럼 모호한 태도나 비굴한 성격으로 지내는 일은 용납될 수 없는 상황이었다.

현덕은 무리하게 일을 처리하는 걸 극도로 꺼려 했다. 무슨 일이든 무리하고 급하게 처리하지 않으려 무진 애를 썼다. 조조와는 정반대 성격이지만, 이번에 이런 일을 일으켜 격노한 조조에게 기름을 끼얹는 일은 결코 현덕이 원하는 바가 아니었다.

"조조의 성격으로 미루어 짐작해보면 반드시 몸소 대군을 이끌고 공격해 올 것이다. 어떻게 내가 조조에게 대항할 수 있단 말인가?"

현덕이 솔직하게 근심을 토로했다.

"걱정하지 않으셔도 됩니다."

"왜 그런가?"

현덕이 의아해하며 진등에게 이유를 물었다.

"이 서주 외곽에 시와 그림, 거문고와 바둑을 즐기며 여생을 보내는 고고한 선비가 있습니다. 환제(桓帝)께서 성대를 누릴 적에 조정에서 상서(尙書)를 지냈으며, 집안도 여유가 있고 인품도 훌륭한데다…."

진등이 전혀 상관이 없는 말을 하기 시작했다.

"진등, 그대가 하려는 말의 요점은 뭐요?"

"그러니까 주군께서 근심을 떨쳐버리고 싶으시다면 한번 그 은자 정현(鄭玄)을 불러보는 게 어떻겠습니까?"

"서화나 거문고, 바둑으로 위로한다면 내 마음에 아무런 울림이 없을 것이네."

"정현은 세속을 떠난 품위 있는 사람이긴 하지만, 주군에게까지 풍월을 즐기라고 드리는 말씀은 아닙니다. 은자 정현과 하북의 원소는 함께 궁궐에서 고관을 지냈던 관계인지라 3대째 가문끼리 알고 지내는 사이입니다."

"…?"

현덕이 눈을 바로 뜨고 진궁을 바라보았다.

"지금 조조가 위엄과 세력을 지녔다 해도 항상 두려워하고 꺼려 하는 자는 하북의 원소밖에 없습니다. 하북 4주(州)에 주둔하는 정병 100여만 명과 함께 문관, 무장, 모사, 게다가 하북의 모든 재산과 그 가문이 발휘할 가공의 힘 등 쉬이 제거할 수 없는 거대한 세력입니다. 송구스럽지만, 아직 주군 같은 분은 조조 안중엔 없을지도 모릅니다."

"음…."

현덕은 쓴웃음을 지었다.

'그렇다, 조조 안중에 아직 나 따위는….'

이런 생각을 하니 빙긋이 웃음이 절로 났다.

"친히 정현을 만나 원소에게 보낼 편지 1통을 써달라 부탁하십시오. 정현이 편지를 써준다면 원소는 분명 주군께 호의를 보일 것입니다. 원소와 결탁하면 조조라 한들 두려울 게 없습니다."

"과연…. 그대의 깊은 모략은 진귀하고도 중요하지만, 성공하지는 못할 것 같네만."

"어째서입니까?"

"생각해보게. 난 이미 원소의 동생 원술을 이 땅에서 없애지 않았는가?"

"그러니까 그 일을 정현이 잘 수습하도록 노력해야 하는 것입니다. 속세를 떠난 선비에게 속세를 위해 공헌하게 한다는 게 이 책략의 묘한 점입니다."

마침내 진등의 안내를 받아 현덕은 고고한 선비 정현의 집 문을 두드렸다. 정현은 흔쾌히 맞이해주었을 뿐 아니라, 조용히 무릎을 꿇고서 찾아온 목적을 말하는 현덕을 바라보며 운을 떼었다.

"그대 같은 인자를 위해서 아무것도 재지 않고 오랜만에 속세 일을 논하다니…. 늙고 한가한 사람에겐 오히려 생각지도 못하게 기쁜 일이오."

정현은 곧바로 붓을 들더니 세세한 내용과 함께 자기 의견을 덧붙여 원소 앞으로 편지를 1통 써주었다.

> 부디 사사로운 원한은 잊고 유현덕과 협력하기 바라오. 역사는 밝고 만대를 멸하지 않으니, 오늘날의 시운은 대의와 대도(大道)를 지키는 사람에게 역력히 향해 있소. 지금 유현덕을 얻는 일은 원 씨 가문에게 더없이 경사스러운 일이라 믿으며 나 역시 흔연히 힘을 보태기로 했소.

"이것으로 되겠소?"

정현은 시 읊듯이 편지를 읽어주더니 봉했다.

현덕은 감사히 받고 물러났다. 나귀를 타고 성으로 돌아온 현덕은 즉시 부하 손건을 사자로 명해 하북으로 파견했다.

2

멀리 서주에서 사자 손건이 서신을 가지고 하북 부(府)에 도착했다는 말을 들은 원소는 날을 잡아서 알현을 허락했다.

손건은 고개를 숙이고 거듭 절을 한 뒤에 두려워하면서 조심조심 말하며 상대방에게 진심으로 간청했다.

"부디 각하의 정련된 병사와 무기로 허도의 조조를 평정하고 크게는 한실을 위하고 작게는 제 주군 현덕을 위해서 바로 지금, 평소에 품었던 포부를 펼치시어 맨 먼저 용맹을 떨쳐 궐기하시기를 바랍니다."

원소는 깔보며 웃었다.

"뭔가 했더니 뻔뻔스러운 현덕의 부탁인가. 현덕은 얼마 전,

내 동생 원술을 죽인 자가 아닌가? 언젠가 동생의 원수를 갚아 본때를 보여줄 생각이었는데 외려 나에게 도움을 청하다니, 생각지도 못한 일이로구나. 무슨 급한 일로 이 원소에게…, 으하하. 사자로 온 자네라는 사람도 참, 두터운 가면이라도 덮어쓰고 온 게냐?"

"각하, 그 원한은 바로 조조에게 갚으셔야 합니다. 조정의 간적(奸賊)은 무슨 일이든지 어명이라며 제멋대로 명을 내리고, 거역하는 자에게는 천자의 명을 어겼다는 죄를 뒤집어씌우는 판국입니다. 제 주군 현덕도 아무것도 알지 못한 채 회남으로 파견되었습니다. 그런데 그 공은 치하하지도 않고 잘못만 책하는 조조의 비도덕적인 모습에 이제 더는 참을 수가 없어 오늘 저를 멀리 사자로 보내신 것입니다. 부디 현명하게 생각하시어 이러한 사정을 깊이 헤아려주십시오."

"아마도 그 말은 사실일 것이다. 조조라는 놈은 원래 간교한 재능이 뛰어난 인간이다. 사람 좋고 배려하는 인품을 지닌 현덕이니 그럴 수도 있을 테지…. 현덕이 올곧고 신의가 깊어 자연히 인망이 두터운 장점이 있으니 말이다. 현덕이 진심으로 뉘우친다면 도와주지 못할 것도 없겠지만, 어쨌든 회의를 한 후에 답을 주겠다. 며칠 동안 역관에서 휴식을 취하며 기다려라."

"잘 배려해주시기를 바랍니다. 여기 또 다른 서신이 1통 있습니다. 평소에 주군 현덕을 자식처럼 아끼고 둘도 없이 신뢰하는 선비 정현께서 특별히 맡기신 서신입니다. 나중에 한번 읽어보시기 바랍니다."

그날은 그렇게 물러갔다.

나중에 정현의 편지를 읽고 난 원소는 마음이 크게 움직였다. 원래부터 원소는 북쪽 4주(州)만으로는 만족할 마음이 없었다. 중원으로 더 뻗어 나가 조조 세력을 일소할 기회를 늘 엿보는 길이었다. 동생에 대한 원한보다 현덕을 휘하에 두는 편이 장래에 이익이 되리라.

다음 날, 높은 누각에 있는 회의실에 여러 대장이 하나둘 모여들었다.

"조조 정벌을 위한 출군을 지금 해야 할지 말아야 할지, 다들 의견을 한번 말해보시오."

저마다 내는 의견으로 뜨겁게 달아오른 회의장에서 모사, 군사, 여러 대장, 일족들과 측근들까지 찬반으로 나뉘어 설전은 좀처럼 끝이 날 기미가 보이지 않았다.

하북 제일의 영웅호걸로 불리며 식견이 높고 사물에 밝기로 평판이 자자한 전풍(田豐)이 맨 먼저 나섰다.

"최근 몇 년 동안 이어진 전쟁으로 곳간에 쌓아놓은 곡식도 넉넉하다고는 할 수 없고, 백성들이 짊어질 부역도 여전히 줄지 않았소. 우선 나라 안의 근심을 달래 변경의 병마를 튼튼히 하고 강에는 배를 만들고 무기와 양식을 쌓아둔 다음에 천천히 기회를 기다려봅시다. 반드시 3년 안에 자연스레 허도 안에서 내분의 징조가 나타날 것입니다. 그때까지는 조정에 조공을 바치고 농업 정책에 힘써 백성을 평안히 다스리면서 오로지 국력을 키우는 데 힘써야 할 것이오."

그러자 다른 사람이 바로 일어서서 나섰다.

"지금 그 말은 우리 생각과 맞지 않소. 하북 4주의 정예 군사에 주군의 위력을 더한다면 조조 따위 뭐가 그리 두렵겠소? 병법에서 말하는 십위오공(十圍五攻, 10배의 군사로는 포위하고 5배의 군사로는 공격함 – 옮긴이), 모든 기회는 첫걸음이 중요하오. 지금처럼 변동이 격심한 시기에 3년이나 가만히 앉아서 기다리면 저절로 나라가 부강하고 번성해진다니…. 그야말로 바보의 꿈보다 더 어리석은 것이오. 지금이 때가 아니라면 10년을 기다려도 때는 오지 않는 법. 사물을 꿰뚫어보고 번개처럼 움직여 지금 같은 절호의 기회에 중원으로 힘차게 나아가야 할 것이오."

큰 소리로 반박하는 이 사람은 용모가 단정하고 씩씩한 위군(魏郡) 출생의 심배(審配)로, 자는 정남(正南)이라는 대장이다.

3

그때 또 다른 대장이 분연히 일어서더니 심배가 제시한 의견에 반대했다.

"아니오. 그 말은 듣기에 따라서는 용감하게 들리겠지만, 일국의 흥망을 걸고 자신의 교만을 만족시키려는 말이오. 다시 말하면 큰 도박을 하는 것이나 다름없는 무모한 일이오."

일제히 그 사람을 쳐다보니, 광평(廣平) 사람 저수(沮授)다.

"의병은 승리하고 기병은 반드시 패하는 법. 이는 누구나 다 아는 전투 원칙이오. 조조는 지금 허창에 머물며 천하를 다스리지만, 명령을 내릴 때는 황제 어명을 받고 사졸은 누구보다 잘 정련해놓았소. 게다가 조조라는 사람은 때에 따라 변하며 신묘하게 승리하는 대담하고 꾀 많은 사람이오. 그러니 조조가 선포하는 법령에는 그 어느 누구도 거역할 수가 없소. 하지만….”

“기다리시오.”

심배가 다시 성을 벌컥 내며 일어섰다.

“저수 공은 조조는 찬미하면서, 우리 의견은 교만한 병사들이나 하는 행동이라는 말이오?”

“그렇소!”

“뭐라!”

“적을 모르고 적을 이길 수는 없는 법이오.”

“귀공은 아는 것이 아니라 두려워하는 것이오.”

“당연히 조조가 두렵소. 얼마 전 멸한 공손찬 따위와 동류로 보았다가는 큰코다칠 것이오.”

“아하하.”

심배는 다들 앉아 있는 자리를 향해 호방하게 웃으며 일갈했다.

“조조를 두려워하는 대단한 병자도 있군. 조조가 무섭다는 병자와 의논하다니 쓸데없는 일일 뿐.”

그리 말하면서 옆에 있는 곽도(郭圖)의 얼굴을 빤히 쳐다보았다. 대장 곽도는 평소 저수와 사이가 나빠서 당연히 자기 의견을 지지해줄 거라 믿었다.

아니나 다를까 곽도가 그다음에 자리에서 일어섰다.

“지금 조조를 토벌하는 걸 어느 누가 명분이 없다고 비난하겠습니까? 무왕(武王)이 주(紂)를 토벌하고 월왕(越王)이 오

(吳)를 무너뜨린 것도 전부 때가 왔고 변화에 응했기 때문입니다. 쓸데없이 무사태평을 바라고 세상의 흐름을 수수방관만 하던 나라치고 100년의 기초를 잡은 예가 있습니까? 게다가 현명한 선비 정현까지 멀리서 서신을 주군께 보내오지 않았습니까? 지금이야말로 현덕을 도와 함께 조조를 쳐야 할 때라고 말하지 않습니까? 왜 주군께서는 주저하십니까? 어서 이 무의미한 논쟁은 접고 즉시 출병 명령을 내려주십시오. 신들 모두가 기다리겠습니다."

곽도가 한 말은 그 내용은 얕았지만, 낭랑한 목소리와 당당한 태도 덕분에 분분하던 논쟁을 일시에 멈추고 하나같이 입을 닫게 만드는 효과를 발휘했다.

"그렇다. 정현은 당대의 현사(賢士)다. 정현이 내게 부러 나쁜 일을 권할 리가 없다."

끝끝내 원소도 마음을 굳히고 출병설을 택하기로 했다. 곽도와 심배 등의 강경파는 개가를 올리며 퇴출하고, 반대했던 전풍과 저수 등도 묵묵히 회의실에서 물러 나와 출정 명령을 기다렸다.

"이렇게 된 이상, 어쩔 수 없다"

허도로, 중원으로 나가자!

10만 대군을 편제하였다. 심배와 봉기(逢紀)를 총대장으로 임명하였다. 전풍과 순심(荀諶), 허유(許攸)를 모사로 하고, 안량(顔良)과 문추(文醜) 두 장군은 선봉의 양 날개를 맡았다. 기마병 2만과 보병 8만 그리고 어마어마한 군수품과 기계화된 군단까지 다 갖추어졌다. 하북 땅에 하늘까지 덮어버릴 듯한 뽀얀 흙바람이 일었다.

"됐다! 주군의 무운은 아직 끝나지 않았다."

현덕의 사자 손건은 채찍을 높이 휘두르며 서주를 향해 부리나케 돌아갔다.

'원군을 승낙한다.'

손건은 품속에 원소가 직접 쓴 서신을 지녔으리라.

가끔은 한가로이 여생을 보내는 사람의 편지 1통이라도 이용하기에 따라서는 무시할 수 없다. 고고한 선비 정현이 써준 편지 1통이 하북의 10만 군사를 조조를 향해 움직이게 할 줄이야….

승상기

1

그 무렵, 북해(北海, 산동성山東省 수광현壽光県) 태수 공융(孔融)은 장군으로 임명되어 도읍에 머무는 중이다. 하북의 대군이 여양(黎陽, 하북성 준현浚縣 부근)까지 진출했다는 소식을 듣고 곧바로 승상부로 달려가서 조조를 알현하고 직언했다.

“원소는 결코 만만한 싸움 상대가 아닙니다. 어느 정도는 원소가 제시하는 조건을 수용하더라도 지금 당장은 자중하여 훗날 대책을 도모하기로 하고 화친을 구하는 일이 안전할 것입니다.”

“귀공도 그리 생각하는가?”

“기세등등한 자에게 굳이 맞서서 부딪히는 건 더없이 어리석은 일입니다.”

“왕성한 세력은 피하고 약한 자를 공격한다. 당연한 병법이지. 무기를 자랑하는 교만한 대군은 적은 수의 민첩한 병사들이 기습하기에 최상의 먹잇감이기도 하잖은가?”

조조는 중얼거리며 가타부타 대답도 없이 다시 입을 열었다.

"여러 사람의 의견을 들어보겠다. 오늘 군사 회의엔 자네도 꼭 참석하도록."

그날 열린 회의에서 조조는 방 안에 모인 장군들을 향해 물었다.

"화친인가? 아니면 결전인가?"

조조는 기탄없는 의견을 구했다.

순욱이 맨 먼저 말문을 열었다.

"원소는 명문 일족으로 구세력을 대표하는 사람입니다. 시대의 진운을 못마땅해하며 구시대의 꿈을 고집하는 무리만이 원소를 지지하여 시운의 역행에 안달복달합니다. 이런 쓸모없는 벌족의 대표자는 아무쪼록 한바탕 전쟁을 치르고 물리쳐야 합니다."

공융이 순욱의 말이 끝나기가 무섭게 일어섰다.

"아닙니다! 하북은 땅이 기름지고 백성들은 부지런합니다. 보기보다 강한 나라입니다. 게다가 원소 일족은 부유하고 뛰어난 자제들이 많습니다. 원소 휘하에는 심배, 봉기처럼 병(兵)을 이용할 줄 아는 사람이 있고, 전풍, 허유 같은 모사와 안량, 문추 같은 용장도 있습니다. 그 기개를 어찌 당해낼 수 있겠습니까? 저수, 곽도, 고람(高覽), 장각(張郃), 우경(于瓊) 등과 같은 가신까지, 일일이 열거하기 어려울 정도로 하나같이 세상에 잘 알려진 명사입니다. 이러니 어떻게 원소가 내세운 진용을 가벼이 평가할 수 있겠습니까?"

순욱은 빙글빙글 웃으며 듣더니 공융이 말을 끝내자 천천히 반박해 나갔다.

"공은 하나만 알고 둘은 모르나 보군. 적을 가벼이 여기는 것과 적의 허를 아는 건 다르오. 원래부터 원소는 국토의 이점 덕에 가장 부강한 나라라 말들 하지만, 국주인 원소는 구식 폐습을 밟는 인물로 사대주의에다가 새로운 인물과 사상을 수용하는 아량이 부족하며, 그 나라에서 운용하는 법은 백성을 제대로 다스리지 못하오. 그 신하들을 한번 들여다봅시다. 전풍은 의지가 굳세긴 하지만 윗사람을 범하는 버릇이 있고, 심배는 쓸데없이 강한 체할 뿐 장기적인 계획을 세우지는 못하며, 봉기는 남의 말을 듣지 않는 부류요. 그 밖에 안량과 문추 같은 이들은 필부의 용맹에도 미치지 못하는 자들로 단 한 번 싸움으로도 생포하기 쉬울 터. 더더욱 넘길 수 없는 점은 그 무능한 소인배들이 서로 권력을 다투고 총애를 받기 위해 질투하며 오로지 공을 세우기에 급급한 무리라는 게요. 10만 대군인들 뭘 하겠소? 그런 놈들이 쳐들어온다면 아군으로서도 행운이오. 지금 단번에 놈들을 토벌하지 않고 화친 따위를 구한다면 원소군의 교만은 더더욱 기승을 부릴 테고 후회는 길이길이 남을 것이오."

두 사람이 주고받는 말을 잠자코 듣던 조조가 조용히 입을 열더니 결론을 지었다.

"난 싸울 것이다! 회의는 이만 마치겠다. 어서 출진 준비를 서둘러라!"

그날 밤 허도는 시뻘겋게 달아올랐다. 앞뒤 양 진영에 관군 20만 명이 괴어들고 말은 힘차게 울어댔으며 철 갑옷은 서로 부딪혀 쨍쨍 울려 퍼졌다. 날이 밝은 후에도 병마는 끊이지 않고 잇달아 여양을 향해 기나긴 출발을 널리 알렸다.

2

조조 역시 대군을 몸소 통솔하여 여양으로 출진하기 위해 아침 일찍 무장한 채로 입궐하였다. 조조는 궐문을 나서자마자 말에 올랐는데, 그때 부하 유대(劉岱)와 왕충(王忠)에게 군사 5만을 나누어 주며 명했다.

"자네들은 서주로 가서 유현덕을 쳐라."

그러더니 자기 뒤에서 깃발을 들고 있는 기수 손에서 승상기(丞相旗)를 받아 들었다.

"이 깃발을 중군에게 건네줘서 내가 서주로 향하는 것처럼 적을 착각하게 만든 다음 싸워라."

조조는 책략을 지시하고 승상기를 두 사람에게 넘겼다.

두 장군은 용맹스럽게 서주로 달려갔다. 그 모습을 지켜보던 정욱이 바로 간했다.

"유대와 왕충은 현덕 상대로는 지혜도 힘도 부족합니다. 누군가 걸맞은 대장 한 사람을 뒤에 합류시키는 게 어떻습니까?"

그러자 조조는 들을 필요도 없다는 듯이 고개를 주억거리며 호탕하게 웃어젖혔다.

"그 부족함은 잘 안다. 해서 승상기를 주어서 내가 직접 서주로 가는 것처럼 보이게 하여 싸우라고 지시한 것이다. 현덕은 내 실력을 잘 안다. 조조가 직접 왔다고 생각하면 선불리 진을 짜서 진군해 오지 않을 터. 그사이에 원소 군사를 물리치고 여양에서 승리한 여세를 몰아 서주로 돌아갈 것이다. 내 손으로 직접 현덕의 머리끄덩이를 잡고 전리품 삼아 끌고 가 도읍으로 개선할 것이니라."

"아, 철두철미하십니다."

정욱은 두말없이 조조의 지혜로운 계략에 감복했다.

이번 결전은 여양 쪽이 단연 중요하다. 여양만 궤멸시킨다면 서주는 연달아 손안에 들어온다. 헌데 서주를 중점으로 훌륭한 대장들과 병력을 보낸다면 분명 적이 서주로 원군을 대폭 보낼 것이다. 그리되면 서주도 함락하지 못하고 여양도 멸망시키지 못한 채 2마리 토끼를 다 놓쳐버리는 어리석은 싸움으로 끝날지도 모른다.

"승상께는 좀처럼 드릴 말씀이 없습니다. 제 생각이 얕은 게 드러날 뿐입니다."

정욱은 자기 자신을 나무랐다.

여양에서 벌어진 대진은 예상외로 길어졌다. 원소와 80여리 떨어진 채 서로 수비만 하면서 8월부터 10월까지, 어느 쪽도 적극적으로 나서지 않았다.

"음, 대체 무슨 일이지?"

혹시나 원소에게 원대한 계략이라도 있는 게 아닐까? 조조도 선불리 움직이지 않고 몰래 세작을 보내 내부 사정을 알아보았으나 그렇지는 않은 모양이다.

사실 원소 군 대장 봉기는 여양으로 온 뒤 병이 나고 말았다.

이 일로 인해 심배가 봉기를 대신해 항상 명령을 내렸는데, 평소 심배와 사이가 나빴던 저수는 무슨 일이든 그 명령에 복종하지 않았다.

"아하, 그래서 원소도 타고난 우유부단한 성격을 발휘해 여기까지 왔으면서도 함부로 덤벼들지 않는 것이군. 이대로라면 언젠가는 내분이 일어날지도 모를 일이다."

조조는 그렇게 내다보고 일군을 이끌고 허도로 돌아갔다.

물론 그렇다 해도 뒤에는 장패(臧霸), 이전(李典), 우금(于禁) 등 든든한 대장들을 남겨두는 걸 잊지 않았다. 더불어 조인(曹仁)을 총대장으로 명해 청주와 서주 국경 지역부터 관도(官渡, 하남성 개봉開封 부근)의 험난한 지역에 이르는 방대한 진지전(陣地戰)에서는 병력 수 차이는 전혀 없었다.

"내가 여기에 있어봤자 크게 이익이 될 것도 없다."

기회를 잡는 일에 민첩한 조조가 예상한 전투 결과다. 분명 서주 쪽 전투 상황도 마음에 걸렸으리라.

제비뽑기

1

허도로 돌아간 조조는 곧바로 승상부로 가서 여러 관청 부원으로부터 서주 전황을 보고받았다.

“전황은 8월 이후부터 아무런 변화도 없는 듯합니다. 다시 말해 승상의 뜻에 따라 떠나던 날 친히 건네주신 승상기를 들고 승상께서 직접 군대를 이끌고 정벌하러 가는 것처럼 꾸며 서주에서 100리 떨어진 곳에 진을 친 후, 일부러 경솔하게 움직이지 않으며 공격은 한 번도 하지 않았습니다.”

그 보고를 들은 조조는 어처구니없었다.

“어리석은 자는 어쩔 수가 없구나. 기회를 따라 변화에 임하여 대처한다는 걸 모른다. 허허…, 섣불리 싸우지 말라고 하면 10년이라도 움직이지 않을 참인가? 조조가 있다면 적과 100리나 떨어진 채로 8월 이후부터 오랫동안 아무 일도 없이 시간을 보낼 리가 없다며, 오히려 적이 의심하지 않겠느냐?”

속이 탄 조조가 군사(軍使)를 파견하며 엄하게 독촉했다.

"속히 서주로 쳐들어가 적의 허실을 살펴라."

며칠도 안 돼서 조조 군은 서주 공략군 진중에 도착했다. 공격수 대장 유대와 왕충이 황송해하며 마중을 나왔다.

"무슨 일로 오셨습니까?"

군사는 조조의 지령을 있는 그대로 전했다.

"승상 말씀으론 그대들에게 살아 있는 병사를 주었는데 왜 지푸라기 인형 흉내만 내느냐며 무척 나무라셨소. 한시도 더 기다려서는 아니 될 것이오."

그 말을 듣자 유대가 그 자리에서 제안했다.

"정말이지 이렇게 오랫동안 그저 승상의 커다란 깃발만 들고 지냈다니…. 너무나 대책 없는 일이오. 왕충, 그대가 먼저 쳐들어가 적이 어떤 식으로 나오는지 한판 붙어보시겠소?"

왕충이 고개를 가로저으며 선봉을 양보했다.

"생각지도 못한 말이오. 도읍을 떠날 때, 조 승상께서 친히 귀공에게 책략을 지시하시지 않았소? 귀공이야말로 먼저 돌격하여 적의 실력을 가늠해봐야 하지 않겠소?"

"무슨 말이오? 난 공격수 총대장이라는 중대한 임무를 맡은 몸이오. 어찌 경솔하게 진두에 나설 수 있겠소? 공이 먼저 선봉에 서시오."

"이상한 말을 다 하시는구려. 우리는 관직 서열도 같은데 왜 날 아랫사람으로 보시는 게요?"

"맙소사! 아랫사람으로 본 적은 추호도 없소이다."

"지금 그 말투는 날 마치 부하라고 여기는 것 같잖소!"

두 사람이 얼토당토아니한 언쟁을 벌이자 군사가 이내 눈살을 찌푸렸다.

"그만하시오, 그만. 아직 일전도 벌이지 않은 때에 아군끼리 불화를 일으킨다면 사정이 어찌 되었든 두 사람 다 추하다는 소리를 들을 게요. 그러지 말고 제비를 준비할 테니 제비를 뽑아 누가 선봉과 후방을 맡을지 정하는 게 어떻겠소?"

"좋은 방법입니다."

왕충과 유대 둘 다 동의했다. 후에 딴소리는 하지 않겠다는 다짐을 받은 후, 군사는 제비를 준비해 두 사람에게 뽑게 했다. 유대가 뽑은 제비는 '후(後)', 왕충이 '선(先)'이었다. 왕충은 어쩔 수 없이 일군을 이끌고 서주성으로 쳐들어가게 되었다.

서주성 안에서 이 소식을 들은 현덕은 즉시 방비를 둘러본 후, 진등에게 대책을 물었다. 진등은 그전부터 공격군에서 펄럭이는 승상기에 의심을 품었다. 반드시 조조의 속임수일 것이라 간파했는지라 이리 답했다.

"한번 붙어서 적의 실력을 가늠해보시지요. 책략은 그 후에 세워도 될 듯싶습니다."

"그렇군. 내가 나가서 그 실력의 허실을 시험해보겠다."

그때 앉아 있던 무리 중에 누군가가 나섰다. 그 우렁찬 목소리만 들어도 누구인지 금방 알 수 있는 장비다.

2

장비가 나서서 성 밖에 주둔하는 적을 상대하고 싶다고 말하자 현덕은 오히려 달갑지 않은 기색을 보였다.

"여느 때처럼 소란스럽구나. 기다려라, 기다려."

장비를 말리며 가라는 말도 가지 말라는 말도 하지 않았다.

"내 용맹함으론 위험하다는 말씀이십니까?"

장비가 불만을 내비쳤다.

"아니다. 자네 성질이 경솔하여 소란스럽기만 하니, 일을 그르칠까 염려스러운 것이다."

현덕은 둘러대지 않고 직설적으로 말했다.

장비는 더한층 부루퉁해진 얼굴이다.

"혹시 조조를 만나면 산산조각으로 부숴버리고 돌아올까 걱정하시는 겁니까? 가소롭소. 조조가 나온다면 오히려 뜻밖의 행운! 바로 잡아끌고 여기로 데려오겠습니다."

"그 입 다물라! 그러니까 네가 소란스럽다는 말이다. 조조의 속마음은 한실에 무시무시한 반역의 뜻을 품고 있지만, 명분상으론 언제나 칙령을 통한다는 사실을 명심하고 또 명심해야 한다. 그러니 지금 우리가 조조를 대적한다면 조조는 옳다구나 하면서 우리를 조정의 적이라 부를 것이다."

"이런 때에도 명분에 얽매여 끙끙거리고 고민하시는 겁니까? 그럼 조조가 공격해 와도 가만히 팔짱만 끼고 앉아서 패전하길 기다리자는 말입니까?"

"원소가 파병하는 원군이 온다면 어떻게든 이 위기를 타개할 수 있을 터. 하지만 그것도 아직 확실하지 않다. 조조도 우릴 적으로 여긴다면 죽을 수 있는 문도 없다. 내 홍망이 머지않아 닥쳐오겠구나…."

"그것참, 장군의 몸으로 그런 약한 소리를 하시다니…. 아군의 사기를 꺾으면 어찌하십니까?"

"지피지기하는 건 장군이 갖춰야 할 일이며 결코 쓸데없는 걱정이 아니다. 지금 성안에 남은 군량으로 몇 달이나 버틸 수 있겠는가? 하물며 그 군량을 먹는 병사들은 원래 조조가 내준 자들이라 다들 허도로 돌아가고 싶어 할지니…. 이런 약한 병사들을 데리고 조조를 상대한다는 건 생각할 수도 없는 일이다. 오로지 희망이라곤 원소의 원군이지만 그것도…."

현덕의 솔직한 호소에 진영 막사 안에 있는 사람들도 왠지 모르게 힘이 스르륵 빠지는 듯했다. 지나치게 솔직한 대장도 곤란한 법이다. 세상에 이렇게 기가 약한 주군이 또 어딨을까? 장비도 어금니를 악물고 잠자코 있을 뿐이다.

그때 관우가 앞으로 씩씩하게 나아왔다.

"깊은 사려는 지당하십니다. 그렇다고 가만히 앉아서 멸하기만 기다릴 수는 없는 노릇입니다. 제가 성 밖으로 나가서 공격군 실력이 어느 정도 되는지 가볍게 겨뤄보고 돌아오겠습니다. 책략은 그다음에 생각하십시오."

관우 역시 진등과 같은 의견이다. 온당하다고 여겼던지 현덕은 관우의 의견을 순순히 받아들였다.

"가거라."

관우는 부하 3000명을 이끌고 성 밖으로 진격했다. 때마침 10월의 하늘은 잿빛으로 뿌옇게 흐렸으며 거위 털처럼 가벼운 눈이 보슬보슬 온 세상을 날아다녔다. 성을 떠난 병마 3000기는 눈에 휩싸인 채 공격군 왕충의 군사를 향해 저돌적으로 돌격했다. 눈과 말, 눈과 극, 눈과 병사, 눈과 깃발이 뒤얽혀 금세 치열한 전투가 시작되었다.

"저기 있는 자는 왕충이 아닌가! 왜 방패 뒤에만 있는 건가?"

거대한 청룡도를 꼬나들고 관우는 냅다 말을 달려서 적의 중군을 향해 외쳤다. 왕충도 질세라 질풍같이 달려 나왔다.

"미천한 놈아, 항복하려면 지금 하라! 우리 중군에는 조 승상이 계시다. 저 깃발이 안 보이느냐!"

펄펄 내리는 눈 속에서 모란꽃 같은 입을 열고 관우가 껄껄 웃었다. 조조라면 그 누구보다 바라는 적수다.

3

왕충은 침을 탁 뱉으며 응했다.

"행여나 조 승상 같으신 분이 네놈 따위 비천한 놈과 대적을 하겠느냐? 세상에 다시 태어나거든 그때 오너라."

"뭘 그리 지껄이느냐, 왕충!"

관우가 말을 달려 다가오자 왕충도 창을 비틀어 쥐고 돌격했다. 관우는 적당히 다루는 듯 싸우다가 부러 꽁무니를 뺐다.

"입만 동동 살았구나."

생각이 깊지 못한 왕충이 관우 계략에 말려들어 부리나케 그 뒤를 쫓았다.

"입만 살았는지 아닌지, 말안장 위에 매달아주지. 덤벼라!"

관우는 청룡도를 왼손으로 바꿔 잡았다. 그 순간 왕충이 당황하여 말 머리를 뒤로 홱 돌렸다. 어찌하면 좋은가! 벌써 관우의 팔이 왕충의 갑옷 띠를 거머쥔 뒤였다.

"버둥대지 마라!"

관우는 가볍게 왕충을 옆구리에 끼고 말을 힘차게 달려왔다. 싸움에 패하여 뿔뿔이 흩어진 왕충의 군사들을 무찌르고 말 100필과 무기 20바리를 노획한 뒤, 관우가 지휘하는 병사들은 기세등등하여 퇴각했다.

성으로 돌아오자마자 관우는 왕충을 포박하여 현덕 앞에 바쳤다. 현덕이 왕충에게 찬찬히 물었다.

"자넨 누구기에 조 승상의 이름을 사칭하였는가?"

왕충이 있는 그대로 꾸밈없이 대답했다.

"거짓으로 꾸민 건 우리 생각이 아니다. 조 승상의 명으로 승상기를 받아 조조 군인 척하라는 지시를 받았다."

덧붙여 호언장담했다.

"머지않아 승상이 원소를 무찌르고 이곳으로 오실 것이다. 그러면 서주 따위는 하루아침에 무너지고 말 터."

무슨 생각이 들었는지 현덕이 왕충의 뒷짐결박을 풀어주며 다독였다.

"그대의 말은 진정으로 신묘하오. 일이 이렇게 되어 승상의 노여움을 사서 공격을 받고 어쩔 수 없이 이 서주를 지키지만, 난 조조와 맞서 싸울 마음이 없소. 그대도 잠시간 이 성에 머물면서 주변의 변화를 기다리는 게 어떻겠소?"

현덕은 왕충을 좋은 방에 머물게 하면서 좋은 옷과 좋은 술을 연일 보내 달랬다. 왕충을 성안에 연금한 후, 현덕은 다시 가까운 신하들을 불러들였다.

"이번엔 장군 유대를 적진에서 생포해 올 지혜로운 사람은 없는가?"

"역시…. 왕충을 대면했을 때 단칼에 베어버릴까도 고민했습니다만 혹시 형님의 본심은 조조와 화친도 전쟁도 하지 않겠다, 부전불화(不戰不和)의 방침을 품으신 게 아닐까 하는 생각이 불쑥 들었습니다. 해서 일부러 왕충을 생포하여 데려온 것입니다."

관우가 슬쩍 입을 떼며 추측이 맞는지 솔직하게 물었다.

그러자 현덕이 회심의 미소를 지으며 고개를 주억거렸다.

"맞다. 부전불화, 내가 생각한 계책을 제대로 파악했구나. 조금 전 장비가 나서겠다고 한 걸 말렸던 이유도 장비의 진중하지 못한 성질이라면 분명 왕충을 죽였을 터. 왕충과 유대 같은 무리를 죽여봤자 우리에게 득 될 건 하나도 없다. 되레 조조의 분노를 부채질할 뿐이다! 혹시나 그 둘을 살려둔다면 조조가 우리를 대하는 감정도 얼마간은 누그러질지도 모른다."

그 말을 들은 장비가 또 앞으로 나와서 현덕에게 고했다.

"알겠습니다. 그런 생각이시라면 이번엔 제가 나가서 반드시 유대를 잡아끌고 오겠습니다. 부디 절 보내주십시오."

"가는 건 좋지만, 왕충과 유대는 상대가 다르다."

"어떻게 다릅니까?"

"유대는 연주 자사였을 무렵, 호뢰관(虎牢關) 전투에서 동탁과 싸웠을 때 동탁조차도 힘들어했을 정도로 실력 있는 장수다. 만만히 볼 적이 아니란 말이다. 그 점만 명심한다면 가도 좋다."

부전불화(不戰不和)

1

현덕이 내린 명령은 참으로 미적지근했다. 싸움을 앞두고 기세등등한 장비로서는 못내 불만스러웠다.

"유대가 호뢰관에서 잘 싸웠다는 건 저도 익히 압니다. 그래봤자 얼마나 세겠습니까? 지금 당장 달려 나가 이 장비가 그놈을 거머잡고 여기로 데려오겠습니다."

"자네의 용맹함은 의심하지 않지만, 그 차분하지 못한 성정이 걱정이다. 꼭 명심하여라."

현덕의 훈계를 듣고 장비는 울컥 화가 치밀어 툴툴거렸다.

"차분하지 못하다, 진중하지 못하다, 마치 귓속의 등에나 주머니 속의 게처럼 날 나무라시지만, 혹시라도 유대를 죽이고 오면 뭐라 하셔도 좋소. 아무리 큰형님이라도, 주군이라도 이 아우를 바보 취급하면 별로요."

장비는 화를 팍팍 내면서 성 밖으로 나갔다. 그러고 나서 병사 3000명을 일일이 검열하면서 병졸에게까지 졸렬하게 분풀이를 해댔다.

"지금부터 유대를 생포하러 간다. 난 관우와 달리 군율에 엄격하다!"

장비의 인솔을 받는 병사들은 적보다 자기 대장을 더 무서워했다.

한편, 공격군 대장 유대도 장비가 공격해 왔다는 소식을 듣고 몸이 움츠러들었지만, 병사들에게 경고했다.

"방책과 참호, 진영 문을 굳게 걸어 닫고 우리가 먼저 나가는 일은 없어야 한다."

느닷없이 쳐들어온 장비도 도롱이벌레처럼 밖으로 나올 생각을 하지 않는 적에게는 손쓸 재간이 없어 매일 영채(營寨) 아래로 가서 사졸들을 부추겨서 욕을 퍼붓게 했다.

"목각 인형 놈들! 똥만 퍼질러 싸는 벌레 같은 놈들아! 똥 싸는 것도 잊어버렸느냐!"

"…."

무슨 말을 해도 적은 방어만 할 뿐 좀처럼 나오지 않았다.

타고난 성질이 급한 장비는 화가 부글부글 끓어올라 거친 목소리로 명령했다.

"이제 됐다. 이렇게 된 바에는 야습이다. 오늘 밤 이경 무렵에 야습하여 버러지 같은 놈들을 무참하게 짓밟아주겠다. 만반의 준비를 하라!"

장비는 야습 준비를 시키면서 '힘을 비축해두라'며 대낮부터 사졸들에게 술을 베풀고 자기도 진탕 마셨다.

"마음이 참 넓은 대장이야."

"그러게 말이야, 참."

병사들도 장비를 추켜세우며 술을 마시는데, 무슨 일로 못마땅한 일이 있는지 장비가 아무 잘못도 없는 사졸 하나를 호되게 매질하더니 이리 말하는 게 아닌가.

"밤에 기습할 때, 군 깃발에 피로 제물을 바치겠다. 저기 보이는 큰 나무 위에 매달아라."

사졸이 울부짖으며 두 손을 싹싹 빌며 애원했지만 들은 체도 하지 않았다. 뒷짐결박하여 큰 나무 위에 매달아 책형(磔刑, 기둥에 묶어 세우고 창으로 찔러 죽이는 형벌 – 옮긴이)을 가하게 했다.

저녁이 되자 까마귀 떼가 그 나무로 무수히 몰려왔다. 장비에게 매질을 당해 살이 터지고 온몸이 벌겋게 멍이 든 사졸이 송장처럼 보였는지, 까마귀들이 그 얼굴에 앉아 날갯짓을 하기도 하고 부리로 눈을 쪼아대며 온몸을 새까맣게 덮어 사졸의 모습이 안 보일 정도였다.

"이런 제길!"

사졸이 비명을 냅다 지르자 까마귀들이 일제히 날아갔다. 그것도 잠시 이내 목을 축 늘어뜨리면 또다시 새까맣게 몰려왔다.

"사람 살려!"

사졸은 쉴 새 없이 고함을 질러댔다.

그때, 어둠 속에서 동료 하나가 나무를 기어 오르는 게 아닌가. 무슨 말인가 친구 귀에 속닥이더니 뒷짐결박을 풀어주었다.

"빌어먹을…. 이 원한은 반드시 갚겠다."

반죽음을 당한 사졸과 그 친구를 도와준 사졸은 서로 부축하면서 원한에 가득 차서 장비의 진지를 한 번쯤 뒤돌아보고는 어둠을 틈타 어디론가 도망쳐버렸다.

2

진영 안에서 장비는 여전히 술을 들이켜는 중이다. 그곳으로 사졸 중 하나인 부대장이 허둥지둥 달려왔다.

"파수병이 잠시 한눈을 팔다가 큰 실수를 저질렀습니다. 죄송합니다…."

벌을 받고 나무 위에 매달려 있던 사졸이 어느 사이엔가 도망쳤다는 사실을 고하며 납거미처럼 부들부들 떨었다.

"안다, 알아. 대장이 그 정도도 모르면 어찌하느냐? 하하하, 그러면 됐다."

장비는 큰 술잔을 들어 자축하듯이 술잔을 비우더니 진영 밖으로 나가서 별을 바라보았다.

"이제 슬슬 이경이로구나. 우리 군사 3000명은 세 부대로 나누어 각각 행동으로 옮긴다. 하나는 몰래 지름길로 가고, 또 하나는 산을 넘을 것이며 마지막 부대는 여기 남아서 적과 정면으로 붙는다."

장비가 내린 명령이 하달되고 이윽고 밤안개 속으로 2000명에 달하는 군사가 먼저 어딘가로 이동했다. 적이 주둔하는 영채 뒤로 돌아서 잠복하려는 모양이다.

"음…. 아직 좀 이르다. 한잔 더 마시고 가야겠어."

장비는 세 부대 중 남은 한 부대의 병사들을 세워놓고 한시도 술 항아리에서 떨어지지 않았다. 이따금 별이 움직이는 모양을 살피는 게 고작이다.

그날 밤이다. 유대의 영채 안은 장비가 기습한다는 소식에 돌연 긴장이 감돌았다.

"당황하지 마라. 적의 탈주병이 하는 말을 그대로 믿는 건 위험한 일이다. 내가 직접 그 병사를 심문하겠다. 그놈을 끌고 오너라."

유대는 동요하는 부하들을 꾸짖으며 그날 저녁 적진에서 도망쳐 와 밀고한 탈주병 둘을 자기 앞으로 불러들였다. 하나는 평범한 사졸이지만, 다른 한 명은 손발이 상처투성이에다 얼굴은 술독처럼 부풀어 오른 상태였다.

"네 이놈, 장비의 지시를 받아 오늘 밤에 기습할 거라는 터무니없는 밀고로 우리 진지를 교란시키러 온 것이렷다. 그런 얄팍한 수작에 넘어갈 유대가 아니다."

"당치도 않은 말씀이십니다…. 저흰 귀신이 되더라도 장비놈이 전멸하여 괴로워하는 꼴을 보겠다고, 목숨 걸고 도망쳐 온 것입니다."

"대체 왜 장비한테 그리 깊은 원한을 품은 거냐?"

"자세한 사정은 이미 부하들께 말씀드린 대로며, 그 밖에 더 드릴 말씀은 없습니다만…."

"아무 잘못도 없는데 사정없이 매질하고 큰 나무에 매달았다는 건가?"

"그렇습니다. 너무나도 잔혹한 짓이어서 보복을 해야겠다고 결심했습니다."

"여봐라…. 누가 저 탈주병의 옷을 벗겨보아라."

유대는 곁에 있던 부하에게 명령했다. 유대의 명령에 탈주병은 그 자리에서 오롯이 알몸이 되었다. 몸을 살펴보니 얼굴과 손발뿐만이 아니라 등과 팔에도 밧줄로 묶인 자국이 멍처럼 시퍼렇게 남은 게 아닌가. 온몸이 자라 등딱지처럼 군데군데 부어오르기까지 해서 보는 사람으로 하여금 속이 매스꺼울 지경이었다.

"정말이군. 거짓은 아닌 것 같다."

의심하던 유대도 거지반 믿는 것 같았지만, 그렇다고 결단을 내리지도 못하고 적이 해올 야습에 대비한 준비도 당연히 게을리했다.

그때였다. 이경이 조금 지났을 무렵, 영채의 둥근 나무 망루 위에서 불침번을 서던 병사가 경고판을 두드렸다.

"야습인 것 같다!"

서리가 내리는 밤, 적군이 밀물처럼 몰려오는 듯한 함성이 들려왔다. 그 순간 진영 문 앞에서 적이 땔나무를 쌓아 불을 지르자 불꽃이 확 하고 하늘에 비쳤다. 화살이 벌써 유대 근처에까지 하나둘 떨어졌다.

"큰일이닷! 적병의 밀고가 거짓이 아니다. 에잇, 다 같이 방어하라!"

당황하며 어쩔 줄을 모르던 유대는 무기를 꼬나들고 곧바로 방어하러 달려 나갔다.

3

사방에서 화톳불을 피우고 화살을 무더기로 쏘아대며 북을 울리는가 하면 함성을 지르는 등, 장비 군의 야습은 정말이지 장비답게 번갯불에 콩 볶듯이 소란스럽게 밀어닥쳤다. 그 모습을 지켜본 유대는 한번에 물리치려는 기세로 방어전에 담대하게 나섰다.

"저놈은 용맹은 할지라도 원래부터 지모가 없는 놈이다. 대수롭지 않다."

유대의 지휘 아래, 보루 안에 있던 모든 병사가 모조리 달려들어 순식간에 야습을 가해 온 적들을 격퇴해 마지않았다.

"후퇴하지 마라!"

아무리 장비가 목이 쉬도록 있는 힘껏 외쳐도 전 군사가 패배해 어쩔 수 없는 지경에 이르렀다. 장비도 모래 먼지가 풀풀 날리는 속에서 도망치는 아군과 불길에 휩싸여 도망치려고 우왕좌왕하였다.

"오늘 밤이야말로 장비의 머리가 내 손안에 들어오겠군, 거참. 공격하는 놈들을 모조리 주살하라!"

유대는 마지막으로 호령을 내리고 마침내 영채 문을 활짝 열어젖히더니 와하고 함성을 지르며 쫓아갔다. 장비가 그 모습을 놓칠 리 없었다.

"됐다! 생각대로 되었다."

느닷없이 장비가 말 머리를 돌리더니 유대를 생포하라고 고함을 목청껏 질렀다. 그때까지 도망치기 급급하던 적들이 뜻밖에도 장비와 함께 갑자기 공세를 취했다.

"그것참 수상한데…."

용의주도한 유대는 당황하며 진영으로 되돌아가려 애썼지만, 때는 이미 늦었다.

그날 밤, 정면에서 공격해 온 군대는 장비 군의 3분의 1에 지나지 않았다. 나머지 두 주력 부대는 영채 뒤쪽과 옆에 있는 산을 빙 돌아왔는데, 주력 부대가 기회를 보자마자 일제히 쏟아지듯 밀려 들어온 탓에 벌써 유대의 보루는 적에게 넘어가고 말았다.

"젠장, 계략에 걸려든 건가."

허둥대는 유대를 발견한 장비는 말을 거세게 몰았다. 달려들자마자 유대를 힘차게 거머잡고 땅바닥에 내동댕이치며 사졸에게 명했다.

"자, 끌고 가라."

그때 영채 안에서 병졸 둘이 한달음에 달려 나왔다.

"그 오랏줄은 저희가 끌고 가게 해주십시오."

장비의 비밀 지령을 받아 일부러 장비 진영에서 탈출하여 유대에게 기습 정보를 밀고하여 대처할 틈을 주지 않게 공을 세운 두 사람이다.

"좋다!"

장비는 그 둘에게 오랏줄을 쥐여준 다음 의기양양하게 퇴각했다. 남은 적병들도 모조리 투항해왔는지라 영채는 불태워버리고, 유대와 휘하의 많은 부하를 사로잡아 서주로 끌고 돌아갔다.

이 전황을 전해 들은 현덕은 더할 나위 없이 기뻤다. 마치 자기 일인 양, 장비가 부린 능수능란한 솜씨에 혀를 내두를 지경이었다.

"장비는 처음에 소란스럽기만 했는데 이번엔 지모를 이용해 전투에서 공을 세웠다. 이제야 장비도 어엿한 장수의 기량을 갖추었다고 할 수 있으리라."

그리 말하며 현덕은 몸소 성 밖으로 개선군을 마중 나갔다.

장비가 득의만면하여 목청껏 외쳤다.

"큰형님. 형님은 항상 날 귓속의 등에나 주머니 속의 게처럼 성가신 사내라고 입버릇처럼 말씀하셨습니다만, 오늘은 어떻소이까?"

현덕이 껄껄 웃으며 기분 좋게 말했다.

"오늘 넌 진정한 희대의 대장으로 보이는구나."

그러자 옆에서 관우가 농을 쳤다.

"그전에 형님이 네놈을 심하게 꾸짖지 않았더라면 이렇게 훌륭한 승리는 거두지 못했으리라. 이 유대의 목 따위는 벌써 찢어발겨서 들고 왔을지 모르지."

"하하하. 그럴지도 모르오."

장비가 폭소를 터뜨리자 현덕도 따라 웃었다. 관우도 한바탕 크게 웃어젖혔다.

세 사람이 웃는 앞에서 오라에 묶인 채 끌려온 유대 혼자서 절망적인 표정을 지었다.

4

유대에게 문득 눈길이 멈춘 현덕이 무슨 생각을 했는지 오랏줄을 손수 풀어주며 전각 안으로 친절하게 안내했다.

"자, 이쪽으로 드시오."

그곳엔 먼저 생포된 왕충이 호화로운 옷을 입고 술과 음식을 융숭히 대접받으며 연금된 상태였다.

현덕은 포로가 된 적장 둘을 좋은 술과 맛있는 음식 앞으로 안내하며 운을 떼었다.

"적인 내가 술과 음식을 대접하니 의외라 여길지 모르겠습니다만, 부디 그런 마음은 버리시고 마음껏 즐기시지요."

잔을 권하고 예를 갖추며 상대를 조금도 패군의 포로 대장이라 깔보지도 않았다.

"진정, 이번 일은 불초한 내게도 그대들에게도 불행한 전투였습니다. 애초부터 난 승상의 은혜를 입은 몸, 하물며 승상의 명령은 조정의 어명과 같습니다. 왜 그 명령을 거스르겠습니까? 언제나 때가 오면 보답하려던 참이었는데, 이번에 오해를 사게 되어 제 부덕함을 한탄하는 중이었습니다. 부디 도읍으로 돌아가시거든 제 충정을 승상께 잘 전해주십시오."

유대와 왕충은 현덕의 예의를 갖춘 모습과 진심이 드러나는 말에 그저 뜻밖이라는 표정이다.

해서 두 사람도 성의를 다해 대답하지 않을 수 없었다.

"유 예주, 그대의 진심은 충분히 알았소. 허나 우린 그대의 포로요. 어떻게 도읍의 승상에게 그 말을 전한단 말이오?"

"잠시나마 결박당하는 치욕을 드려서 죄송합니다만, 처음부터 전 두 분의 생명을 해치려는 뻔뻔한 생각은 추호도 없었습니다. 언제든지 성 밖으로 나가도 좋습니다. 이 역시 제가 승상의 군사에게 순순히 따르겠다는 증거로 받아주신다면 고맙고 기쁘겠습니다."

이튿날이 밝아오자 과연 현덕은 두 사람을 성 밖으로 배웅했을 뿐 아니라 사로잡은 부하들 모두를 유대와 왕충에게 넘겨주었다.

"현덕에겐 전혀 적의가 없다. 게다가 현덕은 무사로서는 보기 드물게 온정이 넘치는 사람이다."

두 사람이 감격하여 서둘러 군사를 이끌고 허도로 돌아가는 길이었다. 도중에 억새 숲에서 불쑥 장비 군대가 덮쳐 왔다. 장비는 두 대장 앞을 가로막고 서서 눈을 부라렸다.

"기껏 생포한 두 사람을 호락호락 돌려보낼 성싶으냐? 큰형님이 풀어주었다고 해도 난 그리 못한다. 갈 테면 가봐라!"

여느 때처럼 장팔사모를 들이대며 호령했다.

유대와 왕충은 이제 싸울 기력도 없어 그저 말 위에서 벌벌 떨었다. 그때였다. 마음에 걸리는 일이 있었던지 현덕의 지시에 따라 관우가 말을 내달려 뒤에서 쫓아오며 큰소리로 꾸짖었다.

"장비야! 또 쓸데없이 무례한 짓을 저지르는 게냐. 큰형님의 명령을 거역할 참이냔 말이다!"

"형님, 왜 말리시오? 지금 놈들을 풀어주면 훗날 또다시 공격해 올 텐데…."

"다시 온다면 그때 다시 생포하면 되는 일."

"번거롭게시리! 그보단 차라리…."

"안 된다고 하지 않느냐?"

"왜 아니 되오?"

"굳이 두 적장을 베겠다면 나부터 상대해라. 자, 오너라!"

"에잇!"

장비는 고개를 돌리고 혀를 끌끌 찼다.

유대와 왕충은 거듭 은혜에 고개를 조아리며 머리를 감싸 쥐면서 허도로 들입다 줄행랑쳤다. 그 후 서주는 수비하는데 불리하다는 판단이 섰는지 소패성을 기반으로 수비하기로 결심한 현덕은 처자와 일족을 관우 손에 맡기고 예전에 여포가 머물던 하비성으로 본진을 옮겼다.

독설을 퍼붓는 학자

1

드디어 허도에 다다른 유대와 왕충은 곧바로 조조를 배알하러 갔다. 그러고는 느낀 대로 아뢰었다.

"현덕에겐 아무런 야심이 없습니다. 오로지 조정을 근심하고 승상의 명령도 순순히 따릅니다. 그뿐 아니라 백성의 신망도 두텁고 훌륭한 장병을 통솔하며 적인 저희에게도 덕을 베풀기를 잊지 않았습니다. 진정으로 나무랄 곳 없는 인재라 할 수 있습니다. 그런 그릇의 인물을 굳이 적으로 내모는 건 신중한 처사가 아니라…."

말을 다 마치기도 전에 조조의 눈썹 끝이 홱 치켜 올라갔다. 열화 같은 분노를 품은 기색이다.

"그 입 다물라! 네놈들은 내 신하인가 아니면 현덕의 신하인가? 무슨 목적으로 내 승상기와 병사를 이끌고 서주에 갔단 말이냐?"

조조는 다시 양옆에 서 있는 무장을 돌아보며 엄명을 내렸다.

"타국을 정벌하러 가서, 타국에서 내 이름에 먹칠을 한 괘씸한 자는 여러 사람의 본보기로 삼아 각 진영 문 앞으로 끌고 다닌 후에 처형하라."

그때, 곁에 있던 공융이 조조의 노여움을 살살 달랬다.

"원래부터 유대와 왕충 무리는 현덕의 상대가 아니었습니다. 그건 승상께서도 이미 느끼셨을 겁니다. 지금 그 결과를 두 사람의 죄로만 덮어씌워 처형하신다면 되레 많은 사람이 속으로 승상께서 식견이 없다 생각할 것입니다. 그리되면 주군을 모시는 사람들은 은근히 불안한 마음을 품을 것입니다. 이는 인심을 얻는 길이 아닙니다."

공융의 말이 끝날 때쯤에는 이미 조조의 낯빛도 원래대로 돌아온 상태다. 참으로 맞는 말이지 않은가! 조조는 고개를 주억거리며 두 사람을 용서하는 대신, 관직을 박탈하고 일신의 조치는 후에 기별하겠다고 전했다.

그 후, 다시 날을 잡아 조조는 몸소 대군을 이끌고 서주로 쳐들어가겠다고 생각했지만, 공융은 또다시 조조에게 자중하기를 권했다.

"지금 극심한 추위가 겨울 끝을 향해가는데, 함부로 병사를 움직이는 건 가당치도 않습니다. 승상, 내년 봄을 기다려 출군하셔도 늦지 않습니다. 그사이에 할 일도 있습니다. 먼저 외교내결(外交內結)하여 나라 안을 굳게 다지셔야 합니다. 어리석은 신하가 보기엔, 형주의 유표와 양성(襄城, 하남성 허창 서남쪽)의 장수가 은밀히 연합하여 감히 조정에까지 불손한 태도를 보이는 터. 지금 승상께서 형주와 양성으로 사신을 보내 불평을 달래고 그 둘이 요구하는 걸 들어주며 자랑스러워하는 일이 있으면 추켜세워서 잠시간은 불만을 좀 참으시고 예를 다해 맞이하는 건 어떻겠습니까? 훗날 두 사람은 반드시 승상 휘하에 합류할 것입니다. 형주와 양성 두 곳을 승상의 세력 아래 둔다면 천하가 울리는 소리에 응하듯이 여러 군웅도 바람에 나부끼며 다가올 것입니다."

"그 계책은 내 뜻과 잘 맞는구나. 즉시 사자를 띄우겠다."

양성의 장수를 만나러 조조의 대리인 유엽이 사자가 되어 떠났다. 양성 으뜸 모사 가후(賈詡)는 조조의 사자 유엽을 맞이하자 속으로 크게 기뻐하면서 찾아온 이유를 넌지시 물었다.

"지금처럼 어지러운 세상에 인(仁), 용(勇), 덕(德), 신(信), 책(策)을 갖추고 한고조 같은 진정한 영웅호걸을 찾는다면 우리 주군이신 조조를 빼곤 아무도 없을 것입니다. 공은 호북(湖北)에 숨어 있는 형안과 통찰력을 지닌 선비라고 들었습니다만, 어떻게 생각하십니까?"

"그렇소. 내 생각도 마찬가지요."

가후는 자신의 대답이 거짓이 아니라는 증거로 주군 장수를 향해 조조의 미덕을 칭송하며 전향하기를 촉구했다.

"이 기회가 권하는 대로 조 승상의 뜻에 따르시는 게 주군 가문을 위해서도 최선의 방책일 것입니다."

때마침 하북의 원소도 같은 목적으로 특사를 파견하여 서간을 양성으로 보냈다.

2

같은 밀명을 받은 일국의 사신과 사신이 목표로 하는 국가의 성안에서 같은 때에 맞닥뜨린 것이다. 조조 사신인 유엽은 적잖이 속이 상했다. 하북의 원소가 보낸 특사라면 아무리 자국을 편든다 해도 열등감을 품지 않으려야 않을 수 없었다.

"걱정하지 마시오. 그대는 내 사저로 옮겨가서 사태 추이를 지켜보는 게 좋겠소."

유엽이 유일하게 의지하는 가후가 그리 말해주니 유엽도 약간은 희망을 안고 가후 사저에 머물렀다.

가후는 원소의 사자를 성안에서 맞이하여 대면했다.

"일전에 귀국에서 군사를 일으켜 조조를 공격했다고 들었는데, 아직 견문이 좁아 결과를 듣지 못했습니다. 승패는 어찌 되었습니까?"

특사가 공손한 태도로 대답했다.

"아무래도 계절이 겨울로 접어드니 잠시간 전쟁을 멈추고 결전은 이듬해 봄에 치르기로 하고 기다리는 중입니다. 평소 주군 원소는 늘 형주의 유표와 양성의 장수는 진정한 당대 최고의 인물이라 자주 언급하셨습니다. 주군은 두 영웅을 휘하로 맞이하고 싶다는 뜻이 간절하십니다. 해서 제가 사자로 오늘 찾아뵌 것입니다. 부디 공의 주군께 잘 말씀드려주십시오."

배례하고 격식 차린 어투로 말을 하자 가후가 비웃었다.

"무슨 일인가 했더니 그 말이었나? 특사로 와주어 고생했네만, 돌아가는 대로 원소에게 똑똑히 전하라. 원소는 골육인 원술조차 늘 의심을 품고 받아들이지 않았었지. 도량이 좁은 인물이 어찌 천하의 인물을 불러 쓸 수 있단 말인가?"

그 자리에서 서신을 갈기갈기 찢어버리고 되돌려 보냈는데, 그 소식을 나중에 들은 장수는 돌연 안색이 바뀌면서 가후를 질책했다.

"어째서 나한테 보고도 하지 않고 그런 무례한 짓을 저질렀는가?"

가후가 태연히 입을 떼었다.

"남의 밑에 들어갈 바에는 차라리 조조에게 붙는 편이 낫습니다."

장수는 고개를 돌리며 못내 아쉬워했다.

"아니다. 그댄 벌써 왕년에 치렀던 전투를 잊었는가? 나와 조조는 숙원 관계인 채, 그 후로 아무것도 풀어진 게 없다. 지금 만약 조조가 권유하는 대로 그 휘하로 들어간다면 훗날 해를 입을 것이다."

"아닙니다. 어찌 그리 영웅호걸의 마음속을 모르십니까? 큰 뜻을 품은 조조가 과거에 패한 일 따위에 언제까지나 원한을 품겠습니까? 아닙니다. 원소와 비교해봐도 조조에게는 세 가지 장래가 약속되어 있습니다. 첫째는 천자를 받들고 있으며, 둘째는 시대의 기운을 타고 있습니다. 셋째는 큰 뜻이 있어 잘 다스리는 책략을 아는 것입니다."

"원소는 부강하지만, 조조는 원소에 비하면 너무나 약소하지 않은가?"

"전 지금 현세를 묻지 않습니다. 장래를 말하는 겁니다. 단지 코앞에 닥칠 안위를 바라신다면 원소 편에 붙으십시오."

가후가 냉담히 말하자 자신만만하던 장수의 마음도 이내 불안해졌다. 가후는 이튿날 유엽을 데리고 와서 장수와 만나도록 주선했다. 유엽도 입이 마르도록 장수를 설득했다.

"조조는 결코 과거에 쌓은 원한 따위에 마음 쓰는 인물이 아닙니다. 그런 일을 신경 썼다면 왜 이렇게까지 예를 갖추어 저를 보냈겠습니까?"

마침내 장수의 마음도 움직여 조조의 권유를 받아들여 양성을 떠나 그 진영 문에서 항복을 맹세했다. 조조는 몸소 마중을 나와 장수의 손을 붙잡고 당으로 맞이했다. 그러고 나서 장수를 양무장군(揚武將軍)에 임하고 이 알선에 공을 세운 가후를 집금오(執金吾)로 삼았다. 양성이 해온 항복은 외교적인 권유만으로도 큰 성공을 거두었지만, 형주 쪽은 실패였다.

3

형주의 유표(호북과 호남을 다스리며, 주도는 양양襄陽)는 제국(諸國)에서 할거하는 군웅 중에서도 확실히 발군의 세력이다. 강기슭 땅은 비옥하고 병마는 강대하며 일찍이 강동 손책의 부친인 손견조차도 그 영토에 침입했지만 참패한 곳이기도 하다. 결국 손견도 형주에서 전사하여 한 많고 슬픈 비석을 세워 유표를 우쭐하게 만들었을 정도의 땅이다. 그러니 당연히 조조가 파견한 사자가 항복을 권유했지만, 유표의 비웃음만 사고 상대도 해주지 않고 쫓겨났다.

그 소식을 들은 장수가 조조를 수종하는 몸으로 첫 공을 세우려는 마음에 제안을 하나 했다.

"제가 직접 유표에게 보내는 서신을 준비하겠습니다. 저와 유표는 오랫동안 교분을 나누던 사이입니다."

장수는 천하 정세며 이해관계며 구구절절이 편지에 써 내려가면서 공사 양면으로 설득했다.

"달변으로 설득할 수 있는 문관을 보내신다면 반드시 공을 세울 것입니다만…."

장수가 만일을 위해 덧붙이면서 조조에게 서신을 건넸다.

"누구 적당한 사람이 없겠는가?"

조조가 물으니, 신하 중에서 공융이 답했다.

"제가 아는 범위에선 평원(平原)의 예형(禰衡)밖에 없습니다. 예형이라면 형주에 사자로 보내신다 해도 꿋꿋이 행동하며 승상의 이름도 더럽히지 않을 것입니다."

"예형이라니, 어떤 사람인가?"

"제 사저 근처에 사는 사람입니다. 재능과 학식이 출중하고 말솜씨도 절군하지만, 천성이 고집이 세고 독설로 사람을 공격하며 남들이 뭐라 하든 상관없이 행동하는 사람입니다. 게다가 가난한 탓에 아무도 가까이하려 하지 않습니다. 그래도 유표와는 서생 시절부터 교분이 있어 지금도 여전히 서신을 주고받는 모양입니다."

"그렇다면 적임자겠군."

즉각 그 적임자를 불러오라는 명령에 승상부에서 사자가 예형에게 번개처럼 달려갔다.

자는 정평(正平)인 평원의 예형이 조조의 부름을 받아 조조와 신하들이 나란히 자리한 전각 한가운데로 표표히 걸어 나왔다. 평상시 모습 그대로 때 끼고 냄새나는 옷을 입은 채로 아무 거리낌 없는 표정을 지으며 좌중을 둘러보더니 큰 소리로 말하는 게 아닌가.

"아, 인간이 없구나, 인간이 없어. 하늘과 땅 사이가 이리도 넓은데 어찌하여 인간이 이다지도 없단 말인가!"

그 말을 들은 조조도 큰소리로 따지듯이 물었다.

"예형, 어째서 인간이 없다고 하는가. 하늘과 땅 사이는 고사하고 이 전각 안에만 해도 많은 인재가 내 휘하에 있는 게 그대 눈에 보이지 않는가?"

예형은 킥킥대며 마치 낙엽을 밟는 듯한 소리를 내며 웃어댔다.

"하하하. 그렇게나 있을까요? 부탁이오니, 어떻게 얼마나 훌륭한 인재인지, 어떻게 인간다운지 낱낱이 그 재능을 여쭙고 싶소만…."

예형은 두려움도 없다는 듯이 거침없이 물었다.

처음부터 기이한 말솜씨를 자랑하는 괴짜 학자라고 예형의 성정을 들은지라 조조도 별로 꾸짖거나 놀라지 않았다.

"재밌는 사람이군. 오른쪽 줄부터 차례대로 가르쳐줄 테니 두 눈을 크게 뜨고 귀를 열어 익혀두어라. 먼저 그쪽은 순유다. 순유는 지혜와 모략이 깊으며 용병에 통달하고 옛날의 소하와 진평(陳平)이라는 무장조차도 훨씬 미치지 못할 만한 인재다.

그다음 장료, 허저, 이전, 악진 등은 걸출한 용맹을 갖추어 그 용맹은 만 명이라도 당해낼 수 없으며, 모두 천군만마를 이끄는 무사들이다. 또 보아라! 좌측에 있는 우금과 서황은 옛날 잠팽(岑彭)과 마무(馬武)를 능가하는 기량을 갖추었으며, 하후돈은 군중에서 으뜸가는 재주를 지녔다. 조자효(曹子孝)는 평상시의 다스림을 위한 책략에 능하여 세상의 부장(副將)이라 할 수 있다. 어떤가, 이래도 인물이 없다고 할 텐가?"

4

예형은 조조의 말을 다 듣고 나자 갑자기 배를 움켜잡고 방약무인한 태도로 웃음을 터뜨렸다.

"허허, 그것참. 승상도 사람이 좋은가 보오. 제가 보기엔 크게 다릅니다."

"신하를 보는 눈은 주군을 따를 자가 없다는 말이 있듯이, 내가 휘하 부하들을 그런 잘못된 눈으로 본다면 대사를 그르칠 것이다. 학자인 그대가 기탄없이 의견을 말해보라."

"사양하지 않고 앉아 계신 신하 한 분 한 분을 평해볼 테니 부디 언짢게 여기지는 마십시오. 순욱은 문병이나 보내고 상가에 조문을 하게 된다면 잘 어울릴 것이오. 순유는 묘를 쓸게 하고 정욱은 문에다 보초를 세우면 적당하겠군. 곽가는 시라도 지으면 족할 거고, 장료는 북 가죽이나 펴고 징을 두들기는 일이라면 잘할지도 모르겠소. 허저는 소나 말, 돼지를 키우면 어울리겠고, 이전은 사신으로 삼아 서신을 전하는 데 쓰면 적합할 거고, 만총은 술지게미라도 먹여서 술통을 두들기게 하면 아주 그럴싸하겠군. 거기 서황은 개백정이 적임이오. 우금은 등에 널빤지를 짊어지게 해서 울타리를 세우는 일이라면 알아서 잘할 테고, 하후돈은 애꾸눈이니 눈을 고치는 의원의 약통이라도 수발하면 적당한 조수가 될 터. 그 밖에 자들은 일일이 말하기도 번거롭소, 참. 옷을 입었으니 옷걸이 같고 밥을 먹었으니 밥통 같고 술을 마셨으니 술통 같고 고기를 먹었으니 고기가 든 자루나 다름없소. 가끔 손발을 움직이고 입으로 소리를 낸다고 해서 모두 다 인간이라고 할 수는 없소. 사마귀도 손발을 움직이고 하물며 지렁이도 소리를 내오. 승상의 눈은 통찰력이 없는 모양인지, 이들 모두가 인간으로 보이는 모양이요. 아…, 우습구나, 우스워."

박장대소하는 사람은 예형뿐! 너무나 호기롭게 욕설을 퍼부어대는 모습에 노여움으로 가득해진 방 안의 분위기는 무겁게 가라앉고 말았다.

과연 조조도 마음속 깊이 분노가 부글부글 끓어올랐다. 제멋대로 혀를 놀리는 야인이라는 사실을 알고 부른 터라 어떻게 할 수도 없었지만, 쓰디쓴 벌레를 씹은 것 같은 표정이다.

"학자, 그러면 자네에겐 대체 무슨 능력이 있는가?"

조조가 윗자리에서 분연히 언성을 높이며 물었다.

예형은 빙긋이 웃으며 입술을 굳게 다문 채 오만불손한 태도로 콧구멍을 살짝 들어 올리며 코로 숨을 내쉬더니 뚫린 입이라고 다시 말문을 열었다.

"천문지리를 논하는 책을 통달하지 않은 게 없고, 삼교구류(三教九流, 유교, 불교, 도교의 삼교와 유가, 도가, 음양가, 법가, 명가, 묵가, 종횡가, 잡가, 농가의 구가 – 옮긴이)에서 깨우치지 못한 게 없소. 이 말은 바로 날 위한 것이라오. 아니, 이걸로도 부족하오. 위로 임금은 요순 임금처럼, 아래로 덕은 공자와 안회처럼 펼친다. 좀 어렵겠군. 알 턱이 없겠지, 히히. 더 쉽게 말하면, 가슴속에는 나라를 다스리고 백성을 평안히 하는 경륜이 가득하여 다른 사사로운 욕심이 끼어들 여지도 없을 정도라는 말이오. 그런 인물이야말로 진정한 인간이라 할 수 있으니 저기 있는 똥주머니들과 동류로 취급하면 참으로 곤란하오."

불현듯 좌중 가운데쯤에서 칼자루 소리가 나는 듯하더니 누군가 고함을 내지르며 일어섰다.

"마음대로 지껄이게 해주니 온갖 욕지거리를 다 내뱉는구나. 네 이놈, 함부로 입을 놀리는 썩은 학자 놈! 꼼짝 마라!"

조금 전부터 편치 않은 듯한 얼굴로 꾹 참던 장료가 분노를 터뜨리며 칼자루에 손을 대더니 당장이라도 덤벼들어 예형을 베어버리겠다는 표정을 지었다.

"기다려라!"

날카로운 목소리로 장료를 제지한 조조는 다시 말투를 바꾸어서 신하들에게 말했다.

"지금 궁궐의 악료(樂寮)에서 북 치는 관리가 필요하다는 말을 들었다. 조만간 조정 경축일에 황제께 하례할 때 전각 위에서 연회가 베풀어질 텐데, 그때 예형에게 북을 치게 하면 어떻겠는가? 학자인 자네는 무슨 일을 하더라도 완벽하게 해내는 재능이 있다면 북도 잘 칠 터. 이의는 없겠지?"

자신을 골탕 먹이려는 조조의 속셈이라는 걸 간파한 예형은 굳이 거절하지 않았다.

"아, 북 말이오? 좋소."

오히려 득의양양하게 제안을 받아들인 예형은 그날은 유유히 물러났다.

뇌고(雷鼓)

1

참으로 어처구니없는 사람을 추천했다고 할 수밖에 없었다.

'사람을 추천하는 일은 섣불리 할 수 없구나.'

혼자 두렵고 후회하는 마음에 당혹한 기색이 완연한 사람은 예형을 추천한 공융이다. 그날, 예형이 벌인 일 탓인지 공융이 언제 물러났는지 아무도 알지 못했다. 나중에 남은 사람들의 분노에 넘친 목소리와 불평으로 방 안은 그야말로 시끌벅적했다.

장료 같은 장수는 특히 노여움이 쉬 가라앉지 않아 조조에게 강력히 따졌다.

"어째서 승상께선 저런 비렁뱅이 같은 유학자를 함부로 지껄이게 내버려 둔 채 베어버리지 않으셨습니까?"

"나 역시 화가 치밀어 올라 몸이 떨릴 정도여서 일순간 베어버릴까도 생각했다. 예형의 기이한 행동은 세간에 알려진 대로고, 요상한 혀 놀림은 세상에 허명(虛名)을 떨치는 형국이다. 다시 말하면 일종의 반동자 같은 자로, 백성 사이에선 묘하게 인기가 있는 사람이다. 인기몰이를 하는 사람에게 승상인 내가 정색하고 화를 내면서 목을 베었다는 소리를 듣는다면 어찌 되겠는가? 백성은 오히려 도량이 좁은 날 비웃고 실망으로 가득 찰 터…. 어리석고 어리석은 일이다. 그러기보단 예형이 자랑하는 재능으로는 부족한 북 치는 일을 시켜 전상에서 비웃어주는 편이 재밌지 않겠는가?"

때는 건안 4년 8월 초하루다. 조정에 있는 높은 전각에서 성대한 축하 연회가 벌어졌다. 물론 조조도 입궐하여 조정의 공경백관과 승상부의 여러 대장, 빛나는 별 같은 빈객들과 자리를 나란히 했다. 배하(拜賀)를 올리고 술잔을 올리는 의식도 끝나갔다.

이윽고 연회 흥이 한창 무르익자 악료의 궁중 음악 연주자와 고수 등이 한 줄로 나란히 무대 한가운데로 나가 무악(舞樂)을 연주했다. 미리 약속했던 예형도 그 속에 섞여 있는 게 아닌가. 북 치는 역을 맡은 예형이 〈어양(漁陽)의 삼과(三撾)〉를 연주하는데 그 음절이 빚어내는 절묘함과 가락의 변화가 마치 신의 울림을 듣는 듯하니 다들 넋이 빠져 들었다.

하지만 춤음악이 끝나고 정신을 차리자마자 여러 대장은 입을 모아 예형의 무례함을 꾸짖었다.

"저기 있는 꾀죄죄한 놈. 조정의 축하 연회 자리엔 악료 관리는 말할 것도 없고 무용수도 고수도 정결한 옷을 입는다. 네놈은 어째서 더러운 옷을 걸치고 와 주변에 이를 퍼트리고 다니는 게냐!"

필시 얼굴을 붉히고 수치스러워할 거라 여겼지만, 뜻밖에도 예형은 조용히 옷끈을 하나둘 풀기 시작했다.

"보기 거북하오?"

투덜대면서 옷 한 겹을 벗고 또 한 겹을 훌러덩 벗더니 마침내 알몸이 되어 붉은색 잠방이 하나만 달랑 남았다. 장소가 장소인지라 전각에 모인 사람들은 참말로 기가 막혔다.

"아니, 저놈이, 저놈이…."

하나같이 언짢은 기색이 역력한 표정으로 바라보았지만, 예형은 태연하게 벌거벗은 몸으로 다시 북을 잡더니 삼통(三通)까지 반주했다.

담력이 세기로는 남에게 지지 않는 여러 무장조차 가슴이 철렁 내려앉은 듯한 표정으로 있으니 더는 참을 수 없었던 조조가 벼락같이 호통을 쳤다.

"감히 조정 전상에서 알몸을 드러내는 놈이 누구냐! 무례하기 짝이 없는 놈!"

그러자 예형이 북을 바닥에 내려놓고 벌떡 일어서더니 조조가 있는 자리 쪽을 향해서 배꼽을 내밀며 조조 못지않게 고함을 질렀다.

"하늘을 속이고 위를 속이는 무례함과 부모로부터 물려받은 몸을 있는 그대로 내보이는 무례함 중에서 어느 쪽이 더 무례한지 비교해보시오. 난 겉과 속이 같은 인간의 몸을 내보이는 데 거리낌이 없소. 분하거든 승상도 의관을 벗어던지고 나처럼 앞뒤가 같은 살가죽이란 걸 보이시오."

"닥, 닥쳐라!"

드디어 조조도 노여움이 화산처럼 폭발했다.

궁궐 전각 안은 벼락 치는 두 소리가 서로 으르렁거리며 천지를 울렸다.

2

조조가 더는 참지 못하고 격노하였다.

"이 썩어빠진 학자 놈! 네놈은 입만 열면 청백하다면서 다른 사람은 더럽고 탁하다고 욕을 하는데 대체 어디 그런 더러운 자가 있는가!"

예형도 이에 뒤질세라 지껄였다.

"제 몸의 악취는 자신이 알지 못하는 법. 승상은 자신의 더러움과 탁함을 알지 못하는 모양이오."

"뭐라! 지금 날 탁하다 했느냐, 이노옴!"

"그렇소. 승상은 현명하게 행동하는 듯하지만, 그 눈은 타인의 어리석음과 지혜로움조차 식별하지 못하오. 바로 눈이 탁하다는 증거요."

"잘도 지껄이는구나, 네 이놈!"

"시와 글을 읽어 마음을 정화하는 것도 알지 못하오? 말은 마음을 드러낸다고 하오. 승상의 입이 탁한 건 고결한 수양을 하지 않는다는 증거요."

"으…, 으음."

"사람들의 충언을 듣지 않는다. 이건 귀가 탁하다는 말이오. 고금을 통하지도 않은 주제에 자신의 뜻만이 용맹하다. 이건

정조가 탁하다는 말이오. 날마다 일상생활은 하나같이 정결한 게 없고, 하나같이 방자하다. 이건 육체가 탁하다는 말이오."

"…."

"게다가 그 모든 탁한 마음을 제지하는 사람이 없으니 어느새 거들먹거리게 되어, 반역의 싹을 키워 스스로 가시밭길을 만드는 지경이 되었소. 참으로 어리석고도 우습소."

"…."

"천하의 명사인 이 예형에게 그댄 예우도 갖추지 않았을뿐더러 북을 치게 하는 모욕을 주었소. 소인배들이나 하는 짓을 저질렀소. 옛날에 양화(陽貨)가 공자를 원망하여 해하려 했던 일이나, 장창(臧倉) 따위의 무리가 맹자에게 침을 뱉은 행동과 다르지 않소. 그대의 속마음은 방약무인한 패도를 생각하면서 행동은 이리 소심하고 벌벌 떨고 있소. 소심한 사람이 귀신의 탈을 쓰고 남을 위협하는 것, 바로 그걸 필부라 하오. 아, 희대의 필부가 궁궐에 나타난 것이다. 이 시대의 승상 조조! 오, 위대하구나! 위대한 필부로구나!"

손뼉을 치며 비웃고 욕하는 예형의 모습은 그야말로 위대한 광인이거나 목숨이 중한지 모르는 바보거나, 그렇지 않으면 하늘이 시켜 이곳으로 내려온 큰 현자거나, 여하튼 종잡을 수 없는 인간이다.

조조의 얼굴이 하얗다 못해 창백해졌다. 아니, 전각 위는 예형 한 사람이 내뿜는 기세에 압도당한 분위기였다. 앞으로 어떤 결과가 벌어질지, 남의 일이지만 문무백관들은 마른침을 꿀꺽 넘기고 이를 앙다문 채 처참한 모습으로 침묵을 지키는 눈치다.

공융은 속으로 당장에라도 조조가 예형을 죽여버리지 않을까, 눈을 감고 조마조마해했다. 이윽고 공융의 귀에 앉아 있던 여러 대장이 눈꼬리를 추켜올리고 칼 소리를 내면서 소란스럽게 자리에서 일어서는 소리가 여기저기서 들려왔다.

"함부로 입을 놀리는 학자 노옴! 떠들게 내버려 두니 방자하게 욕지거리나 내뱉는 노옴! 사지와 열 손가락을 갈기갈기 찢어서 본때를 보여주겠다."

깜짝 놀라 눈을 뜬 공융의 온몸에서 구슬땀이 삐질삐질 흘러나왔다. 조조도 일어섰다!

하지만 조조는 칼을 거머쥔 채 덤벼들려는 여러 대장 앞에서 양팔을 벌리고 외쳤다.

"그만두어라! 누가 예형을 죽이라고 명했는가? 날 위대한 필부라 칭한 말은 틀렸다 하더라도 거의 맞는 말이나 다름없으니 노여워하지 말라. 이런 썩은 유학자 따위는 쥐 같은 놈들로 태양과 대지, 대세를 알지 못하여 마을 지붕 밑이나 마룻바닥 아래에서 그럴싸한 이치로 억지를 부리고, 어쩌다 실수로 전각 위로 올라온다 해도 기괴한 행동밖에 하지 못하는 음지의 작은 동물이다. 베어 죽인들 아무런 득도 되지 않는다. 그보단 내가 예형에게 명할 게 있다."

모두를 일거에 제지한 후, 조조는 다시 예형을 무대로 불러 의복을 내주면서 조심스레 물었다.

"그대는 형주의 유표와 교분이 있는가?"

3

“음…. 유표와는 수년 동안 쌓아온 교분이 있지만….”

예형이 깔보면서 입가를 실룩였다.

“그렇다면 날 위해 지금 당장 형주로 내려가라.”

조조가 그 자리에서 예형에게 매섭게 명했다.

지금 조조가 내리는 명령이라면 궁중에서도 승상부에서도 받들지 않을 수 없었지만, 예형은 마뜩잖은지 고개를 가로저었다.

“싫소.”

“어째서?”

“대충 용건은 알겠소만, 내게 적합한 일은 아니오.”

“아직 아무 말도 하지 않았는데도 사명이 뭔지 짐작했다는 말인가?”

“형주의 유표를 설득한 연후에 승상 문 앞에 말을 끌고 와서 매어주면 승상의 기분은 금방 좋아질 게 아니오.”

“말 그대로다. 유표를 만나 이해관계를 조목조목 설명하여 이 조조에게 항복을 맹세하게 만들어다오. 그리해준다면 자넬 궁중의 학부(學府)로 들여 공경으로 삼아 중용할 요량이다. 어떤가?”

“하하하. 쥐가 의관을 갖추어 입으면 우스꽝스러울 거요.”

“네 목숨을 너에게 빌려주는 것이다. 싫든 좋든 어쩔 수 없다. 당장 떠나라.”

조조는 무관을 보며 명했다.

"이자에게 좋은 말을 내주고 술과 음식을 융숭히 대접하라. 출발하기 전엔 전별금을 잊지 말고 챙겨주어 보내라."

사람들은 예형을 둘러싸고 일부러 저마다 칭찬하며 야단법석을 떨었다. 그러고 나서 술잔을 들어 예형에게도 쉴 새 없이 술을 권했다. 그 일이 있은 후 동문랑(東門廊)까지 많은 사람이 말을 끌고 배웅을 나와 안장 위까지 올려주었다.

조조는 다시 분부를 내렸다.

"내 명령을 받고 떠나는 대사를 위해 모두 동문 밖에 줄을 서서 배웅하라."

조금 전 예형이 명성 있는 학자에게 예우도 갖추지 않는다며 욕설을 퍼부어서였는지, 조조는 즉시 예형의 뜻에 따라 이 사자를 유용하게 써야겠다고 계산했을 것이다. 그렇다 해도 문무백관들은 뜻밖이었다.

"저런 실성한 거지 유학자한테 엄숙하게 예를 갖추어 배웅할 수가 있겠는가?"

누구도 진지하게 서 있는 사람이 없었다.

특히 순욱 같은 사람은 화를 펄펄 내면서 부하 병사들을 향해 서슴없이 지시했다.

"예형이 이쪽으로 와도 일어서서 배웅하지 않아도 된다. 하물며 앉아 있어도 좋다. 책상다리하고 꼿꼿이 앉아서 어쩔 수 없이 떠나는 그놈의 우는 낯짝을 배웅하라."

이윽고 말에 올라탄 예형이 장대한 동화문(東華門)을 나와 이쪽으로 다가왔다. 말도 사자도 맥이 빠진 모습이지만, 안에서는 환송하는 소리와 웅장한 음악이 울려 퍼졌다. 안타깝게도 문을 나와보니 순욱의 부대를 따라 다른 부대와 대장들도 하나같이 책상다리를 하고 느긋하게 앉아 있는 게 아닌가.

"아…, 슬프다."

예형이 말을 잠시간 세우고 길게 탄식하더니 갑자기 소리 높여 통곡하기 시작했다.

양지바른 곳에 있던 부대 병사들도 그늘 아래에 앉아 있던 병사들도 껄껄 웃어젖혔다. 순욱은 속이 후련하다는 듯이 예형을 보고 놀려댔다.

"선생, 경사스럽게 길을 떠나는 날에 뭐가 그리 슬퍼 우시는 게요?"

"둘러보니 수천 명의 무리가 힘이 빠져 일어서지도 못하잖나. 마치 송장들의 들판 같다. 송장이 널린 들판을 송장이 널린 산속을 걸어가는데, 이 어찌 슬프지 않겠나."

"우리가 시체다? 아하하. 그리 말하는 네놈이야말로 우리 눈에는 머리가 없는 미친 귀신 같구나."

"무슨 소리? 난 한나라 조정의 신하지…."

예형이 전혀 엉뚱한 말로 대답하니 오히려 불안했다.

'또 어떤 소리를 지껄이려는 걸까.'

일순간 순욱이 당황하며 눈을 껌벅거렸다.

4

"뭐? 한나라 조정의 신하? 우리도 한실의 신하다. 네놈만 어째서 한실의 신하란 말이냐?"

"눈을 씻고 찾아봐도 한실의 신하는 여기 나 혼자밖에 없다. 너희는 모두 조조의 신하들일 테지."

"어느 쪽이든 마찬가지다."

"거짓말하지 마라. 눈먼 놈들아."

"맙소사, 눈먼 놈이라니?"

"아아, 어둡구나, 어두워. 이렇게 세상은 깜깜하구나. 들어라, 구더기 놈들아. 이 예형만큼은 너희와 달리 반역자의 신하가 아니다."

"반역자? 누구 말이냐?"

"물론 조조지. 나더러 머리 없는 미친 귀신이라고 네놈들이 말하지만, 반역자와 한패가 된 네놈들의 목이야말로 내일 일을 알지 못한다."

예형과 순욱 사이에 오가는 문답을 주변에서 듣던 다른 부장들이 드디어 분통을 터뜨리며 극과 칼을 들고 하나둘 몰려들었다.

"순욱! 어째서 저놈을 닁큼 말에서 끌어 내리지 않는 건가. 우리 앞에 던져주게. 칼로 내리쳐 육회를 떠버릴 테다!"

순욱도 살의와 함께 분노가 치밀어 올라 남의 손을 기다릴 것도 없이 단칼에 베야겠다고 다짐했지만, 조조도 화를 누르고 사자로 보낸 자를 여기서 함부로 죽일 수는 없다고 여겨 꾹 참았다.

"기다리게, 기다려. 승상도 조금 전에 말씀하시지 않았는가. 이놈은 쥐 같은 놈이라고. 쥐를 죽여봤자 우리 칼만 더러워질 뿐. 자, 진정하시오, 진정."

그 말을 듣고 예형이 말 위에서 좌우에 있는 대장들을 눈을 번뜩이며 휘 둘러보았다.

"드디어 날 쥐로 만들었군. 쥐는 인간에 가까운 성질이 있지. 안타깝지만, 너희는 똥 속에 사는 구더기들이다. 똥통 안에서 우글거리는 구더기라고밖에 할 수 없구나."

"뭣이라!"

극과 창을 들고 달려드는 대장들을 순욱이 간신히 떼어놓으며 말렸다.

"마음대로 지껄이게 내버려 두게. 아무래도 머리가 돌았어. 어차피 형주에서 실패하거나 능력도 없어 돌아와서 개망신을 당할 터. 저놈 목은 그때까지만 몸통 위에 간신히 붙어 있을 뿐이오. 으하하. 차라리 웃읍시다, 웃어."

대장들부터 병사들까지 모조리 비웃는 가운데 예형은 궁궐 문을 마침내 빠져나왔다. 혹시나 그대로 집으로 도망치는 건 아닌지 병사 두셋이 뒤를 밟았지만, 그런 기색도 없었다. 나귀를 탄 뒷모습은 서두르지도 않고, 그렇다고 게으름을 피우지도 않은 채 묵묵히 형주 쪽으로 뚜벅뚜벅 나아갔다.

며칠 후, 예형이 형주 부(府)에 도착했다. 유표는 옛 친구인지라 곧바로 예형을 만나주기는 했다.

'성가신 놈이 나타났군.'

그 속을 들여다보면 유표 표정이 이러했으리라.

예형의 기이한 혀는 이곳에서도 조심성 없이 움직였는데, 사자의 자격으로 유표의 덕을 크게 칭송하다가도 금세 독설을 퍼붓는 바람에 기껏 칭송했던 말은 말짱 도루묵이었다. 유표는 속으로 예형을 싫어하며 거추장스럽게 여기는지라 좋은 말로 달래 강하(江夏)로 보내버렸다. 강하는 신하 황조(黃祖)가 지키는 성이다. 황조와 예형은 예전에 교분이 있었으니 적당히 내쫓은 것이다.

"황조도 만나고 싶어 하는데다 강하는 풍경도 아름답고 술맛도 좋으니 며칠 여흥을 즐기시오."

그 후, 어떤 사람이 의심스러운 마음에 유표에게 물었다.

"예형이 성안에 머무는 동안, 옆에서 들어보니 버릇이 없고, 그렇다기보다 말도 안 되는 기괴한 말로 주군에 대한 욕을 퍼부었습니다. 어째서 그자를 죽이지 않고 강하로 보낸 것입니까?"

유표는 웃으며 시원스럽게 답했다.

"조조도 화를 참고 죽이지 않은 데는 그만한 이유가 있다. 조조 생각으론 이 유표 손으로 그자를 죽이게 할 요량으로 보냈을 터. 만약 내가 예형을 죽인다면 조조는 당장 온 세상을 향해 형주의 유표가 학식 있는 현자를 죽였다고 험담을 떠벌릴 게 분명하다. 그 얕은꾀에 누가 넘어가겠느냐? 역시 조조도 허투루 볼 수 없는 사내라니까, 하하하."

앵무주

1

예형이 강하에서 유유자적하는 동안, 조조의 적인 원소도 유표에게 사신을 파견해 우호를 요청해왔다. 양국이 형주를 서로 자기 쪽으로 끌어가려고 야단이다.

어느 쪽을 선택할지는 유표 마음 하나에 달렸다. 일이 이리 되자 욕심이 생긴 유표는 갈피를 잡지 못해 오히려 대세의 판단을 내릴 수가 없었다.

"한숭(韓嵩), 그대 생각은 어떤가? 조조에게 붙는 편이 좋겠는가, 아니면 원소의 요청에 따르는 게 이익이겠는가?"

종사중랑장(從事中郎將) 한숭이 군신을 대표해 삼가 답했다.

"요컨대, 그 대방침은 먼저 주군의 마음부터 정하셔야 할 것입니다. 만약 주군께서 천하를 원하신다면 조조를 따라야 할 것입니다. 천하를 얻으려는 바람이 없으시다면 어느 쪽이 이익이 될지 견주어보고 가담하시면 좋을 듯합니다."

유표의 표정을 가만 들여다보니 천하를 바라는 마음이 아예 없지는 않은 듯했다. 해서 한숭이 말을 덧붙였다.

"조조는 천자를 옹립하는지라 언제나 대의를 내세워 전쟁을 일으킬 수 있습니다."

"그렇다고 원소가 떨치는 세력과 거대한 부도 얕잡아볼 수 없네그려."

"그러니까 조조가 패하고 스스로 파탄을 일으켜 지금의 위치에서 실각이라도 하게 되면, 필연적으로 조조를 대신할 수 있는 기회도 생기지 않겠습니까?"

유표는 여전히 갈팡질팡 마음을 정하지 못했다. 이튿날 날이 밝아오자 또다시 한숭을 불러들였다.

"이런저런 고민을 다 해봤지만, 일단 그대가 도읍으로 올라가 도성 안의 자세한 실정이나 조조의 속내가 어떤지 살펴보고 오는 게 좋겠소. 이쪽 거취는 그 후에 정해도 늦지 않을 터."

한숭은 썩 내키지 않는다는 듯한 기색을 띠며 잠시간 생각에 잠기더니 이윽고 대답했다.

"전 절개와 의리를 지키는 인간이라는 걸 믿어주십시오. 주군께서 천자를 따르겠다는 마음으로 천자 밑에 있는 조조와 제휴하겠다는 생각이시라면 사자로 가더라도 안심하겠지만, 혹시 그렇지 않다면 절의 문제로 곤경에 빠질지도 모릅니다."

"음…. 그런 걱정을 왜 하는가?"

"절 사자로 명해 도읍으로 보낸다면 조조는 반드시 제 환심을 사려고 정성을 기울일 것입니다. 어쩌면 천자께서 관작을 내리실지도 모릅니다. 여러 주의 신하들이 도읍으로 올라갔을 때를 생각해보시면 미루어 짐작할 수 있습니다. 그러면 전 한조의 은혜를 입게 되어 한가의 신하와 다를 바가 없을 테니 주군을 그저 옛 주인이라 여기게 될 것입니다. 그리된다면 유사시에 천자의 명은 따르더라도 주군을 위해서는 움직일 수 없을지 모릅니다."

"무슨 일인가 했더니 기우를 덜게. 여러 강대한 주의 신하들도 조정에서 관작을 받은 자가 얼마든지 있잖은가. 뭐, 나도 나름 따로 생각하는 바가 있네. 조속히 도읍으로 올라가서 조조가 품은 속마음이 어떤지, 허실 정도를 충분히 살피고 오게."

한숭은 어쩔 수 없이 명을 받들어 형주에서 나는 특산품과 여러 진귀한 물건을 마차에 싣고 며칠 후, 허도로 발걸음을 옮겼다. 한숭은 곧바로 승상부를 찾아가 진상물을 잔뜩 늘어놓았다.

조조는 얼마 전 사신으로 예형을 보낸 참이라 이상하다는 생각이 들었지만, 어쨌든 호의를 베풀고 성대한 주연을 벌여 먼 길을 달려온 피로를 달래주기도 했다. 물론 빈틈없이 조정에 주청하여 한숭을 위해 시중(侍中) 영능태수(零陵太守)라는 관직을 부여해서 돌려보내는 것도 잊지 않았다.

보름쯤 머물다가 한숭이 도읍을 떠나자, 바로 순욱이 조조에게 다가와 넌지시 말을 건넸다.

"왜 저런 자를 그냥 돌려보내셨습니까? 한숭은 허도의 내부 사정을 살피러 온 것입니다. 그런 자를 빈객으로 대접하다니요. 안타깝습니다. 중앙의 부는 다른 주의 신하들을 엄중히 경계해야 합니다."

2

"지당한 말이다."

일단 듣고는 있는 듯했지만, 고개를 끄덕이며 웃음을 짓더니 조조가 순욱을 타이르기 시작했다.

"내게는 작전 이외에 허실은 없다. 그러니 뭘 살펴보고 돌아갔다 한들 내 실력의 바른 가치를 알고 돌아간 것일 뿐, 오히려 환영해야 할 세작이라 할 수 있지 않겠나? 게다가 지금 형주엔 예형을 파견했다. 내가 기대하는 건 유표 손에 예형이 죽는 일. 지금 다른 술책이 더 필요하겠는가."

조조의 뛰어난 지략에 순욱은 고개를 숙였고 주변에서 듣고 있던 많은 사람들 역시 감탄해 마지않았다.

한편, 형주로 돌아간 한숭은 곧바로 유표를 만나 허도에 발흥의 기운이 가득한 걸 낱낱이 고했다.

"어리석은 생각이지만, 주군의 자제분 중 한 분을 보내 조정을 섬기게 하면서 도읍에 인질로 머물게 하는 건 어떻겠습니까? 조조도 의심하지 않을 테고 앞으로 가문 운도 길이길이 계속되리라 생각합니다만…."

한숭이 말하는 걸 들으며 못마땅하다는 표정으로 고개를 돌리고 있던 유표가 돌연 소리쳤다.

"한숭 네 이놈! 간에 붙었다 쓸개에 붙었다 하는 나쁜 놈! 한숭을 당장 결박하여 목을 쳐라!"

유표가 주위에 있던 무사에게 무섭게 호령했다.

득달같이 무사들이 칼에 손을 갖다 대면서 한숭 바로 뒤에

와서 섰다. 한숭은 손사래를 치며 백번이나 머리를 조아리더니 온 힘을 다해 변명했다.

"해서 신이 사자의 명을 받기 전에 몇 번이나 말씀드리지 않았습니까? 저는 제가 믿는 바를 말씀드리는 게 신하 된 도리로써 최선이라고 여겼으며, 주군 가문을 위해 말씀드린 것에 지나지 않습니다. 이 책략을 쓰고 안 쓰고는 오직 주군의 마음에 달렸습니다."

신하 괴량(蒯良)도 유표 옆에서 한숭의 변명을 거들며 간청했다.

"한숭의 말은 궤변이 아닙니다. 한숭은 도읍으로 떠나기 전에도 입이 닳도록 지금 우리가 처한 상황을 말씀드렸습니다. 그러니 도읍에 갔다 왔다고 해서 갑자기 표변한 것도 아니고 두 마음을 품었다고도 할 수 없습니다. 이미 조정으로부터 작위를 받고 돌아온 몸인데 지금 당장 처형한다면 조정에서 우려할 일이 생길지도 모릅니다. 부디 이번 일은 관대하게 처분해 주십시오."

꽤나 석연치 않은 듯한 기색이었지만 유표는 사리가 명백한 괴량의 말에 마지못해 다시 명령했다.

"앞으로 날 접견하지는 못한다. 죽을죄를 지은 건 용서해주겠다. 저자를 감옥에 가두어 단단히 묶어놓아라."

한숭은 무사들의 손에 끌려 나가며 혀를 찼다.

"도읍으로 가면 이렇게 될 걸, 형주로 돌아오면 또 이리되리란 걸 알면서도 결국 내가 생각한 대로 나 자신을 이끌어버렸다. 아…, 불신의 끝은 반드시 비명의 죽음으로 끝나지만, 신의

가 없어도 이리되는구나. 세상을 살면서 길을 선택하기란 참 어렵구나…."

한숭은 크게 탄식했다.

한숭의 모습이 사라지자마자 강하에서 사람이 찾아와 새 소식을 전했다.

"빈객 예형이 결국 황조 손에 죽고 말았습니다."

"뭐라? 그 독설을 퍼붓는 학자가?"

예상한 일이기는 했지만, 그 말을 듣자 다 같이 두 눈이 휘둥그레졌다. 유표는 즉시 강하에서 온 사람을 앞으로 가까이 불렀다.

"그 괴상한 유학자가 어떤 식으로 죽었단 말인가?"

앞으로 일어날 일에 대한 두려움 반, 괴짜 학자의 마지막에 대한 호기심 반으로 유표가 찬찬히 물었다.

3

강하의 사자는 사건의 자초지종을 낱낱이 말하기 시작했다. 사자의 말에 따르면 예형은 강하로 가서도 여전히 방자한 태도로 행동했다.

그러던 어느 날, 성주 황조가 예형이 하품하는 모습을 보고 비꼬며 물었다.

"무료하오?"

예형이 고개를 주억거렸다.

"뭣보다 말 상대가 없으니까…."

"성안에는 나도 있고 장병들도 수두룩한데 왜 그러오?"

"그렇지만 나와 말을 나누기에 적당한 자는 없다. 도읍은 구더기가 들끓는 항아리고 형주는 파리가 꾄 측간이며 강하는 개미 소굴 같구나."

"나도 그렇소?"

"암, 뭘 해도 따분하구나. 날아다니는 나비나 새들하고 이야기하는 수밖에…."

"군자는 지루함을 모른다 들었소만."

"거짓말하지 마라. 지루함을 모르는 놈은 신경 쇠약에 걸렸다는 증거다. 건강하다면 지루함을 느끼는 건 극히 자연스러운 일이다."

"아, 그렇소? 하룻밤 주연을 벌여 심심하고 지루한 학자의 마음을 달래주겠소이다."

"주연은 딱 질색이다. 귀공의 눈이나 입에는 주지육림(酒池肉林, 술로 연못을 이루고 고기로 숲을 이룬다는 뜻으로, 호사스러운 술잔치를 이르는 말. 은나라 주왕이 못을 파 술을 채우고 숲의 나뭇가지에 고기를 걸어 잔치를 즐겼던 일에서 유래 – 옮긴이)이 진수성찬으로 보일지 모르겠지만, 내 눈엔 쓰레기 더미를 둘러싸고 들개들이 소란 피우는 것이나 다름없다. 그런 자리에 앉혀놓고 날 안주 삼아 술을 마시다니 참을 수 있겠나?"

"아, 아니…. 오늘은 절차를 따지지 말고 단둘이서만 마십시다. 나중에 꼭 들러주시오."

먼저 돌아간 황조는 잠시 후 시동을 보내 예형을 불러들였다.

가보니 성의 남원에 자리를 하나 깐 뒤에 술 항아리만 달랑 올려놓고 황조가 기다리고 있는 게 아닌가.

"좋군."

입이 거친 예형도 조촐한 자리가 마음에 들었던지 자리 위에 고분고분 앉았다. 그 옆에는 한 그루 거송이 큰 강물의 바람을 받아 쏴아 쏴아 하고 하늘의 시를 연주하는 듯했다. 술은 금세 바닥을 드러내 동자에게 말해 1통을 더 시키고, 이내 1통을 다시금 가져오게 했다.

"학자에게 묻겠소만…."

황조도 술기운이 꽤 돌았는지 입술을 연방 핥으며 말을 꺼냈다.

"학자는 꽤 오랫동안 도읍에 머물렀다 들었는데, 도읍에서는 지금 누구와 누구를 진정한 영웅이라 생각하오?"

예형이 한마디로 딱 잘라 대답했다.

"어른이라면 공문거(孔文擧)고, 어린아이라면 양덕조(楊德祖)다."

황조는 살짝 혀 꼬부라진 소리로 내뱉었다.

"난? 이 황조는 어떻소?"

내심 기대하는 듯 황조가 한쪽 팔에 몸을 기대고 앞으로 쑥 내밀었다.

예형이 껄껄 웃으며 머뭇거렸다.

"자네 말인가? 자네야 뭐, 길거리 불당 안의 부처님이겠지."

"불당 안 부처님? 대체 무슨 말이오?"

"백성이 제사를 지내줘도 아무런 영험도 없다는 말이지."

"뭐라! 다시 한번 말해봐라."

"아하하. 노하셨나? 공양이나 훔치는 목각 인형 주제에…."

"이놈이!"

벌컥 화가 난 황조가 칼을 빼자마자 예형을 베어 두 동강 내버리고 뿜어져 나오는 피로 온몸을 뒤집어쓴 채 미친 듯이 소리를 질렀다는 것이다.

"저리 치워라, 치워! 이 시체를 빨리 묻어라! 이놈은 죽어서도 여전히 입을 놀리는구나!"

사건의 경위는 이러했다.

있는 그대로 자두지미를 듣고 난 유표는 측은한 마음이 들었던지 그 후, 가신을 보내 예형의 시체를 정중히 옮겨와 앵무주(鸚鵡州) 강가에서 후하게 장사를 치러주었다. 예형의 죽음은 필연적으로 조조와 유표 사이에 외교 교섭이 끊어졌다는 의미도 되었다.

조조는 예형이 죽었다는 소식을 전해 듣고 씁쓸한 웃음을 지었다고 한다.

"그런가! 예형도 자신의 혀가 칼이 되어 죽음을 맞았구나. 예형뿐만이 아니다. 학문에 자만하여 지혜로운 척하는 인간이 있다는 예다. 그런 의미에서는 예형의 죽음도 까마귀가 타 죽은 정도의 의미는 있다."

태의 길평

1

그 옛날 낙양의 일개 황궁 경찰 관리에 지나지 않았을 때, 조조라는 하얀 얼굴이 빛나는 청년이 미래를 점쳐달라고 찾아온 일이 있었다.

"자네는 난세의 능신(能臣)이요, 치세의 간웅이로다."

이렇게 예언한 사람은 낙양의 명사 허자장(許子將)이라는 관상가다. 화를 낼 줄 알았더니 그때 찢어지게 가난했던 조조는 의외로 기뻐하며 돌아갔다고 했다.

"간웅이라…. 좋구나, 좋아."

자장의 예언은 딱 들어맞았다.

허나 조조가 오늘 이런 모습으로 존재하리라고, 어느 누가 풍운 속에서 예견했겠는가? 세월이 아무리 길다 해도 그때부터 오늘까지 불과 십수 년이라는 시간밖에 흐르지 않은 터. 어쩌면 조조도 천하의 모습이 이렇게 빨리 변하고 지금 위치에 오르리라고는 생각조차 못 했으리라. 나이로 보면 남자로서 한창때인

40대로 천하를 다스리려는 욕망은 점점 더 솟아올랐다.

단숨에 오늘 같은 대성을 이룬 건 물론 조조가 소질도 있었겠지만, 이를 뒷받침한 건 그 주변에서 구름처럼 일어선 뛰어난 모사들과 나무랄 곳 없는 장수들이라 할 수 있다. 특히 순욱같이 치어난 신하가 세운 공을 빼놓는다면 서운하리라. 순욱은 항상 조조 곁에서 가르침이 될 만한 말을 자주 들려주었다. 지금 순욱은 조조의 오른팔이라고 해야 할 존재다.

순욱 나이가 어느 정도인가 하면, 조조보다 7살이 어리고 아직 30대다. 영천(潁川) 출생으로 집안도 나무랄 곳이 없다. 후한 명가에서 태어난 순욱은 학식이 출중한 순숙(荀淑)의 손자다. 명가의 자손 중에 영준한 인물은 적었지만, 순욱은 학생 시절부터 스승 하옹(何顒)에게 '왕을 보좌하는 인재'라 불리며 칭찬 세례를 받았다. 왕을 보좌하는 인재란, 왕도를 보좌하는데 모자람이 없는 대정치가의 자질을 지녔다는 말이다. 한마디로 난세에는 보기 드문 존재다.

해서 하북의 원소 등도 일찍이 상빈의 예를 갖추어 순욱을 맞이하려고 노력했지만, 조조를 한번 보고 난 순욱은 금세 서로 마음을 터놓는 사이가 되어 자진해서 그 휘하로 들어갔다. 역시 조조는 그 정도로 매력이 있는 인물이다.

조조가 지닌 가장 큰 장점 중 하나는 유능한 인물을 받아들이는 포용력이다. 조조 역시 선비를 사랑하였는데 특히 순욱에게 "그대는 나한테 장자방 같은 사람일세"라고까지 말하며 아꼈다. 장자방이라면 한고조의 참모총장에 해당하는 중신이다. 이 말의 속뜻을 살펴보면 은근히 자신을 한고조에 빗대었다는 걸 알 수 있으니 조조의 속마음에는 여전히 알 수 없는 무엇이 감추어져 있다고 볼 수 있다.

그러니 독설을 퍼붓는 학자 예형의 죽음 따위는 조조 눈으로 보면 그저 까마귀가 불타 죽은 정도의 웃어넘길 일에 지나지 않은 것도 당연한 일이다. 그렇긴 하지만 다른 한편으로는 적어도 조조의 명을 받아 떠난 일국의 사자가 형주 땅에서, 그것도 유표의 일개 부하 손에 죽임을 당했다는 사실은 국제적으로 중대한 문제가 될 논란거리기도 했다.

"이대로 내버려 둘 수는 없다. 이 일은 유표를 칠 좋은 구실이기도 하다."

조조는 당장이라도 대군을 일으켜 형주를 빼앗는 일을 도모해야겠다고 의논했다. 여러 장수도 같이 분기하였지만, 순욱은 여러 이유를 들며 찬성하지 않았다.

"원소와 싸우는 것도 아직 결판이 나지 않았으며 서주에는 현덕이 건재합니다. 이 와중에 또다시 동쪽에서 군사를 일으킨다는 건 심복의 병을 뒤로 미루고 손발의 부스럼을 먼저 고치겠다는 말과 같습니다. 우선 병의 근원인 원소부터 정벌하고 현덕을 물리치며, 그다음에 강한(江漢)의 형주 등을 쳐도 조금도 늦지 않습니다."

조조는 순욱의 말에 따라 형주로 출군하는 문제는 잠시 보류하기로 했다.

2

순욱이 하는 말에는 조조도 순순히 따랐다. 조조가 오늘의 성공을 거둔 중대한 기략의 근본은, 뭐니 뭐니 해도 조정이 위급한 사태에 처했을 때 헌제를 재빨리 허도로 맞이했던 일이다. 그것도 순욱이 처음부터 간곡히 권했던 큰 책략이었다.

"주상을 받들고 인망을 따르는 순리야말로 주군의 운명을 여는 큰 길입니다. 남이 앞지르기 전에 결행하십시오."

그때 다른 장군들은 낙양에서 뿔뿔이 흩어져 장안의 대란과 같이 끝도 없는 전쟁과 난세 속에서 오로지 서로를 물어뜯고 정벌하는 일만으로 하루하루를 보냈지만, 오로지 그 일을 눈여겨보았던 순욱의 달견은 고개를 끄덕일 만했다.

원소 신하인 모사꾼 저수 등도 역시 선견이 있어 원소에게 같은 계책을 권했다. 하지만 우유부단한 성격의 원소가 우물쭈물하는 사이에, 기회를 틈탄 조조가 선수를 치는 바람에 역대 한조의 명문이자 강대했던 원소 세력도 이제는 지방의 한 존재로 물러나는 신세가 되었다.

순욱은 나라를 다스리는 책략도 척척 내놓아 공적을 세웠다. 허도를 중심으로 둔전책(屯田策)을 채택하고 지방 양민들 사이에 인망 있는 관리를 두었다. 각 주군(州郡)에는 전관(田官)이라는 걸 두어 그 단위를 조직하고 선도하여 농경을 크게 장려하였다. 한편에서는 전란이 일어났던 시기였지만 산업은 크게 발전하고 오곡의 증산량만으로도 해마다 100만 석이 넘을 만큼 활기찼다.

이처럼 지금 허도는 군사와 경제 양면으로 성대를 이루는 도시다. 허나 '수도가 번성한다'는 말이 그대로 조정의 성대를 드러낸다고 할 수는 없는 노릇이다. 허도의 번창함은 조조의 왕성한 세력 안에만 머무르는 것이었으며, 극단적인 무권 정치가 '승상부'라는 형태로 엄연히 존재했다. 조정의 위세나 존위는 되레 날이 갈수록 쇠퇴해가는 건 누가 보아도 분명했다.

이때 그 추이를 바라보면서 원망스러운 마음으로 남몰래 괴로워하는 사람이 있었다. 바로 국구로 불리는 거기장군 동승이다. 공신각 비궁을 닫고 황제가 몸소 피로 쓴 비밀 칙령을 받은 날 밤이다.

"어떻게 조조를 죽여야 할까? 어떻게 무가(武家)가 횡포를 부리는 승상부를 물리치고 예전의 왕정을 회복할 수 있을까?"

동승은 침식을 잊고 온 힘을 다해 오로지 그 일에만 부심했지만, 시간만 허무하게 흘러가 의지하던 현덕도 도읍을 떠나고 마등도 서량으로 돌아가고 말았다.

그 후, 동지 왕자복 등과도 은밀히 만남을 거듭하였지만, 아무래도 통 실력이 없었다. 공경 일부에서도 승상부 무권파에게 명백히 반감을 품고 조조가 교만하게 독보적으로 궐문을 출입하는 모습에 원통한 마음을 숨긴 조신들이 꽤 있었다. 하지만 무기력하게 단념하며 자신을 감추는 게 몸을 보호하는 길이라 여겨 다들 입을 다물고 지냈다.

"어쩔 수 없는 시대의 세력이다."

동승은 그사이에 병에 걸려 나날이 용태가 위중해져 요사이에는 아예 자택에서 자리보전하였다.

동승의 병이 위독하다는 소리를 들은 황제는 자기 일처럼 슬퍼하여 즉시 전약료(典藥寮) 태의(太醫) 길평(吉平)에게 명하여 병을 진료하도록 배려했다. 길평이 어명을 받들어 곧바로 동승 집을 찾았다. 일가 가족들이 황송스러워하며 마중을 나왔는데, 그때 길평 앞으로 나가 약통을 받은 사람은 동가(董家)의 하인 경동(慶童)이라는 심부름하는 아이다.

3

길평은 원래 낙양 사람으로, 한방 약재에 대한 지식이 풍부하고 일찌감치 인덕이 있었으며 그 풍채는 신묘한 데가 있어 당대 으뜸 명의로 불렸다.

마중을 나온 동 씨 가문 사람에게 황제의 두터운 은혜가 담긴 명을 전하고 조용히 병실로 들어가 동승의 용태를 하나하나 진찰했다.

"걱정하지 않으셔도 됩니다."

길평은 경동이 들고 있는 약통을 받아 팔미(八味, 한의학에서 말하는 신양의 기능을 돕는 대표적인 처방으로 8가지 약재로 구성함 – 옮긴이)의 신묘한 약을 조합했다.

"이 약을 아침저녁으로 음용하게 하십시오. 열흘 안으로 건강해지실 겁니다."

길평은 그날 그렇게 발걸음을 돌렸다.

과연 식욕도 돌아오고 용태도 나날이 좋아졌다. 그렇지만 동승은 여전히 병상에서 일어나지는 못했다.
"어떠십니까?"
길평은 매일 찾아와 동승의 맥을 짚어보고 입안을 들여다보았다.
"이제 괜찮으시지요? 조금씩 뜰이라도 거닐고 싶은 기분이 드시지 않습니까?"
"아, 아직은 좀…."
동승은 천장을 보고 누운 채 판자처럼 얇은 가슴 위에 양손을 올려놓고 고개를 살살 저었다.
"이상하군요. 이제 아무 데도 불편한 곳이 없을 텐데요."
"조금만 움직여도 아직 여기가…."
"가슴이 답답하십니까?"
"그렇습니다. 무슨 말을 할 때도 금방 숨이 차고."
"하하하. 신경성입니다."
길평은 웃어넘겼지만, 길평도 처음 동승을 진료했을 때부터 마음속으로 의문이 들었다. 쇠약한 상태였던 건 사실이지만, 단순한 노쇠라 볼 수도 없었고 오래된 고질병도 발견할 수 없었다.
"시무를 보느라 피로한 모양입니다. 최근에 몹시 심장이 뛰었던 적은 없으십니까?"
"한직에 있는 몸이라 그다지…."
"그렇습니까? 국구께서 빨리 쾌차하지 않으신다고 폐하의 근심도 이만저만한 게 아닙니다. 어제도 오늘 아침에도 용태를 물으셨습니다."

"…."

폐하라는 말을 듣자 국구의 눈에 눈물이 그렁그렁 고였다. 눈가에 고인 눈물이 베개 위로 하염없이 흘러내렸다.

오늘뿐만이 아니다. 황제의 어명을 들을 때면 언제나 동승의 눈은 이상하게 흐려졌다. 길평은 동승이 앓는 병의 원인이 황제와 관련 있다 여기고 혼자서 고개를 주억거렸다.

달포쯤 지나고 정월 보름이 되었다. 그날 밤은 대보름날이라서 친족과 친구들이 한자리에 모여 있었다. 동승도 병상이기는 했지만 길례(吉例)에 따라 술잔을 몇 번 기울이더니 어느새 졸음이 쏟아졌던지 자리에 기대어 까무룩 잠이 들었다.

그런데 갑자기 동승을 둘러싼 몇몇 사람이 웅성웅성 말을 걸어오는 게 아닌가.

"국구, 국구. 예전에 도모했던 그 일을 성취할 때가 드디어 왔습니다. 형주의 유표가 하북의 원소와 결탁하여 50만 군사를 일으켰습니다. 서량의 마등과 병주(幷州)의 한수(韓遂), 서주의 현덕 등도 각지에서 합심하여 일제히 군사를 일으켜 그 군사가 70만이라고 합니다. 깜짝 놀란 조조가 당황하여 각지로 군사를 보내는 바람에 지금 도성 안의 방비가 그 어느 때보다 허술합니다. 승상부와 도읍에 있는 경비병을 다 합쳐도 1000명이 채 되지 않을 터. 때마침 오늘 밤은 대보름, 승상부에서도 연회가 열려 다들 곯아떨어졌을 것입니다. 자, 지금 당장 일어나십시오. 동지들은 벌써 말을 걸터타고 문 앞에서 기다립니다."

누군가 하고 고개를 들어 둘러보니 혈조를 받들어 비밀 맹세에 서명했던 동지 왕자복, 충집, 오석, 오자란이다.

4

동승이 의아해하며 두리번거리자 동지들은 동승의 손을 덥석 잡더니 신발을 댓돌에 나란히 놓아주며 병실에서 데리고 나갔다.

"지금이야말로 하늘이 주신 기회입니다. 어서 진두에 서서 단번에 조조를 무찌르십시오."

가보니 집 안의 여러 문 앞에 아군들이 새까맣게 운집해 있는 게 아닌가. 그 모습을 보자 동승도 힘이 솟아 갑옷을 입고 창을 거머쥐었다. 부하들이 끌고 온 말 위에 뛰어오르자마자 공격을 알리는 북소리를 울리면서 승상부를 가열하게 습격했다. 사방에서 불을 지르면서 아군 용사들과 함께 동승은 승상부 안으로 힘차게 들이닥쳤다.

"역적 조조, 꼼짝 마라."

불길 속에서 적을 쫓고 쫓는 사이에 창도 부러지고 칼도 불로 변해버릴 만큼 격렬히 싸우는데, 활활 타오르는 불꽃 속에서 조조의 그림자가 언뜻 부동명왕(不動明王, 번뇌의 악마를 응징하고 밀교의 수행자를 보호하는 왕 – 옮긴이)처럼 비쳤다.

"네 이놈, 거기 있구나!"

동승이 조조에게 달려들며 큰 검으로 내리치자 조조의 목이 불덩어리처럼 솟구쳐서 날아올랐다.

저것이다! 올려다보니 불덩이가 된 머리는 검은 연기 속으로 하염없이 날아올라 이윽고 그 붉은빛도 너무 멀어진 나머지 흐릿해졌다 싶더니 영롱한 하얀 보름달이 아래 세상을 비웃듯이 하늘 가득히 비추면서 구름 사이에 걸려버렸다.

"으…, 으음."

동승이 짧은 신음을 뱉었다.

"국구, 국구. 왜 그러십니까?"

자꾸 흔들어 깨우는 사람이 있었다. 동승이 퍼뜩 잠에서 깨어보니 그날 밤 손님으로 와 있던 태의 길평이다.

"아…. 꿈인가?"

온몸에 땀이 흘러 속옷까지 축축하게 젖어버렸다.

동승의 눈동자는 잠에서 덜 깬 듯, 천장을 올려다보더니 이내 벽을 휘 둘러보았다.

"물이라도 한 모금 마셔보십시오."

"고맙소. 아…, 그대였는가. 혹시 내가 헛소리를 하지는 않았소?"

"국구…."

길평이 목소리를 한껏 낮추더니 환자 손을 굳게 잡았다.

"국구, 이제야 병의 원인을 찾았습니다. 국구가 앓는 병은 뱃속에도 손톱 끝에도 없습니다. 맥이 흐트러진 이유는 세상의 우환을 마음속 깊이 걱정하셔서이며, 열이 오른 건 쇠약해진 한실이 한스러워 식음을 전폐하여 병이 깊어졌던 것입니다."

"그…, 그런?"

"속에 뭔가를 숨기는 일도 병을 위독하게 하는 원인 중 하나입니다. 평소 대충 짐작은 하였지만, 천자를 위해 그 정도로 각오하신 줄 몰랐습니다. 가족을 버리고 충의의 영혼이 되겠다고 결심하셨다면 이 길평도 기꺼이 힘을 실어드리겠습니다. 아니, 국구의 병을 맹세코 낫게 해드리고 싶습니다."

"태의, 무슨 말씀이시오? 벽에도 귀가 있는 세상에 함부로 그런 말을…."

"아직 절 의심하는 겁니까? 의원은 인간의 병을 고치는 것만이 능사가 아닙니다. 진정한 태의는 나라의 근심까지 고친다고 들었습니다. 제게 그만한 능력은 없다 해도 뜻은 있습니다. 의지가 박약한 쓸모없는 학자라 여기고 숨기시는 겁니까?"

길평은 탄식하더니 그 자리에서 손가락을 입속에 넣어 꽉 깨물었다. 그러고 나서 누구에게도 발설하지 않겠다고 피로 맹세했다.

동승은 깜짝 놀라 길평의 얼굴을 멍하니 바라보았지만, 이내 그 의로운 마음에 감복하고는 이제 이 사람에게 숨길 이유도 없다는 생각에 모든 비밀을 툭 털어놓았다. 혈조가 쓰인 의대도 꺼내 보여주었다.

길평은 의대 앞에서 절을 하고 함께 한조를 위해 슬피 울더니 이윽고 몸가짐을 바로 했다.

"제게 간신 조조를 하루아침에 죽일 묘책이 있습니다. 병마를 쓰지 않고 백성이 전쟁으로 괴로워하지 않아도 되는 방법이니 맡겨만 주십시오."

"그런 묘책이?"

"조조는 건강하지만, 오직 하나 두풍(頭風, 두통이 낫지 않고 계속 아팠다 멎었다 하는 병 – 옮긴이)이라는 지병을 앓습니다. 그 병이 도지면 미친 듯이 골수의 통증을 호소합니다. 그 약을 처방하는 사람은 저 말고는 없습니다."

"아니, 그럼…, 독을?"

두 사람은 갑자기 입을 앙다물었다. 방 안에 쳐놓은 휘장 밖에서 바람이 분 듯, 무언가 움직이는 느낌이 들었다.

아름다운 동자

1

겨울을 넘기고 남쪽으로 뻗은 매화나무에 핀 꽃봉오리를 보자 동가 사람들의 표정도 환해졌다. 요사이 주인 동승의 몸은 말끔히 회복되어, 이따금 아직 봄이 무르익지도 않은 후각을 거닐거나 산책하는 모습이 눈에 띄었다.

"아…, 기러기가 가고 제비가 돌아오는구나. 봄이 다가오는 모양이다. 머지않아 길평이 뭔가 좋은 소식을…."

동승의 살갗에 윤기가 돌았다. 미간에 희망이 엿보였다.

'독약을 먹여서 조조의 목숨을!'

정월 보름날 밤, 길평이 속삭이던 말이 끊임없이 동승의 귓전에 맴돌았다. 그 일만 실현된다면 동승의 노쇠한 혈관에도 한 줄기 열정과 젊음의 피를 불러일으킬 수 있으리라. 바야흐로 천지의 양기가 크게 움직일 것 같은 느낌이 절절히 들었다.

그날 밤도 동승은 식사가 끝나고 혼자서 후원으로 나가 푸른 매실 위에 떠 있는 초저녁달을 바라보았다. 향기로운 미풍이 매화나무 숲을 몰래 찾아들었다. 동승은 문득 발걸음을 멈췄다.

한 편의 시와 같은 정경이 눈에 들어왔던 것이다. 남자와 여자였다. 두 사람은 봄바람 부는 곳에서 사랑의 밀어를 속삭였다. 은은한 향기가 바람에 실려 풍겨오고 드문드문 나뭇가지 그림자가 비쳤다. 두 사람의 그림자 역시 동승의 그림자와 명암이 드리워진 사이에 머무르니 조금도 눈치를 채지 못하는 듯했다.

"한 폭의 그림이로구나…."

동승은 혼자 조용히 중얼거리면서 넋을 잃고 멀리서 흐뭇하게 지켜보았다.

촉촉한 봄날 밤에 쏟아지는 달빛이 남녀의 그림자에 얇은 비단을 드리웠다. 남자는 등을 돌린 채 부끄러운 듯이 고개를 숙이고 손톱을 잘근 깨물었다. 서로 등을 맞댄 채 여자는 매화나무 끝을 바라보는 듯했다. 여자가 먼저 등을 돌리더니 남자에게 말을 툭 걸자 남자는 더더욱 어깨를 움츠리며 희미하게 고개를 가로저었다.

"싫어?"

여자는 결심한 듯 가까이 다가가 그 남자의 얼굴을 들여다봤다. 그 찰나, 노인의 몸속에 있던 젊은 피가 거꾸로 끓어올랐다.

"밀통하는 연놈들!"

느닷없이 동승 입에서 호통이 터져 나왔다.

두 사람은 화들짝 놀라 삼십육계 줄행랑을 놓았다. 물론 이미 동승에게는 그 행동을 시라고 생각하며 용서할 마음이 추호도 없었다. 여자는 후각에 사는 동승의 비첩이고, 남자는 동승

병실에서 수발을 들던 경동이라 불리는 어린 사내종이다.

"이 발칙한 연놈들!"

동승은 도망치는 경동의 목덜미를 거머쥐고 더 큰 소리로 고함쳤다.

"누구 없느냐! 몽둥이를 가져오너라, 몽둥이와 밧줄을!"

호통 소리에 가신들이 한달음에 달려오자 동승은 몸을 부들부들 떨면서 밀통한 둘을 몽둥이로 치라고 명령했다. 비첩은 100대를 맞고, 경동은 그 이상 흠씬 두들겨 맞았다. 동승은 그래도 분이 풀리지 않는다는 듯이 경동을 나무 기둥에 묶었다. 동시에 비첩도 후각에 있는 어느 방 안에 감금시켰다.

"휴…. 피곤하니 오늘 밤은 그만 자야겠다."

힘에 부쳤는지 두 사람에 대한 처분을 다음 날로 미루고 동승은 방문을 확 닫아버렸다.

그날 밤, 경동은 젊은 사람인지라 혈기가 왕성하여 밧줄을 이로 물어뜯고는 도망쳐버렸다. 높은 돌담을 훌쩍 뛰어넘어 어디론가 갈 곳이라도 정했다는 듯이 깊은 밤 어둠 속을 날듯이 달려갔다.

"두고 보자! 이 늙은 영감탱이."

아름다운 동자에게는 어울리지 않는 당돌한 눈빛으로 주인 저택을 획 뒤돌아보았다. 경동은 어릴 때 돈에 팔려 간 노예에 지나지 않은 몸이라서 주종의 의리도 깊지는 않았지만, 타고난 용모가 단정하고 아름다운 동자여서 동승도 가까이에 두면서 귀여워했고 집안사람들도 아껴주었다. 그런데도 경동은 원한만을 마음에 담았다. 아뿔싸! 그 노예근성의 일념으로 무시무시한 보복을 마음속에 품은 경동은 무작정 조조에게 밀고하러 달려가는 길이다.

2

때 아닌 깊은 밤, 경동이 승상부 문을 거칠게 두드렸다.

"천하의 커다란 변화를 알려드리려고 왔습니다. 승상을 죽이려는 모반자가 있습니다."

아름다운 용모의 동자가 달려 들어와 아닌 밤중에 홍두깨 같은 말을 하자 관리들이 화들짝 놀랐다. 아니, 더 놀란 건 경동 입에서 동승과 그 무리의 계획을 직접 들은 조조다.

"어째서 주인이 계획한 중요한 일을 그리 자세히 아는 거냐? 너도 한 패거리냐?"

조조가 부러 위협하자 경동은 당황하여 고개를 저었다.

"당치도 않습니다. 아무것도 모릅니다만, 정월 보름날 밤에 항상 찾아오시는 태의 길평과 주인어른이 묘하게 음침한 분위기로 이야기하다가 개탄하기도 하도 통곡하기도 해서 옆방 휘장 뒤에 몰래 숨어서 엿듣게 되었습니다. 지금 말씀드린 대로 승상께 독약을 먹여 반드시 죽이겠다는 약속을 하지 않겠습니까? 너무나 무서운 나머지 온몸이 떨리고 그때부터 주인님 얼굴을 보기도 왠지 두려워졌습니다."

조조는 얼굴 근육을 움직이지 않으려고 애썼지만, 속마음은 분명 고요해 보이지는 않았다.

계단 아래에 있던 가신들을 향해 조조가 지시했다.

"사태가 명백해질 때까지 그 사내종을 승상부 안 어딘가에 몰래 숨겨둬라. 이 일은 일절 발설하지 마라."

또 경동에게는 이렇게 말하고 내보냈다.

"이 사실이 확실하다면 나중에 네게도 은상을 내릴 것이다."

다음 날, 또 그다음 날이 밝아왔다. 승상부는 평상시와 다름없는 듯했지만, 묘하게도 섬뜩한 기운이 스멀스멀 감돌았다. 그로부터 네댓새째 되는 날 새벽이다. 갑자기 말을 탄 관리 하나가 달려와 태의 길평의 약료를 찾아왔다.

"어제부터 승상께서 지병이신 두풍이 도지셔서 오늘 아침까지 통증을 호소하십니다. 이른 새벽부터 죄송하지만, 급히 발걸음을 하시어 진료해주십시오."

길평은 마음속으로 됐다고 생각했지만, 천연덕스러운 얼굴로 응했다.

"바로 뒤따라가겠소."

태의는 관리를 돌려보낸 뒤 몰래 미리 준비해둔 독을 약통 바닥에 들통나지 않게 감추어두었다. 이윽고 종자를 데리고 나귀에 올라 환자가 있는 곳으로 향했다. 조조는 자리에 누워서 태의가 오기만을 노심초사 기다리는 눈치다.

자기 얼굴을 주먹으로 두드리면서 길평의 얼굴을 보자마자 참을 수 없다는 듯이 외쳤다.

"태의, 태의. 어서 항상 처방하던 약으로 통증을 달래주게."

"하하하. 또 그 지병이시군요. 맥도 아무 이상이 없습니다."

옆방으로 간 태의는 조금 후에 뜨겁게 달인 약사발을 가져오더니 누워 있는 조조의 병상 아래에 무릎을 꿇었다.

"승상, 이 탕약을 드십시오."

"약인가…."

한쪽 팔꿈치로 기대며 조조는 반쯤 몸을 일으켰다. 그러고는 약사발에서 피어오르는 김을 들여다보면서 중얼거렸다.

"늘 주던 약과 다른 듯하군. 냄새가 아무래도…."

길평은 순간 섬뜩했지만, 약사발을 받드는 두 손을 떨지 않은 채 부드럽게 눈웃음을 짓고 올려다보며 답했다.

"승상이 앓는 병의 근원을 치유하려는 마음에 미산(媚山)에서 새 약초를 구해 와서 넣었습니다. 그 신묘한 약이 풍기는 향인 듯합니다."

"신묘한 약이라…. 거짓말 마라. 독약이겠지!"

"예?"

"마셔라, 네가 먼저 마셔봐라. 아마 마실 수 없겠지…."

"…."

"뭐냐, 그 낯빛은!"

벌떡 일어선 조조는 다리를 들어 올려 약사발과 함께 길평의 턱을 뻥하고 걷어차며 큰 소리로 호령했다.

"이 돌팔이 의사 놈을 포박하라!"

한 무리의 장정들이 호령 소리가 떨어지기가 무섭게 달려들더니 순식간에 길평의 손을 뒷짐결박했다.

3

오랏줄을 잡고 무사와 옥졸들이 길평을 승상부 정원으로 끌어냈다.

"어서 불어라."

"누구의 사주를 받아 승상께 독약을 드렸느냐?"

길평을 매질하고 나뭇가지에 거꾸로 매다는 등 갖은 고문을 했지만, 길평은 그 흔한 비명조차 지르지 않았다.

"모른다. 쓸데없는 건 묻지 마라."

조조는 신하에게 엄하게 명했다.

"쉽사리 입을 안 여는구나. 이리로 끌고 와라."

청소각(聽訴閣) 한쪽에 마련된 고문 장소에 자리 잡은 조조가 계단 아래에 꿇어앉은 길평을 눈을 부릅뜨고 노려보았다.

"이 늙은 것, 고개를 들라. 의원 몸으로 내게 독을 먹이려 하다니…. 예삿일이 아니다. 네놈을 배후에서 부추긴 놈들을 모조리 불어라. 그리하면 네놈의 목숨만은 살려주겠다."

"하하하."

"네 이놈. 왜 웃는 게냐?"

"웃기니까 웃는 거 아니겠소. 그대를 죽여야겠다고 생각한 사람이 이 길평 혼자, 아니 불과 몇몇밖에 안 된다고 생각하오? 주상을 깔보는 못된 역적 놈! 네놈 살점을 씹어 먹고 싶어 하는 사람은 천하에 넘쳐날 정도로 수두룩하다. 어찌 일일이 그 많은 이름을 열거하겠냐만…."

"시건방진 놈. 어찌해야 입을 열 것이야? 어서 불지 못할까!"

"으하하…. 쓸데없는 말이다."

"고문이 부족한 모양이로구나. 더 호된 맛을 보여줄까?"

"이미 들통났으니 죽기만을 바랄 뿐. 어서 목을 베라."

"아니, 그리 쉽게 죽일 수야 없지. 옥졸들, 이 늙은 의원 놈의 머리털이 모조리 뽑힐 때까지 고문하라. 딱 숨이 끊어지지 않을 정도로만."

명령을 받은 옥졸들은 가차 없었다. 갖은 방법을 동원하여 길평의 온몸을 고문했다. 길평의 몸은 새빨간 피로 벌겋게 물들어갔지만, 여전히 침착함을 잃지 않았다. 오히려 고문하는 사람들이 처참한 기분에 휩싸여갔다.

조조는 도가 너무 지나쳐 신하들이 자신을 꺼리고 싫어하게 될까 두려운 마음에 침을 뱉듯이 명했다.

"옥에 가두고 약을 먹여라. 그렇다고 독약은 먹이지 말고."

그날 이후에도 날마다 모진 고문이 이어졌지만 길평은 입도 뻥끗하지 않았다. 그저 날이 갈수록 마른 생선처럼 눈에 띄게 몸이 비쩍 말라가기만 했다.

"음…. 방법을 바꿔보자."

한 가지 계책을 짜낸 조조는 자신이 요사이 기분이 언짢았는데 이제 쾌차했다는 말을 바깥으로 쫘악 퍼뜨렸다. 그러고는 연회로 초대한다는 편지를 지인들에게 보냈다.

그날 저녁, 승상부에서는 잇따르는 손님들의 거마를 연회장으로 일일이 맞이하느라 분주했다. 승상부 군신들도 배석하고 큰 연회장의 난간과 복도에 쳐진 차양에는 화려한 등불이 빛나고 신주를 모시는 불단의 불빛이 줄을 지었다.

그날 밤 조조의 기분은 무척 좋아 보여 몸소 술자리를 마련한 곳을 거닐며 빈객들을 접대하여서 손님들도 마음 놓고 승상부 직속 악사가 연주하는 웅장한 음악에 도취되어갔다.

"궁중의 오래된 음악도 좋지만, 역시 승상부 악사가 연주하는 곡은 새로운 맛이 있고 구슬픈 느낌이 없구려. 왠지 마음이 느긋해지고 술잔도 큰 잔으로 받고 싶어지는군그래."

"악보는 승상부 악사가 만들었겠지만, 지금 그 시는 승상께서 지었다는군요."

"승상께선 시도 지으십니까?"

"무슨 말이오. 조 승상의 시는 꽤 유명하오. 저래 봬도 실력 있는 시인이지요."

떠들썩하게 잡담을 주고받으며 주연 분위기가 한창 무르익어갈 때였다. 조조가 자리에서 벌떡 일어났다.

"우리 같은 무지렁이한테는 무악(武樂)만으로 흥이 오르지 않을 테니 여러분에게 웃음을 드리고자 특별한 걸 보여드리겠소. 부디 술이 깨지는 않도록…."

미리 양해를 구하더니 조조는 옆에 있던 신하에게 무슨 말인가 밖으로 새어 나가지 않는 작은 목소리로 분부했다.

4

'무슨 여흥일까?'

내빈들이 조조의 인사말에 박수갈채를 보내고 더더욱 흥에

겨워 기다렸다. 조금 후에 그곳에 나타난 건 옥졸 10명과 오라에 묶인 죄인 하나다.

흥이 한껏 오른 연회장 분위기는 순식간에 묘지의 구덩이같이 변했다. 조조가 목청 높여 말하기 시작했다.

“여러 경은 이 불쌍한 인간을 잘 아실 터. 괘씸하게도 의관의 몸으로 악한 무리와 결탁해 모략을 꾀하였소. 자업자득이라고 할까? 내 손에 붙잡혀 이런 추태를 보이고 주흥을 돋우게 하는 꼴이 되어버렸소. 천망회회(天網恢恢, 하늘의 그물은 성긴 듯하지만, 결코 악인을 놓치지 않는다는 뜻 – 옮긴이), 참으로 건방지고 가소로운 짐승이 아니오?”

“….”

아무도 박수 치는 이가 없었다. 아니, 헛기침 소리 하나 들리지 않았다.

“인정을 모르는 건 대장의 덕이 아닐 터. 조적(曹賊), 왜 날 죽이지 않는가? 내가 죽는다고 사람들은 네게 죄를 묻지 않을 것이다. 허나 네가 무정한 짓을 저지른다면 사람들의 마음은 조용히 너로부터 떠날 것이다.”

“가소로운 놈…. 네놈의 말로가 이런 걸 몸으로 보여주면서 어느 누가 그 약은 소리에 귀를 기울이겠나? 옥에 갇혀 고문받는 게 괴로워 빨리 죽고 싶으면 한 패거리의 이름을 자백하라. 그렇지, 다들 길평의 자백을 들어보시오.”

조조는 즉시 옥졸에게 그 자리에서 고문하라고 명했다.

살을 찢는 채찍 소리, 뼈를 으스러뜨리는 몽둥이 울림, 길평의 온몸이 순식간에 젓갈처럼 벌겋게 변해 축 늘어졌다.

그 자리에서 술이 깨지 않은 얼굴은 찾아볼 수 없었다. 그중에서도 왕자복, 오자란, 충집, 오석 이 넷은 온몸을 부들부들 떨고 있었다.

가혹하게도 조조는 옥졸을 향해 더 재촉했다.

"뭐라? 기절했다. 얼굴에 찬물을 끼얹고 매우 쳐라!"

찬물을 뒤집어쓴 길평이 다시 숨을 가쁘게 내쉬었다. 그러고는 처참한 얼굴을 힘없이 흔들면서 읊조렸다.

"아…, 내가 그저 어리석었구나. 네게 인정을 가르치려 하다니, 나무를 보고 물고기를 얻으려는 것보다 바보 같은 짓이었다. 네놈의 악은 왕망(王莽)을 능가하고 간악함은 동탁보다 더하구나. 두고 보자. 온 천하가 네놈을 멸하고 그 살점을 씹어버리길 바랄 것이다."

"할 말은 하지 않고, 계속 매를 부르는 말만 내뱉는군그래."

조조가 발을 들어 올리더니 태의의 옆얼굴을 있는 힘껏 후려찼다. 길평은 크게 신음을 내뱉으며 혼절해버렸다.

"죽이지 마라. 주둥아리를 벌려 물을 먹여라, 물을!"

연회장을 찾은 손님들이 슬금슬금 자리를 빠져나가는 모양이다. 왕자복 등 넷도 틈을 엿보다 문 옆까지 도망쳤다.

"아, 자네들 넷은 잠시 기다려주게."

조조가 손가락으로 가리키며 폐부를 찌를 듯한 눈초리로 바라보았다. 네 사람 뒤에는 이미 여러 무사가 막고 서 있는 게 아닌가. 조조가 차갑게 웃음 지으며 모반자들 앞으로 다가왔다.

"자네들은 뭐 그리 서두를 것 없잖나? 지금부터 자리를 옮겨서 몇몇만 남아서 주연을 베풀 테다. 여봐라, 특별한 빈객을 저쪽 전각으로 안내하라."

"예! 어서 가자!"

한 무리의 병사들이 네 사람 앞뒤에 서서 모(矛)와 창으로 무장한 채 전각 입구로 이동했다. 오자란도 왕자복도 다리가 후들거렸다. 네 사람의 혼은 이미 어디론가 날아가버렸다.

5

이윽고 뒤에서 조조가 성큼성큼 걸어 들어왔다. 모반자 넷은 겁에 질려 조조의 눈을 똑바로 보지 못했다.

"자네들은 이 조조를 죽이고 싶어 한다고 들었다. 동승 집에 모여 의논하지 않았는가?"

말이 격해지자 조조는 하얀 얼굴의 미숙한 서생이었던 시절의 본성이 튀어나왔다. 조조는 낙양 시절에 궐문을 지키던 관리였으니 죄인을 대하는 수법이 교묘하고 대단히 준열했다.

"아, 아닙니다. 승상. 뭔가… 잘못 아신 게 아닙니까?"

왕자복이 시치미를 뚝 떼며 고개를 가로젓자 조조는 왕자복의 빰을 손바닥으로 후려갈겼다.

"누구를 바보로 아느냐? 말단 관리한테나 할 대답에 만족할 내가 아니다."

"노여움을 거두십시오. 동승 집에 모였던 건 그저 평소에 교제가 있어서였을 뿐입니다."

"평상시 교제? 어찌하여 혈조가 쓰인 의대에 절을 한단 말인가?"

"예? 무, 무슨 말씀이십니까? 전혀 모르는 일입니다."

"흐음…."

코웃음을 치더니 전각 입구 쪽을 돌아보며 고함쳤다.

"병사! 거기 경동이 있는가?"

"예!"

"좋다. 이리로 데려오너라."

보초병이 손을 들자 계단 아래에서 술렁거리던 병사들이 미소년 경동을 끌고 와서 네 사람 앞에 내동댕이쳤다. 조조가 경동을 가리키며 물었다.

"이자를 아는가?"

"앗!"

왕자복도 오자란도 안색이 새하얗게 변했다. 충집은 너무 놀란 나머지 펄쩍 뛰면서 말이 툭 튀어나와 버렸다.

"경동! 경동이 아니냐. 네놈이 대체 무슨 일로?"

경동은 충집의 말에 약삭빠르게 입을 놀렸다.

"무슨 일로 왔냐고? 웬 참견이시오. 그보다도 당신들은 이제 단념하시는 게 어떨까? 딱 잡아떼봤자 소용없소."

"이, 이놈이! 무슨 말이냐, 뭘 안다고!"

"기억하지 못하겠다면 그만 잠자코 있는 게 어떻소. 당신들 네 사람과 함께 마등과 현덕까지 가세해 6명이 의문에 서명한 게 언제였더라?"

"이놈이!"

충집이 달려들려고 자세를 취하자 조조가 옆에서 그 정강이를 바로 걷어찼다.

“괘씸한 놈들! 내 앞에서 살아 있는 내 증인을 어찌할 요량인가? 네놈들이 모조리 지은 죄를 뉘우치고 여기서 있는 그대로 자백한다면 괜찮겠지만, 그렇잖으면 고난은 가문의 삼족까지 미칠 것이다!”

“…”

“낱낱이 고하라. 솔직하게 모든 걸 이 자리에서 말하고 내 자비를 구하라.”

그때 넷이 동시에 의연히 가슴을 펴고 답했다.

“모른다!”

“모르는 일이다!”

“그런 기억은 없다!”

“무슨 처분이라도 내려라!”

조조는 쓱 하고 몸을 뒤로 빼더니 모반자 넷의 얼굴을 하나하나 뚫어지게 보았다.

“좋다, 더는 묻지 않겠다.”

휙 하고 전각 밖으로 나가 병사들 사이를 가로질러 저편으로 사라져버렸다. 물론 전각 입구는 곧바로 굳게 닫히고 쇠창으로 울타리가 쳐져 밤이나 낮이나 둘러싸였다.

이튿날 조조는 기병 1000여 명을 앞세워 삼엄하게 무장한 병마를 이끌고 아무 이유도 없이 국구 집을 방문했다.

불인가? 사람인가?

1

강제로 동승을 대면한 조조는 객당에서 보자마자 동승에게 따져 물었다.

"국구 손에는 내가 보낸 초대 서신이 도착하지 않았소?"

"아닙니다. 서신은 받았습니다만, 바로 참석하지 못한다는 내용을 서신으로 보냈습니다."

"어젯밤 연회에 모든 백관이 자리했는데 국구만 얼굴을 비추지 않았소. 무슨 이유로 불참하셨소?"

"작년부터 생긴 고질병으로 어쩔 수 없이…."

"하하하. 경의 병은 길평이 독을 타면 낫는 병이 아니오?"

"예? 무…, 무슨 농담을."

동승이 두려워하며 몸을 부르르 떨었다. 말끝이 흐려지더니 이도 덜덜 떨렸다.

조조는 그 모습을 깔보듯이 눈을 한 번 희번덕거렸다.

"요즘도 태의 길평과 만나시오?"

"아, 아닙니다. 한동안 보지 못했습니다만…."

조조는 따라온 무사를 향해 누군가를 대령하라고 명했다. 명을 하달하자마자 30명이 넘는 옥졸과 병사들이 우르르 객당의 계단 아래에 처참한 모습으로 변한 길평을 끌고 왔다.

비틀거리며 끌려온 길평은 마치 귀신 같은 모습으로 풀썩 그 자리에 앉았지만, 그 격렬한 눈빛과 숨소리를 내뿜으며 소리쳤다.

"하늘을 속이는 반역자! 언젠가 반드시 천벌을 받으리라. 날 고문해도 아무것도 얻을 게 없을 것이다."

조조는 들은 척도 하지 않았다.

"왕자복, 오자란, 오석, 충집, 이 넷은 이미 붙잡혀 옥에 갇혔다. 그런데 괘씸한 우두머리 놈이 이 도읍 안에 있다더군. 국구, 그대 생각에 뭐 짐작 가는 일은 없소?"

"…."

자신이 살아 있다는 감각도 없는 듯 동승은 그저 당황한 표정으로 고개를 절레절레 저었다.

"길평, 자넨 모르는가?"

"모른다."

"자네에게 지혜를 빌려주어 내게 독을 마시도록 꾀한 수모자가 누군가?"

"3살짜리 동자조차도 자신이 한 일은 자기가 안다. 조정을 파괴한 역신을 하늘을 대신하여 죽이겠다고 맹세한 사람은 바로 나다. 어째서 남의 지혜를 빌린단 말인가?"

"주제넘게 지껄이는 고얀 놈. 그렇다면 네 손가락 하나가 모자란 건 왜 그런 것이냐?"

"이 손가락을 깨물어 역적 조조를 반드시 물리치겠다고 천지에 대고 맹세했다."

"보자 보자 하니까 이놈이."

사자처럼 분노한 조조는 남아 있는 손가락 9개를 싹 잘라버리라고 옥졸에게 추상같이 명했다.

길평은 주춤하는 기색도 없이 손가락 9개가 잘려 나가도 굳건히 외칠 뿐이다.

"내 입으로 역적을 삼켜버릴 테다. 내 혀로 역적을 베어버릴 테다!"

"제발 저놈의 혀를 누가 좀 뽑아버려라!"

조조의 고함에 옥졸들이 길평의 몸을 뒤로 젖혀 쓰러뜨리자 그제야 자지러지게 절규했다.

"기다려라, 기다려. 혀를 뽑는 것만은 안 된다. 부탁이오. 잠시만 이 오라를 풀어주겠소? 이렇게 된 이상 내 손으로 수모자를 승상 앞에 내밀어 보이겠소."

"암, 그렇지! 저놈 말대로 풀어줘라. 미쳐 날뛰어봤자 무슨 일이 있겠는가?"

조조의 말에 옥졸들이 길평을 묶은 오랏줄을 풀었다.

길평은 땅바닥에 앉아 궁궐 쪽을 향해 절을 하고는 하염없이 눈물을 흘리며 다시 절하고 나서 탄식했다.

"신, 불행히도 여기서 생을 마칩니다. 한스럽기가 끝이 없지만, 천운은 악역에 패하지 않습니다. 혼령이 되어서도 궐문을 지킬 테니 때가 오길 넓은 마음으로 기다려주십시오."

조조가 번개처럼 자리에서 일어나 고함쳤다.

"베어라!"

병사가 바람처럼 내리치는 칼보다 더 빨리 길평은 스스로 계단 모서리에 머리를 박고 눈자위가 꺼져버렸다.

2

처참한 기운이 주변을 에워쌌다. 그 무시무시한 기운을 누르고 조조는 더더욱 격렬하게 질타했다.

"이제 경동을 끌고 와라!"

한 조각의 인정, 한 방울의 눈물도 모른다는 듯한 얼굴에는 염라대왕이 엿보이는 구석이 있었다. 경동을 불러내 대질시키며 동승의 죄를 심문하기 시작했다. 불인지 사람인지 분간이 안 갈 정도로 사나운 말로 신랄하게 심문하는 조조의 모습은 부하들조차 똑바로 보지 못할 정도였다.

처음에는 동승도 끝까지 조조의 엄중한 심문에 굽힐 의사가 없는 모양이었다.

"모르오. 전혀 기억에 없는 일이오. 왜 날 자꾸 의심하는 게요?"

하지만 하인 경동이 옆에서 이런저런 사실을 들며 조조에게 빼도 박도 못하는 증거를 제공하는 바람에 졸지에 빠져나갈 구멍을 찾지 못해 그만 바닥에 엎드리고 말았다.

"이제 항복했느냐!"

의기양양한 듯이 조조가 벼락같은 소리를 질러대는데, 갑자기 동승이 몸을 날렸다.

"이 사람도 아닌 놈!"

동승은 경동의 목덜미를 붙잡아 쓰러뜨려 제 손으로 처벌하려고 시도했다.

"국구를 포박하라!"

조조 부하들이 그 준열한 명령에 따라 일제히 달려들어 순식간에 동승을 결박하여 난간 계단에 동여매었다. 그러고 나서 객당부터 시작해 서원, 주인이 머무는 거실, 가족들이 쓰는 안채, 사당, 창고 그리고 하인들이 거주하는 행랑채까지 군사 1000여 명을 시켜 샅샅이 뒤지도록 명하였다.

마침내 무단 침입자들은 혈조가 쓰인 옥대와 함께 이름이 죽 나열된 혈판이 찍힌 의문을 찾아내고 말았다. 일단 승상부로 증거물들을 가져왔다. 물론 동 씨 일가는 남녀 할 것 없이 깡그리 붙잡아 승상부 안에 설치한 옥에 가두었는지라 슬피 우는 소리가 애처롭기 그지없었다.

승상부 문을 지나는 순욱이 자기도 모르게 귀를 막으며 조조 자리 옆으로 올라가더니 곧바로 물었다.

"폭발하셨군요. 앞으로 어떻게 처리하실 겁니까?"

"순욱인가? 내가 아무리 참을성이 있다지만, 이런 일에 가만히 있을 순 없는 노릇…."

조조는 황제가 직접 쓴 혈조와 의맹에 찍힌 연판을 순욱 눈앞에 좌악 펼쳐 보이고, 여전히 열이 가라앉지 않아 붉게 충혈된 눈을 치켜뜨며 언성을 높였다.

"이걸 봐라. 헌제가 오늘 이 위치에 있는 건 오로지 이 조조의 공이 아닌가. 난리가 진정되고 나서 새 도읍을 건업하여 왕위를 회복하고 나라를 평안하게 만들기 위해 얼마나 내가 분골쇄신해왔는지 모른다. 이제 와 날 제거하려 하다니! 폭력을 폭력으로 갚는 건 내 천성이다. 반역자든 반역한 신하든 뭐든 마음대로 부르라고 해라. 결심했다. 지금의 천자를 끌어내리고 덕 있는 다른 천자를 내세울 테다."

"제발 기다리십시오."

순욱이 당황하여 격렬해진 조조의 말을 가로막았다.

"당연히 허도가 중흥을 이룬 건 오로지 주군이 세운 공 덕분입니다. 아무리 공훈으로 돌린다 하더라도 천자를 받들어 가능했던 일입니다. 만약 주군 깃발 위에 조정의 위엄이 없었더라면 주군의 오늘은 없었을 수도 있습니다."

"으음. 그거야 그렇지만…."

"그걸 지금 주군께서 직접 파괴한다면 그날부터 주군의 군사는 대의명분이 사라집니다. 동시에 주군을 바라보는 천하의 눈빛이 단번에 달라질 것입니다."

"알았다, 알았어. 그만 됐다."

조조는 가슴속에 붙은 뜨거운 불을 스스로 끄려고 무진 괴로워하는 듯했다.

요사이 남들보다 배로 명석한 이념과 배로 열렬한 감정이 며칠 사이에 조조를 얼마나 고뇌에 휩싸이게 했는지 그 누구도 상상할 수 없으리라. 게다가 충혈된 조조의 눈은 쉽사리 냉정한 상태로 돌아가지 못했다. 그 결과는 참담했다. 동승 일가와 왕자복, 오자란 등의 일당과 그 가족들까지 700여 명은 도읍 거리 거리를 끌려다니다 하루가 지나기도 전에 모조리 참수되었다.

3

동 귀비는 규중에 있을 때부터 미인으로 평판이 자자했다. 이내 궁중으로 불려가 황제 총애를 받더니 머지않아 회임이라는 크나큰 기쁨을 얻었다. 그날따라 불길한 예감이 들었는지 귀비는 왠지 모르게 마음이 계속 뒤숭숭했다. 가슴이 끊임없이 방망이질 쳤다.

후원에 찾아온 봄은 무르익지 않아 휘장 안 꽃병에 꽂힌 붉은 꽃잎은 아직 신선했다.

"귀비, 안색이 좋지 않은데 어디 불편한 데라도 있소?"

황제는 복 황후와 함께 귀비가 머무는 후궁으로 문안을 왔다.

귀비는 귀밑머리조차 무겁다는 듯이 살며시 꽃 같은 얼굴을 살래살래 흔들었다.

"아닙니다…. 무슨 일일까요? 이틀 밤 연달아 아버님이 꿈에 나타나셨습니다…."

그 말을 들은 황제와 황후의 안색이 돌연 흐려졌다. 동승의 일은 예전부터 다른 의미로 걱정스러웠다.

때마침 궁 안에서 떠들썩한 소리가 들려오는 게 아닌가.

'무슨 일이지?'

황제가 의아해하는데 후궁의 푸른 문을 밀어젖히고 별안간

들이닥친 조조와 무사들이 복도를 건너 이쪽으로 무시무시하게 달려왔다.

조조는 우뚝 선 채로 목소리를 높였다.

"허어…, 참으로 느긋하십니다, 폐하. 동승이 모반을 일으킨 것도 모르십니까?"

황제는 냉정한 태도로 기지를 발휘해 대답했다.

"동탁은 이미 죽었잖소?"

"동탁 따위의 일이 아닙니다! 거기장군 동승의 일입니다."

"아니, 동승이 어찌 되었단 말이오? 짐은 아무것도 모르오."

"몸소 손가락을 베어 물어 옥대에 혈조를 쓰신 일을 벌써 잊으신 겝니까?"

순간 기겁한 황제는 혼이 밖으로 날아가고 용안은 창백해져 입술이 와들와들 떨려 아무 말도 나오지 않았다.

"한 사람이 모반을 일으키면 구족을 멸한다고 했습니다. 온 세상이 다 아는 천하의 큰 법입니다. 거기 무사들, 동승의 딸인 귀비를 문밖으로 끌어내 참하라."

조조의 명령에 황제도 황후도 몸이 뒤로 젖혀질 정도로 창황하여 신하인 조조를 향해 한없이 눈물을 흘리며 자비를 바랐지만, 조조는 완강한 태도로 들으려 하지도 않았다. 조조의 얼굴과 온몸은 흡사 분노로 끓어오르는 용광로 같았다.

귀비도 조조 발밑에 쓰러지더니 엎드려 애절하게 호소했다.

"제 목숨은 아깝지 않습니다만, 태내에 있는 아이를 낳을 때까지만 자비를 베풀어주십시오."

조조의 감정도 분란이 극에 달했지만, 마음속에 자리한 약한 마음을 부러 맹렬하게 꾸짖기라도 하듯 더 강경하게 외쳤다.

"그 청은 들어줄 수 없다! 역적의 씨를 세상에 남겨두면 훗날 내게 조부의 원한과 어미의 복수를 앙갚음할 터. 운명이 여기까지라 체념하라! 송장이라도 온전하다면 다행이리라."

조조는 비단 끈을 가져오게 한 연후에 귀비 눈앞에 훅 들이댔다. 목이 베이고 싶지 않다면 자결하라는 잔혹하고 무정한 선고다.

귀비는 대성통곡하며 비단 끈을 받아 들었다. 비탄에 잠긴 황제가 미친 듯이 고함쳤다.

"귀비, 짐을 원망 마오. 구천 아래서 꼭 기다려주오."

"아하하. 계집아이같이 넋두리는…."

조조는 일부러 호탕하게 웃어젖혔지만, 그래도 그 비명과 곡소리는 마음에 걸렸던 것일까? 귀를 틀어막더니 눈길을 홱 돌리며 성큼성큼 후원을 나가버렸다.

슬픈 구름이 후궁을 감싸고 봄날의 우레가 전각과 망루를 뒤흔드는 중이다. 그날 동승과 평소에 친하게 지내던 궁관 10여 명은 남은 역적 무리라는 죄명이 씌여 모조리 이편저편에서 칼을 맞고 숨이 끊어졌다.

마침내 붉은 피를 덮어쓴 조조는 궐문을 나서며 즉시 직속 병사 3000명을 어림군으로 칭한 다음, 각 문에 세워두고 조홍(曹洪)을 대장으로 임명했다.

소아병 환자

1

숙청의 폭풍우가 한바탕 지나가고, 피바람도 일단락되었다. 피비린내가 도읍을 훑고 지나간 뒤, 한숨을 놓은 쪽은 조조보다 민중이었으리라.

조조는 아무 일도 없었다는 듯한 표정이다. 조조 가슴에는 이미 어제의 쓴맛도 신맛도 남아 있지 않았다. 오직 내일을 위한 백계(百計)를 고심할 뿐이다.

"순욱, 아직 정리해야 할 사람이 있다. 게다가 거물이지."

"서량의 마등과 서주의 현덕 말씀입니까?"

"그렇다. 두 사람 다 동승의 의맹에 연판하고, 내게 반역하려는 마음이 역력한 자들이다. 무슨 수를 써야 할 것이다."

"당연합니다."

"그대의 현명한 책략을 들어보고 싶다."

"원래 서량의 주병(州兵)은 용맹한 기운이 넘칩니다. 가볍게 보시면 큰코다칩니다. 현덕도 서주의 요지를 차지해서 하비성과 소패성을 기반으로 앞뒤를 지키니, 이 역시 작은 세력이지만 간단히 정벌할 수 없는 노릇입니다."

"그리 어렵게 생각한다면 어느 적이든 다 힘든 상대다. 손을 댈 수 없단 말이다."

"하북의 원소가 없다면 걱정하지 않아도 되지만, 원소의 국경을 지키는 군사가 얼마 전부터 관도 주변에서 세력을 키우는 모양입니다. 승상의 대적은 뭐니 뭐니 해도 원소입니다. 원소야말로 지금 승상과 천하를 다투는 자일 것입니다."

"그러니까, 원소의 수족인 현덕을 먼저 치러 서주로 가려네."

"아닙니다. 지금 허도의 수비를 허술하게 내버려 두면 곤란할 터. 그보단 서량의 마등을 잘 구슬려서 도읍으로 불러들여 속임수로 마등을 죽인 다음, 현덕에게도 서서히 술책을 써 그 날카로운 기세를 꺾어야 합니다. 한편으로는 소문을 퍼뜨려 현덕과 원소 사이를 이간질하는 게 만전지책(萬全之策)입니다."

"너무 여유를 부리는군. 계략을 쓸 때를 놓치면 계략이 변하는 법. 그사이에 사방 정세는 변할 것이다. 정세에 따라 도중에 계략을 바꾸는 일은 하책 아닌가?"

조조는 끝까지 현덕을 먼저 없애자고 고집을 부리는 듯했다. 현덕은 한때 열정을 기울여 교분을 나누었던 만큼, 지금은 그에 반하는 감정이 북받친 상태다. 국사와 관련한 큰 계책을 세울 때도 약간씩 감정이 이입되기 마련이다.

회의실 문을 닫은 채 두 사람이 이런저런 의논을 하는 중에 때맞춰 곽가가 들어왔다. 곽가 역시 조조가 신뢰하는 휘하 중 하나다.

"마침 잘 왔네. 그대는 어떻게 생각하는가?"

곽가가 바로 시원스럽게 대답했다.

"단번에 현덕을 토벌하는 게 우선입니다. 현덕이 서주를 다스리긴 해도 그 기간이 길지 않아 서주 백성의 인심을 다 얻지는 못했습니다. 원소는 기세만 높을 뿐, 부하 전풍, 심배, 허유 등과 같은 출중한 장수들이 마음을 합치지 못한데다 그 성격이 우유부단하니 어찌 병사를 귀신처럼 신속하게 움직일 수 있겠습니까?"

곽가의 말이 자신이 원하던 바와 일치하니, 조조는 그 자리에서 마음을 정하고 군감, 참모, 군량, 수송 등 각 사령을 한자리에 불러 모아 군령을 내렸다. 여러 대장이 지휘하는 병마가 곧바로 서주를 향해 하나둘 출군했다.

그 소식이 벌써 바람을 타고 서주로 전해졌다. 맨 먼저 소식을 접한 사람은 손건이다. 하비성에 있던 관우에게 부리나케 소식을 전하고, 그길로 말을 내달려 현덕에게 갔다. 현덕은 소패성을 지키고 있었다. 현덕의 놀라움은 이만저만한 게 아니었다.

"아뿔싸, 혈조에 관한 비밀이 탄로 났구나. 국구 동승과 함께 동지들이 덧없이 최후를 맞았을 터. 아, 언젠가는 이리되리라 각오하였지만…."

"원소에게 보낼 서신을 준비해주십시오. 하북으로 원조를 요청하러 다녀오겠습니다. 그 밖에는 방법이 없습니다."

손건은 현덕의 서신을 챙겨 다시 말 등에 엎드리더니 하북을 향해 밤낮없이 달려갔다.

2

손건이 기주에 도착했다. 먼저 원소의 중신 전풍을 찾아가 그 주선으로 다음 날 큰 성에서 원소를 알현했다. 어찌 된 일인지 원소는 초췌해진 모습으로 의관도 제대로 갖추지 않은 모습이다.

적잖이 놀란 전풍이 이상해하며 물었다.

"무슨 일이십니까?"

원소가 힘없이 대답했다.

"난 참 자식 운이 없는 모양이다. 딸아이는 많으나 다 시원찮다. 그래도 다섯째 아들만은 어리기는 하지만 벌써부터 천성의 빛이 보이고 장래가 촉망된다고 여겼건만…. 하늘도 무심하시지…. 요사이 종기가 재발하더니 목숨이 위태롭네. 재물이며 보물이 넘쳐나고 무엇 하나 부족한 게 없지만, 늙어가는 것과 자손만큼은 어찌해도 안 되니…."

타국에서 온 사자가 서 있는 것도 잊은 채 원소는 그저 자식이 앓는 병을 한탄할 뿐이다.

전풍도 위로의 말을 찾기가 어려웠다.

"아아, 참으로…."

잠시간 용건을 꺼내기도 어려워 머뭇거리다가, 화제가 바뀐 틈을 타서 원소의 영기(英氣)를 북돋우며 말을 꺼냈다.

"조조가 지금 대군을 이끌고 서주로 향했다는 전갈을 받았습니다. 그러니 분명 도읍의 방비가 허술할 것입니다. 주군, 지금 군사를 일으켜 천기에 따라 허를 찌르고 일제히 도읍으로 쳐들어가신다면 필승은 불 보듯 뻔합니다. 위로는 천자를 받들고 아래로는 만민을 행복하게 하셔서 칭송 받을 것입니다."

"아…."

원소의 대답은 여전히 미적지근했다. 왠지 얼이 빠진 듯 멍한 표정만 내비칠 뿐이다.

전풍은 좀 더 적극적으로 설득했다.

"하늘이 내려주는 걸 받지 않는다면 오히려 하늘의 비난을 받는다는 옛말도 있지 않습니까? 어떠십니까? 천하가 지금 제 발로 주군의 손안으로 굴러들어 오려고 합니다."

"아니다, 그것도 좋지만…."

원소는 무겁다는 듯이 머리를 좌우로 흔들며 답했다.

"음…. 왠지 모르게 마음이 내키지 않는다. 내 마음이 편치 않으면 당연히 싸운다 해도 이로울 게 없다."

"왜 그러십니까?"

"다섯째 아들이 병에 걸려서…. 어젯밤에 계속 울기만 하던 모습이 눈에 밟히네…. 하여 밤새도록 잠도 한숨 못 잤네."

"아드님이 앓는 병은 의원과 여인네들에게 맡겨두시는 게 어떻습니까?"

"구슬을 잃고 나서 후회한다 해도 소용없다. 그댄 자식이 다 죽게 된 날에도 친구가 사냥하러 가잔다면 함께 집을 나설 수 있겠는가?"

그 말엔 전풍도 입을 꾹 닫아버렸다.

열심히 지지해준 전풍의 호의엔 심심한 감사를 전했지만, 손건도 원소의 인물됨과 그날의 모습을 유심히 지켜보고는 단념

할 수밖에 없었다.

'아, 강요해봤자 소용없겠구나.'

전풍을 쳐다보고 눈짓으로 신호하며 물러가려 움직이자, 원소도 미안한 마음이 들었는지 거듭 강조했다.

"돌아가거든 유현덕에게 잘 전해주게. 만약 조조 대군을 감당하기 어려워 서주도 버려야 할 상황이 오면 언제든 기주에 와서 의지해도 좋다고…. 부디 나쁘게 생각지는 말아주게."

성문을 나서면서 전풍은 발을 동동 구르며 길게 탄식했다.

"아쉽다! 자식의 병에 연연하여 천기를 놓치다니…."

손건은 말에 올라타면서 전풍에게 감사의 말을 전했다.

"정말 여러모로 고맙습니다. 후에 다시 뵙겠습니다."

한나절도 지체할 수 없는 몸인지라 손건은 곧바로 채찍을 내리쳐 서주로 발걸음을 옮겼다.

현덕, 기주로 도망치다

1

소패성은 이제 풍전등화나 다름없다. 소패성을 지키는 현덕은 비탄에 빠진 마음으로 대책을 강구하고 또 강구하였다. 손건이 기주에서 돌아왔지만, 손건이 가지고 온 결과는 아무런 도움이 되지 않았다.

현덕은 확실히 당황해했다.

"형님, 방 안에만 틀어박혀 있는다고 지혜나 책략이 나온답니까? 아군 사기에도 영향을 미칩니다. 이왕에 싸운다면 좀 힘을 내야 하지 않겠습니까?"

"오, 장비냐? 네 말도 지당하지만, 유감스럽게도 이 작은 성으로 적군 20만 대군이 쳐들어온다는구나."

"20만이든 100만이든 뭐 어떻습니까? 조조는 성질이 급하니 허도에서 그 먼 길을 하루도 쉬지 않고 병마를 달리게 했을 것입니다. 진지에 도착해서도 지친 나머지 네댓새 정도는 아무것도 못 할 겁니다."

"어차피 적은 오랫동안 진을 칠 각오로 이중 삼중 이 성을 포위할 터."

"그러니까 조조 군이 전투를 준비하는 동안, 아직 먼 길을 달려온 피로가 다 풀리기 전에 우리가 먼저 움직여야 합니다. 제가 용맹한 부하들을 이끌고 기습하여 적의 선봉을 크게 물리친 다음에 하비성의 관우 형님과 합세하여 앞뒤에서 서로 공격을 퍼부어 적이 움직일 틈을 주지 않는 겁니다. 그렇게 하면 조조 대군은 그게 약점이 되어 파탄에 이르지 않겠습니까?"

장비의 의견을 들으니 정말이지 힘이 불끈 솟았다. 장비는 우울함을 모르는 사내였고, 현덕은 돌다리도 두들겨가며 건너는 성격으로 근심이 많아도 너무 많았다.

"풋내기 조조 놈. 제까짓 게 뭘 하겠습니까? 제게 맡겨만 주십시오. 방금 말씀드린 묘책으로는 안 되겠습니까?"

"아니다, 감탄했다. 넌 용맹만 지녔을 뿐 다른 특별난 재주가 부족한 사내라고 몇 년을 생각해왔지만, 일전엔 교묘한 계략으로 유대를 생포했고 지금은 병법에 맞는 묘계를 알려주었구나. 좋다, 맘껏 조조 선봉을 쳐라."

일단 마음을 정하면 현덕은 배짱이 커졌다. 게다가 요사이 장비가 조금은 달리 보인지라 즉시 그 계책을 받아들였다.

"자, 오너라! 눈이 번쩍 뜨이게 해주마."

장비는 빈틈없이 만반의 채비를 하고 기습할 기회를 이제나 저제나 엿보았다. 20만 대군이 이윽고 소패성 근처 경계까지 밀어닥쳤다.

그날, 한바탕 광풍이 불더니 중군의 아기(牙旗, 대장기 - 옮긴이)가 뚝 부러졌다. 미신을 그다지 믿지 않는 조조였지만, 하필이면 진을 친 바로 그날 벌어진 일이어서 내심 신경이 쓰였다.

"음?"

잠시간 말 위에서 눈을 감고 혼자서 길흉을 점치다가 시험 삼아 여러 장수를 돌아보며 물었다.

"길조인가? 흉조인가?"

순욱이 앞으로 나와 이것저것 물었다.

"바람이 어느 쪽으로 불었습니까?"

"동남쪽에서 불었다."

"부러진 깃발 색은 무엇입니까?"

"진홍색이다."

"홍색 깃발이 동남풍에 꺾였습니까? 그렇다면 걱정하지 마십시오. 병법 천상편(天象篇) 점풍결(占風訣)에 따르면, 적이 어두운 밤에 움직인다는 조짐입니다."

선봉에 선 모개(毛玠)도 일부러 말 머리를 돌려 달려오더니 같은 의견을 조조에게 전했다.

"홍색 깃발이 동남풍에 쓰러진 건 적에게 야습의 뜻이 있다는, 예부터 병가에서 내려오는 말입니다. 조심하십시오."

조조는 하늘에 감사했다.

"내게 경계하라고 알렸다는 건 하늘이 날 돕는다는 말이다. 시간을 지체하지 말라. 진을 아홉으로 나누고 여덟 면에 병사를 매복시킨 다음, 각각 사기를 북돋아 야습에 대비하라."

필살의 포착진(捕捉陣)을 펴고 해가 지는 걸 신호로 전군이 어두운 그림자 속에서 숨을 죽이고 도사리고 있었다.

2

"형님, 준비되셨습니까?"

"다 됐다. 장비야, 병마 준비는 잘되었느냐?"

"당연히 빈틈없이 끝냈습니다. 손건도 나가고 싶어 하지만, 지금은 수비를 맡겼습니다. 다들 성을 비우고 나가면 큰일이 벌어질 수도 있는 터."

"하필이면 야습에 좋지 않은 달밤이구나…. 적에게 들킬 염려는 없겠느냐?"

"어두운 밤을 선택하는 게 야습 정법입니다. 그러니 오늘 밤처럼 휘영청 밝은 달밤이면 적들은 더 안심할 겁니다."

"그 말도 일리가 있다."

"특히 적들은 오늘 막 도착했으니 병사도 말도 녹초가 되어 곯아떨어져 있을 겁니다. 자, 갑시다."

처음 계획은 장비 혼자서 기습할 생각이었다. 하지만 아무리 기발한 책략을 쓴다 해도 가만히 보고 있을 수만은 없는 대군인지라 현덕도 함께 출전하기로 정하고 병사를 두 패로 나누어 성문을 나서는 길이다.

장비는 자기가 세운 계책이 받아들여져 유쾌하기 그지없었다. 속으로 필승을 믿어 의심치 않았다. 때마침 교교히 빛나는 달빛 아래 숨을 죽이고 적진으로 살금살금 다가갔다.

"어떻더냐?"

정찰병을 보내서 몰래 살피게 한 연후에 물었다.

"보초병까지 잠들었습니다."

"그럴 테지. 내 계략이 귀신같이 들어맞았구나!"

기세등등해진 장비다.

"자! 나가자!"

그 신호와 함께 일제히 함성을 지르면서 한 덩어리가 되어 쏜살같이 적진으로 달려 들어갔다.

어디가 적의 중군이냐? 조조의 진은 어디냐? 주위를 둘러보았지만, 주위 일대 숲속은 넓고 텅 비어 풀도 나무도 가만히 잠들어 있을 뿐이다. 어딘가에서 졸졸 흐르는 물소리만 들려왔다. 적병의 모습은 그림자조차 보이지 않았다.

"어라? 이놈들, 수상한데?"

장비도 부하들도 맥이 빠져서는 갈팡질팡했다. 그때 숲속 나무들과 주위 일대 산속에서 일제히 웃음소리가 터져 나오는 게 아닌가.

"아…, 아니? 그러고 보니 놈들이 장소를 바꾸었군."

이미 늦었다! 일순간 나무도 풀도 모조리 적병으로 변하는가 싶더니 함성이 땅을 흔들고 우르르 사방에서 에워싸며 외쳤다.

"장비를 생포하라!"

"현덕을 놓치지 마라!"

이리하여 계획했던 기습은 반대로 불의의 습격을 받았다. 대오는 뿔뿔이 흩어지고 사기는 무너져 내려 제각각 적군과 붙어 싸우는데, 적의 동쪽에는 장료, 서쪽은 허저, 남쪽은 우금, 북쪽은 이전이다. 동남쪽은 서황의 기마 부대, 서남쪽은 악진의 노궁 부대, 동북쪽은 하후돈의 칼 부대, 서북쪽은 하후연의 창 부대 등…. 여덟 방향에서 철통 같은 모습으로 달려 나와 무려 십

수만이나 되는 세력으로 그 몇십 분의 일에도 미치지 못하는 장비와 현덕의 군사를 완벽하게 포위하며 조여 오는 게 아닌가.

"한 놈도 놓치지 마라!"

그 대단한 장비도 분한 마음에 말등자를 밟으며 외쳤다.

"이런."

오른쪽을 찔렀다가 왼쪽을 물리쳤다가, 이곳에서 평생의 용맹스러움을 떨쳤지만 무리수였다. 아군은 죽어 나가거나 적에게 항복하며 무리를 버렸고, 장비도 군데군데 상처를 입어 온몸은 피투성이가 되어갔다. 서황에게 쫓기고 악진이 휘두르는 칼에 위협을 받으며 불같이 숨을 내쉬며 간신히 한쪽 혈로를 뚫고 나와 뒤따르는 아군을 돌아볼 여유가 생겼다. 한심하게도 불과 20기도 되지 않았다.

"병사들! 멈춰라. 어리석은 싸움이다. 이런 곳에서 죽을 수야 있겠느냐? 날 따르라!"

퇴로도 차단되어버리자 장비는 허무하게 망탕산 방면으로 줄행랑쳤다.

현덕의 운명 역시 두말할 나위 있겠는가. 대군에게 쫓기며 하후돈과 하후연에게 협공을 당해 지리멸렬하게 패하여 불과 30~40기와 함께 소패성으로 도망치는데 이미 강 건너 저편은 불길이 벌겋게 타오르는 게 아닌가. 근거지도 이미 조조 손아귀에 넘어간 뒤였다.

3

현덕은 길을 바꾸어 날이 밝아올 때까지 달렸다. 소패성이 벌써 적군의 손에 함락되었으니 서둘러야 했다.

"이렇게 된 이상 서주로 가야겠다."

그런데 새벽하늘을 달려 서주성에 가까워지자 망루 위에서 펄럭이는 건 전부 조조 군의 깃발이 아닌가.

"아니, 저것은?"

현덕은 잠시간 어디로 가야 할지 몰라 망연자실했다.

해가 떠오르면서 주변 일대 산과 강을 둘러보니 여기저기 연기가 자욱했다. 그곳엔 두말할 것 없이 조조의 인마가 새까맣게 득실거렸다.

"아아, 실수했구나. 지혜로운 자도 지혜를 자랑하면 지혜에 빠진다는 걸 잊었다. 우쭐대던 장비 같은 녀석의 계책을 무심코 쓰다니…."

현덕은 때늦은 후회를 하는 중이다. 이 순간에 느끼는 통렬한 후회가 눈썹에 배일 정도였지만, 현덕은 곧바로 자기 잘못을 인정했다.

"난 대장이고 장비는 부하다. 대장인 내가 재주가 없어 벌어진 잘못이다."

아무튼 현덕은 쥐구멍이라도 찾아야 했다.

어떻게 이 위험한 땅을 탈출할 수 있을까? 간다면 또 어디로 도망친단 말인가? 당면한 문제에 현덕은 바로 말 머리를 돌리며 기주를 떠올렸다.

"그렇다, 일단 기주로 가서 원소와 의논하자."

언젠가 사자로 보냈던 손건이 전한 말이 불현듯 생각났다.

"만약 조조에게 패하거든 기주로 오시오. 나쁘지는 않을 것이오."

원소의 호의가 문득 지금 현덕의 머리에 떠오른 것이다.

어젯밤부터 추격해 온 악진과 하후돈이 지휘하는 군사가 악착같이 따라붙는 바람에 현덕도 말도 땅바닥에 고꾸라질 듯이 괴로움에 헐떡이면서 간신히 사지에서 빠져나왔나 싶더니, 이튿날 청주(青州) 땅을 밟고 있었다. 그 후에도 들판에 누웠다가 산에서 잠들고, 들쥐를 잡아먹고 풀뿌리를 씹으며 천신만고 끝에 청주부에 있는 한 성 아래에 다다랐다.

성주 원담(袁譚)은 원소 아들이다.

"아버님께 진즉 얘기 들었습니다. 이제 한시름을 내려놓으십시오."

친절히 객사를 내주는 한편 사자를 원소에게 보내 지시를 청했다.

> 서주와 소패는 이미 함락되었습니다.
> 현덕은 처자와도 헤어져 청주까지 도망쳐 왔습니다.
> 어찌하면 좋겠습니까?

원소가 곧바로 답신을 보내왔다.

> 전에 한 약속에 어긋나는 일이 없도록 처신하라.

원소는 즉시 일군을 보내 현덕을 맞아들였다. 게다가 기주성 밖 30리에 있는 땅 평원이라는 곳까지 몸소 거마를 타고 마중을 나왔다. 융숭한 우대였다.

이윽고 성문으로 들어서자 현덕은 말에서 내렸다.

"떠돌이 패장이 무슨 공으로 오늘 이 같은 예우를 받겠습니까? 과분하십니다."

현덕은 땅에 엎드려 절을 하고 그때부터 말에서 내려 걸었다.

성안으로 들어가자 원소는 다시 현덕을 대면하며 지난날 사자로 왔던 손건을 허무하게 돌려보낸 일을 사과했다.

"자식을 너무 아끼는 게 아니냐고 탓하겠지만, 자식의 병이니 어쩔 수 없소. 그땐 심신이 피로했던 터라 도우러 갈 여력이 없었소. 이해 바라오. 여긴 하북 여러 주의 부(府)이니, 큰 배를 탔다는 마음으로 몇 년이라도 맘 놓고 계셔도 좋소."

"면목 없습니다. 일족을 망하게 하고 처자도 버린 채 부끄러움을 무릅쓰고 곤궁한 처지로 몸을 의지하러 온 절 극진히 대접해주시니 황송할 따름입니다. 그저 너그럽게…."

현덕은 한껏 주눅이 들었다. 오로지 겸허하게 몸을 낮춰 부탁할 뿐이다.

흠모하는 조조

1

소패와 서주 두 성을 단 한 번의 싸움으로 점령한 조조의 기세는 아침 해와 같았다. 서주는 현덕 휘하의 간옹(簡雍)과 미축이 지키고 있었지만, 성을 버리고 어디론가 도망가버렸는지 진 대부와 진등 부자만이 뒤에 남아 안에서 성문을 열어 조조 군을 맞이했다.

조조는 진 대부에게 능청스럽게 말을 걸었다.

"전에는 내 은작을 받았고 나중엔 현덕을 받들더니 이제 또 다시 문을 열고 날 맞이하는군. 따지고 들어가면 죄상이 하나 둘 드러나겠지만, 만약 힘을 다해 영내에 있는 백성의 민심을 안정시켜준다면 예전에 지은 죄는 용서하겠다."

진 부자는 조조 앞에 납작 엎드렸다.

"분부대로 하겠습니다."

조조의 자비로운 처사에 감사하며 그날부터 성안 백성을 안정시키는 일에만 힘을 쏟으며 치안에 실적을 드러냈다. 현덕을 깊이 따랐던 터라 잠시간 불안에 휩싸여 웅성대던 성안 백성도 조조가 선포한 법령과 민심 안정책에 겨우 안정을 찾고 평상시 모습을 회복해갔다.

"일단 서주는 이 정도면 됐다."

조조는 다음 작전을 생각하는 중이다. 전쟁과 정치는 병행한다. 두 다리를 번갈아가며 옮기는 것이다.

"남은 건 하비성 하나다."

조조는 이미 그 지방까지 단숨에 삼켜버릴 기세였지만, 만약을 위해 하비 사정에 밝은 진등에게 그 내정을 물었다.

"하비성은 승상께서도 잘 아시듯이 관우가 굳건히 지키는 중이옵니다. 일찍이 현덕은 이런 만일의 사태를 염려해서인지 두 부인과 노약자를 관우에게 맡기고, 승상의 군대가 출발하기 전에 하비성으로 부리나케 보냈습니다."

진등이 덧붙였다.

"왜 현덕이 처자를 하비성으로 옮겼느냐 하면, 그 성은 일찍이 맹장 여포가 농성하며 승상의 군사를 호되게 괴롭혔던 난공불락의 성입니다. 해서 이번에도 관우에게 소중한 가족을 맡긴 것이옵니다."

조조는 예전에 벌였던 전투를 어렴풋이 떠올렸다.

"암튼 하비성은 내게 인연이 깊은 옛 싸움터다. 여포를 공격했을 때와 달리 이번엔 장기전은 금물이다. 원소가 이미 대군을 북쪽에서 움직였다. 작전은 오로지 속전속결만이 살길이다."

조조가 갑자기 순욱을 돌아보며 하비성을 함락시킬 명안이 있는지 물었다. 순욱이 잠시 반쯤 눈을 감은 채로 입을 다문 채로 있다가 이내 열었다.

"관우가 성안에 있다면 백번을 공격해도 무너뜨릴 수 없습니다. 책략의 묘한 진리는 어떻게든 관우를 성 밖으로 끌어내는가에 달렸습니다."

"그러려면?"

조조가 다그치면서 물었다.

"밀어붙이다가 부러 공격을 느슨하게 하고 적을 우쭐하게 한 다음 아군이 뿔뿔이 흩어지기를 기다려야 합니다. 그사이에 몰래 대군을 움직여 중도를 차단해버리면, 관우는 사방으로 갈 길을 잃어 고독한 깃발을 든 채 슬픈 전투 아래 서게 될 수밖에 없습니다."

"옳거니! 관우만 포로로 잡는다면 난공불락의 성도 함락되지 않을 수 없을 터."

조조는 순욱의 책략을 받아들여 대략 용병의 방향을 정한 다음, 회의가 끝나자마자 자기 생각을 주위 사람에게 알렸다.

"사실 난 먼 옛날부터 관우의 사내다운 모습을 흠모해왔다. 묵직하고 군세며 용맹스러운데다가 도량도 큰 사내다. 그 무예는 삼군에서 으뜸간다 할 수 있다. 이번 전투야말로 평소 흠모하던 상대를 붙잡기에 다시없는 좋은 기회다. 어떻게든 관우를 휘하에 두고 싶다. 용장을 상처 내지 말고 생포하라! 허도로 갈 때 전리품으로 데리고 가고 싶다. 모두들 내 뜻을 헤아려 충분히 책략을 짜도록!"

2

어려운 주문이다. 장수들은 난감한 표정으로 서로의 얼굴을 마주 볼 뿐이다.

곽가가 조조 앞으로 나와 그 어려움을 솔직히 털어놓았다.

"관우가 만부부당의 용장이라는 건 온 천하가 다 아는 사실입니다. 죽이는 일조차 쉽지는 않습니다. 헌데 관우를 생포해 오라는 명령이라면 병사를 얼마나 희생시킬지 알 수 없으며, 자칫하면 관우의 수에 넘어갈 우려도 있습니다."

그때 장료가 오른쪽 열에서 치고 나왔다.

"걱정하지 마십시오. 제가 관우를 설득하여 아군에게 항복하도록 유도해보겠습니다."

정욱, 곽가, 순욱 등 여러 장수가 다들 반신반의하는 투로 입을 모아 반문했다.

"자신 있소?"

"물론이오!"

장료는 기죽지 않고 대답했다.

"다들 관우의 용맹함만 생각하신 듯하지만, 가장 어려운 건 관우는 충절과 신의가 남들보다 갑절로 두텁다는 점이오. 다행히도 나와 관우 사이엔 실제로 교분을 맺은 적은 없지만, 언제나 전장에서 호적수로서 서로를 볼 때마다 마음으로 맺어진 친분 같은 걸 느꼈소. 아마 관우도 분명 날 기억할 거요."

"거 좋다. 장료가 한번 설득해보라."

조조는 장료의 청을 기꺼이 받아들였다.

영웅은 영웅을 안다. 장료와 관우 사이에 마음으로 맺어진 정이 있다는 건 있을 수 있는 일이라 다들 동감했다.

그러나 정욱과 곽가 등은 순응하지 않았다. 항복을 권하는 사자를 보내는 것도 좋지만, 혹시 효과가 없다면 적의 결의를 한층 더 강고히 할 터. 속전속결이 필요한 방침엔 되레 해를 불러일으킬 가능성이 농후하지는 않을까 염려했다.

"그런 뜻이라면 제게 진중에 있는 서주 포로 200명 정도를 맡겨주시겠습니까? 하비성을 빼앗고 순욱 공이 좀 전에 말씀하신 대로 관우를 밖으로 어루꾀어 그 위치를 고립시켜 보이겠소."

장료의 자신감은 꽤 강했다.

"현덕과 헤어진 서주 포로들을 이용해 대체 어찌할 생각인 건가?"

"일단 포로를 일부러 풀어주어 하비성으로 쫓아버립니다. 원래 자기편과 자기편이 합류하는 일이니 관우도 당연히 성으로 들일 겁니다. 다시 말해 바람이 불 때까지 불씨를 그곳에 가만히 묻어두겠다는 계략입니다."

그제야 조조는 손뼉을 딱 쳤다.

"바로 그것이다. 적토매병(敵土埋兵)의 교묘한 한 수로구나. 일단 장료에게 맡겨보자."

드디어 참모부의 방책이 결정되었다. 포로 200명 정도를 어루꾀어 진지에서 뿔뿔이 흩뜨려놓아 마음대로 달아나게 만들었다. 물론 밤 시간을 선택했다.

동이 틀 무렵부터 아침에 걸쳐 포로들은 하비성으로 하나둘 숨어 들어갔다. 자기편 사람들이니 관우와 부하들 모두 아무런 의심도 품지 않고 포로들을 받아들였다.

"서주성은 조조의 직속 군이 쳐들어와서 조금도 버티지 못하고 함락되는 바람에, 조조와 중군은 의기양양하여 서주성에 머물고 있습니다. 우리를 쫓아온 놈은 하후돈과 하후연 부대밖에 없습니다. 그것도 먼 길을 급히 달려와 녹초가 되었을 테니 성을 나가서 역습하신다면 평야에서 적들을 섬멸할 수 있을 것입니다."

그런 말이 성안에 부지불식간에 퍼졌다. 관우는 잡병들이 하는 말이라 곧이곧대로 받아들이지 않았지만, 잇따른 척후병들이 올린 보고도 마찬가지였다.

"적은 의외로 수가 적습니다."

"하비성으로 향한 병력은 적의 전군 가운데 5분의 1에도 미치지 못합니다."

마침내 성문을 열어젖혔다.

늠름하고 씩씩한 모습으로 일군을 이끌고 관우는 푸른 하늘과 들판이 펼쳐진 전장으로 나서는 길이다.

3

관우가 손을 이마에 대고 멀리 내다보니 하후돈과 하후연이 이끄는 두 부대가 조운진(鳥雲陣)을 펴고 깃발을 조용히 휘날리며 들판에서 도사리고 있었다.

한참을 보고 있으니 갑옷과 투구를 번쩍이며 애꾸눈 대장이 말을 몰아 관우 앞으로 달려와 기세등등하게 욕설을 퍼부었다.

"오오, 수염 긴 촌뜨기 선비야. 무슨 일로 어울리지도 않게 위용을 갖추고 무가의 거리에서 설치고 다니느냐? 발칙한 네 두목 현덕도 무뢰한 장비도 우리 승상이 내뿜는 위풍에 혼이 나가 줄행랑을 놓았다. 네놈은 쓸데없이 하비성에 틀어박혀 뭘 한단 말이냐? 어서 고향으로 돌아가라! 가서 촌뜨기 녀석들 코나 닦아주든지 수염에 들끓는 이나 잡아라."

관우는 침착하고 용감한 눈썹에 입을 꽉 다물고 빛나는 눈으로 응시하였다.

"네놈은 조조 부하 하후돈이구나."

관우에게도 감정은 살아 있었다. 마음속이 열화같이 끓어오르는 게 보였다. 그 모습에 휭 하고 바람이 이는가 싶더니 윤기가 흐르는 흑마 위에서 햇빛에 번쩍이는 청룡언월도를 휘두르며 목청껏 외치면서 달려왔다.

"꼼짝 마라! 애꾸눈!"

애초부터 꿍꿍이가 있었던 하후돈은 대적을 하면서도 도망가다가 다시 욕지거리를 퍼부었다. 격노한 관우가 부하 3000명을 다그치며 20리쯤 쫓아갔다. 하지만 사자처럼 달려 들어가는 관우 기세에 아군 병사들은 미처 따라가지 못했다.

그때 관우가 정신이 번쩍 들었다.

"아차! 너무 깊이 들어왔다."

급히 말 머리를 되돌리려 했지만, 이미 늦었다. 적군 서황과 허저가 이끄는 군사들이 각각 왼쪽과 오른쪽에서 매복하다가 일제히 들고일어나서 관우의 퇴로를 막아버렸다. 메뚜기가 날아드는 듯이 윙, 윙 울리는 소리는 수많은 노궁이 시위를 벗어나며 빚어내는 음악이었다. 천하의 관우라도 그 빗발치는 화살 속을 뚫고 갈 수는 없는 터. 방향을 바꾸려고 말 머리를 되돌리자 거기서도 와! 하고 복병이 회오리바람처럼 일어나는 게 아닌가. 사면초가다! 끈질기고 야만스러운 맹수 사냥꾼이 표범을 몰아붙이는 듯한 공격으로 결국 관우는 조조 대군에게 봉쇄당하고 말았다.

해는 이미 저물어 들판은 어둑어둑해졌다. 관우가 도망친 곳은 나지막한 작은 산 위였다. 밤이 되자 하비 쪽에서 맹렬한 불길이 활활 타오르기 시작했다. 미리 성안에 숨어 들어간 매복병이 안에서 불을 지른 것이다. 하후돈의 병사들을 성안으로 불러들여 손 하나 까딱하지 않고 그토록 난공불락이던 하비성을 조조 손에 넘겨준 꼴이다.

"걸려들었구나, 걸려들었어. 이제 무슨 면목으로 주군을 뵙는단 말인가. 그렇다, 날이 밝으면…."

관우는 적과 싸우다 죽기로 마음먹었다. 내일이 마지막이라 여기고 싸우려면 조금은 휴식을 취해야 하리라. 말도 꼴을 먹이고 조용히 마음의 준비를 하면서 서두르지 않고 동이 트기만을 기다렸다.

아침 이슬이 촉촉하게 내렸다. 새벽하늘은 진홍빛으로 가득 채워져갔다. 이마 위에 손을 대고 낮은 산기슭 쪽을 바라보니 긴 뱀이 산을 칭칭 감듯이 수많은 진지가 이어져 안개까지 검게 보이게 하는 조조의 대군이 눈에 들어왔다.

"어마어마하구나."

관우는 쓴웃음을 지었다. 돌 위에 걸터앉아서 갑옷과 투구에 달린 가죽끈을 조여 매고 풀잎에 맺힌 이슬을 핥아 마시더니 천천히 일어섰다.

그때 산기슭 쪽에서 누군가 올라오는 모습이 보였다. 관우의 눈이 자연스럽게 그곳으로 향했다. 자기 이름을 부르는 사람이 있었다.

"누구지?"

의아해하며 기다리니 이윽고 가까이 다가온 사람은 입에 채찍을 물고 뺨에 미소를 머금은 장료다.

4

두 사람은 전부터 알던 사이다. 평소에 교분은 없었지만, 전장을 오가며 적이기는 해도 왠지 모르게 서로 존경하였다. 무사는 무사를 안다는 말일 것이다.

"오오, 장료인가?"

"아아, 관우 공."

두 사람은 서로의 가슴이 맞닿을 만큼 가까이 다가서서 만감이 교차하는 눈길로 바라보았다.

"그대가 여긴 무슨 일로 왔는가? 조조가 이 관우의 목을 가져오라 명해서 어쩔 수 없이 올라온 건가?"

"무슨 소리요? 평소의 정을 떠올리니 귀공이 보낼 마지막이

애석한 나머지….”

“그렇다면 내게 항복을 권하러 왔는가?”

“음…. 예전에 귀공은 날 구해준 적도 있소. 어떻게 오늘 귀공이 맞이할 슬픈 운명을 옆에서 보고만 있겠소.”

장료는 주변에 있는 돌을 가리키며 자리를 권했다.

“일단 거기 앉아보십시오. 나도 앉을 테니.”

장료는 천천히 앉으며 말을 이었다.

“아시겠지만, 현덕도 장비도 다 패해서 행방이 묘연하오. 현덕의 처자는 하비성 안에 있지만, 그곳도 어젯밤 우리 군에게 함락되고 말았으니 두 부인과 남은 이들의 생사는 조조 손에 달렸소.”

“아, 원통하다. 내게 희망을 걸고 주군께서 부탁하신 가족들을 허무하게 적의 손에 넘겨버리다니….”

관우는 고개를 떨군 채 기나긴 한숨을 내쉬었다. 자신의 죽음은 눈앞의 아침 이슬을 보듯이 했지만, 무력한 여인들과 주군의 어린 아들을 생각하니 영웅호걸도 눈물을 보이지 않을 수 없었다.

“관우 공, 그 일이라면 안심하셔도 좋소. 조 승상은 하비성을 함락하면서 입성했지만 맨 먼저 현덕의 처자를 다른 전각으로 옮기고 문밖에 보초병을 세워 함부로 들어가는 자가 있으면 그 자리에서 죽이라고 명할 정도로 엄중하게 보호한다 들었소.”

“오오, 그런가?”

“그 뜻을 전하고 싶은 마음에 조 승상의 허락을 받아 이곳으로 온 것이오.”

그 말을 들은 관우는 다시 눈을 부릅떴다.

"그렇다면 역시 은혜를 팔아서 내게 항복을 권하려는 속셈이로군. 가소롭다, 가소로워. 조조 역시 영웅의 마음을 모르는구나. 내 비록 지금 외진 땅에서 고독한 목숨을 부지하여도 죽음은 있던 곳으로 돌아가는 것과 마찬가지. 이슬만큼도 목숨이 아깝다 생각지 않소. 내게 항복을 권하러 오다니…. 그대도 어찌 된 모양이오? 어서 이 산을 내려가시오. 조금 있다 기분 좋게 한판 붙어봅시다."

괴로운 듯이 말하고 외면하는 관우의 옆얼굴을 바라보며 장료가 일부러 호기롭게 웃었다.

"그걸 영웅의 마음이라 자부한다면 귀공도 그릇이 좀 작은 게 아니오? 음하하. 귀공의 말대로 끝난다면 천추의 웃음거리가 될 터."

"충의를 따라 싸우다 죽는 일이 어째서 웃음거리가 된단 말이오?"

"그건 여기서 귀공이 전사하면 후에 세 가지 죄를 짓게 되기 때문이오. 충의도 결백함도 그 죄로 인해 싹 사라질 거요."

"어디 물어봅시다. 그 세 가지 죄가 뭐요?"

"귀공이 죽고 나서 현덕이 아직 살아 있다면 어쩌려오? 외로운 주군을 버리고 도원의 맹세를 깨뜨린 것과 다름없잖소? 다음은 주군의 처자와 가족을 맡았으면서도 그분들의 앞길을 끝까지 지켜보지 않고 혼자만 용맹과 결백을 위해 서두르는 것이외다. 이는 생각이 짧고 믿음이 없다는 말을 들어도 피할 수 없을 일. 마지막은 천자를 섬기면서 천자의 장래를 걱정치 않는 거요. 자신이 결심한 처분만 서두르고 살아서 조상의 위험을 돕지 않고 함부로 혈기 넘치는 용기를 나타내는 건 아마 진정한 충절이라 할 수 없을 것이오. 귀공은 무용뿐만 아니라 학식도 있는 선비라 들었는데, 이런 문제는 해결할 생각이 없소? 관우 공, 새삼 그대에게 묻고 싶소만…."

5

관우는 고개를 숙인 채 잠시간 생각에 빠졌다. 장료의 말에는 벗을 생각하는 진정한 정이 담겨 있는 게 아닌가. 도리에 맞는 말이기도 했다. 도리와 인정, 양쪽으로 힐책을 당하자 관우도 고민하지 않을 수 없었던 듯했다.

장료가 거듭 말하며 설득했다.

"여기서 버릴 목숨을 조금 더 연장한다는 마음으로 유현덕의 생사를 알아보고, 현덕이 부탁한 처자의 안전을 지켜 의를 완수하는 게 어떻겠소? 만약 그런 마음이라면 나도 어루꾀지 않을 것이오."

관우는 호의에 감사하며 다시 입을 열었다.

"면목이 없소. 만약 그대가 주의 주지 않았다면 이 언덕 풀숲에서 필부의 묘를 남겼을 것이오. 생각이 얕기가 이를 데가 없었소. 무슨 말을 하더라도 패군의 외로운 장수로 달리 선처할 길도 방법도 없겠지만, 지금 그대가 말한 대로 의롭게 살 수 있다면 어떠한 고충이나 치욕을 참더라도 그보다 나은 일은 없을 거요."

"그러기 위해서는 한번은 조 승상에게 항복의 예를 갖추시오. 그러면서 당당히 귀공도 조건을 요구하면 어떻겠소?"

"내가 바라는 건 세 가지요. 그 옛날 도원에 모여 유 황숙과 결의했을 때부터 한나라 중흥을 제일의 뜻으로 약속했으니, 비록 칼과 갑옷을 갖추지 않고 하산한다 해도 결코 조조에게 항복하는 일은 없을 거요. 한조에게 항복은 하겠지만, 조조에겐 항복하지 못하오! 이것이 첫 조건이오."

"그다음 조건은?"

"유 황숙의 두 부인과 아드님 그리고 노비들까지, 반드시 이 사람들의 목숨을 살려주고 안전한 생활을 확약해주길 바라오. 정중한 예와 녹봉은 말할 것도 없고."

"그 뜻도 잘 알겠소. 마지막 조건은?"

"지금은 유 황숙의 소식도 묘연하지만, 만약 행방을 알게 되는 날이면 단 하루도 조조 밑에서 편안히 머물 수 없소. 천만리라도 작별 인사도 없이 즉시 옛 주군 곁으로 떠날 거요. 이 세 조건을 확약해준다면 그대 말대로 하산하겠소. 그렇잖으면 길이길이 우둔한 이름을 남긴다 하더라도 오늘을 마지막으로 여기고 항전하겠소."

"좋소. 즉시 승상에게 그 뜻을 전하고 다시 오겠소. 잠시만 기다려주시오."

장료는 산을 달려 내려갔다. 진정한 벗의 뒷모습을 보자 관우는 눈시울이 붉어졌다. 말에 올라탄 장료는 채찍질을 힘차게 하며 하비성으로 서둘러 돌아갔다. 그 즉시 조조 앞에서 꾸밈없이 보고했다. 물론 관우가 바라는 세 조건도 낱낱이 보고했다. 도량이 넓은 조조도 그 무거운 조건에 적잖이 놀란 표정이다.

"과연 관우다. 역시 내 눈에 어긋남이 없는 의로운 인물이다. 한나라에 항복하더라도 조조에게는 항복하지 않겠다! 그 말도 참 마음에 드는구나. 나 역시 한조의 승상이니, 한조는 바로 나다. 두 부인을 부양하는 일쯤이야 아무것도 아니다. 하지만 현덕의 소식을 알게 되면 언제든 떠나겠다는 말은 좀 곤란하군."

조조는 그 마지막 조건에 처음에 난색을 드러냈지만, 장료가 이때다 싶어 적극적으로 설득했다.

"아닙니다. 관우가 현덕을 깊이 그리워하는 것도 현덕이 관우의 마음을 사로잡아서입니다. 승상께서 친히 관우를 옆에 두어 현덕 이상으로 총애하신다면 이야기가 달라집니다. 시간이 흐르면서 반드시 관우도 승상의 은혜에 따르게 될 것입니다. 무사는 자신을 알아주는 사람을 위해 죽는다 했습니다. 그러니 승상께서 얼마나 제대로 훌륭한 장수를 쓰시는가에 달린 것 아니겠습니까?"

이윽고 조조도 세 조건을 받아들여 즉시 관우를 맞이하러 가라고 명한 다음, 연인을 기다리는 마음으로 관우를 기다렸다.

큰 걸음을 하는 신도(臣道)

1

사나운 독수리가 홀로 날개를 접고 산 위에 있는 어느 바위에서 가만히 대지의 운무를 바라보는 길이다. 멀리서 바라보니 고독한 장수 관우의 모습은 그리 보였다.

"오래 기다리셨소."

장료는 헉헉거리며 다시 산으로 올라왔다. 그러고는 기쁜 마음을 그대로 전했다.

"관우 공, 기뻐하시오. 귀공이 요구하신 세 조건을 승상이 흔쾌히 받아들였소. 자, 우리 함께 하산합시다."

그러자 관우가 머뭇거렸다.

"아아, 잠시만 더 기다려주시오. 좀 전에 말했던 조건은 오직 나만의 뜻에 지나지 않소. 나로서는 그 길밖에 없다고 각오했지만, 두 부인의 마음이 어떠신지…."

"그것까지?"

"그렇지 않소. 칼을 들지 않은 여인이라 해도 주군을 대신하는 가까운 분들이오. 일단 두 분의 생각을 듣지 않고서는 조조 진영으로 말을 끌고 들어갈 수는 없소. 내가 지금 성안으로 들어가 친히 두 부인을 뵙고 자초지말을 말씀드려보겠소. 승낙을 얻고 돌아올 동안 조조에게 산기슭에 주둔하는 군사를 여기서 30리 밖으로 물려달라 명해주시오."

"그 후에 반드시 승상의 진영으로 항복하러 오시겠소?"

"반드시 가겠소."

"좋소, 나중에 봅시다."

무사로서 서로 언약하고 장료는 부리나케 돌아갔다. 이윽고 장료의 보고를 받은 조조는 관우가 원하는 요구를 듣고 지당한 말이라며 수긍하고 즉시 명령을 내렸다.

"모든 군사는 포위를 풀고 속히 30리 밖으로 후퇴하라."

모사 순욱이 놀라서 전령을 멈추고 조조에게 간했다.

"아직 관우의 속내를 알 수 없습니다. 만약 변이라도 생긴다면 어쩌시렵니까?"

조조는 기분 좋게 웃어젖혔다.

"관우가 약속을 어기는 인물이라면 왜 내가 이 정도로 관대한 조건을 받아들였겠나? 그런 인간이라면 도망간다 한들 아쉬울 게 없다."

조조는 한 치의 망설임 없이 전군을 후퇴시켰다.

손을 이마에 대고 산 위에서 안개처럼 병사들이 꾸물꾸물 후퇴하는 모습을 지켜보던 관우는 천천히 흑마를 이끌고 산기슭을 내려가 아무도 없는 빈 들판을 질주하였다. 얼마 안 있어 하비성에 도착하여 백성의 편안한 모습을 죽 둘러보더니 안쪽으로 성큼 들어갔다. 성안 깊숙이 자리한 후각에서 애처롭게 우는 새소리가 들려와 한낮을 더 쓸쓸하게 했다.

보초병이 비밀 문을 열어 관우를 주렴 밖으로 안내하자 현덕의 정실인 감 부인과 측실인 미 부인이 어린아이의 손을 잡고 허둥지둥 뛰어나왔다.

"오오, 관우 장군이신가?"

"아드님도 두 분도 무사하십니까?"

관우는 계단을 사이에 두고 엎드려 절한 다음 두 부인의 무탈한 모습을 보고 안심해서인지, 감개 어린 나머지 잠시간 고개도 들지 못했다.

미 부인이 구슬 같은 눈물을 흘리며 말하는 목소리가 촉촉이 젖어들었다.

"어젯밤 성이 함락되어 죽음을 각오하였는데, 뜻밖에도 죽음을 면하고 조조의 보호를 받는 중이라오. 장군…, 장군도 무사히 돌아왔구려. 부디 목숨을 소중히 여겨 황숙의 행방을 찾아주시오."

함께 소맷자락으로 얼굴을 훔치며 현덕의 생사를 걱정하는 감 부인은 장차 어떻게 해야 좋을지 그것조차 알 수가 없었다.

조조에게 항복하여 주군의 행방을 찾겠다는 생각으로 관우가 적과 교섭한 내용을 상세히 고하자 아니나 다를까 두 부인은 눈물로 퉁퉁 부은 눈을 크게 뜨며 노기 띤 목소리로 힐책했다.

"그래도 조조에게 항복한다면 앞으로 황숙의 거처를 알게 된다 하더라도 마음껏 갈 수는 없을 터. 관우 장군도 마찬가질진대 그땐 어찌하실 요량이오?"

2

일부다처 풍습이 전통적인 이곳에서 현덕의 아내는 지극히 외로운 성격이다. 감 부인은 미 부인보다 젊었다. 패현(沛県) 사람으로 미인이라고 할 수는 없었다. 그저 청초한 분위기를 풍기는 여인이다.

미인의 생김새라면 오히려 연상인 미 부인 쪽이 낫다. 그도 그럴 것이 서른이 넘은 여자였지만 청년 현덕에게 처음으로 연정을 느끼게 한 여성이다. 지금으로부터 십수 년 전 일이다.

현덕이 짚신을 팔고 돗자리를 짜던 힘든 시절로 돌아가자. 황하 언저리에 서서 낙양선을 기다리며 어머니에게 줄 선물로 차를 구해 돌아가던 길을 기억하는가! 넓은 들판에서 마주친 '부용'이라는 가인이 지금의 미 부인이다. 오대산(五台山) 유회(劉恢) 집에서 자라면서 오랫동안 때를 기다려왔던 부용은 그 후에 현덕을 만나 아내가 되었던 것이다. 둘 사이엔 아들이 하나 있었다. 6살이 된 아들은 병약했다.

오늘 같은 처지가 되니 오히려 평화로운 시절에 편안히 눈을 감은 현덕의 어머니가 오히려 미련이 없겠다는 생각이 들었다. 현덕의 어머니는 장수한 편이다. 게다가 현덕은 아직 부족하다고 여겼지만, 노모로서는 충분히 안심하고 갔을 만큼 자식이 출세한 것도 보고 세상을 떴다. 노모의 장례는 서주성에 머무를 때 치렀다.

그러니 두 부인과 병약한 아들 외에는 노비와 하인들밖에 없었다. 현덕도 얼마나 타국에 있는 두 아내와 외아들을 걱정하며 지내고 있을까? 두 부인은 현덕을 그리워하며 이미 적의 포로가 된 몸이라는 사실도 잊은 채 당장에라도 만날 수 있을 것 같다고 여겼지만, 남자들 사이에 벌어지는 전투의 세계를 잘 알지 못하는 여인으로서는 무리도 아니다.

"그 일이라면 걱정하시지 않아도 됩니다. 항복이라고 해도 단순한 항복이 아닙니다. 세 조건을 조조가 굳게 약속했습니다. 만약 주군의 거처를 알게 된다면 아무 말 없이 바로 유 황숙 곁으로 달려가겠다고 조건을 달았습니다. 그러니 그때는 제가 다들 모시고 반드시 황숙을 만나게 해드리겠습니다. 그때까지만 적지에서 조금만 참고 계십시오."

관우의 진정 어린 말에 두 부인은 눈물만 흘릴 뿐이다.

"장군이 알아서 하시오. 그저… 장군만 믿겠소."

이윽고 관우는 잔병 10기 정도를 이끌고 유유히 조조 진영을 찾아갔다. 조조는 몸소 진영 문밖까지 나와서 관우를 친절하게 맞이했다. 너무나 격의 없이 맞아주는 모습에 관우가 당황하여 땅바닥에 엎드려 절하자 조조도 예를 갖추었다.

관우는 계속 바닥에서 엎드린 채 말문을 열었다.

"그러시면 인사를 드릴 수가 없습니다."

"장군, 뭘 그리 쩔쩔매시오!"

조조가 정답게 말을 건넸다.

"이미 전 승상께 불살(不殺)의 은혜를 입었습니다. 어떻게 제가 정중한 인사를 받을 수 있겠습니까?"

"장군에게 해를 입히지 않은 건 장군의 순수한 충절 덕분이오. 서로 예를 갖추는 건 나도 장군도 한나라의 신하, 관직은 달라도 그 지조에 대한 예요. 겸손해하지 마시오. 자, 내 막사로 함께 갑시다."

조조는 성큼성큼 앞장서 걸으며 안내했다.

들어가 보니 벌써 방 안에는 화려한 탁자 위에 옥 술잔을 준비하여 성대한 연회를 차려놓은 게 아닌가. 그러고는 중당(中堂)을 둘러싸고 줄지어 서 있던 조조 친위군은 관우의 모습을 보자 일제히 예를 갖추어 귀빈으로 맞이했다.

3

항복한 장수였지만 흡사 귀객 대접을 받았다. 조조는 관우를 방으로 맞이하여 조금도 깔보는 듯한 모습을 보이지 않고 천천히 대화를 열었다.

"오늘은 유쾌한 날이오. 내가 평소에 흠모하던 사람을 얻은 것과도 같으니, 한꺼번에 10개 주의 성을 손에 넣은 것보다 더 기쁘오. 관 장군은 어떻소?"

"면목 없습니다. 이 말뿐입니다."

"그 말은 어울리지 않소. 그거야 세상의 평범한 패장이 하는 말이오. 관 장군 같은 경우는 명분 있는 항복이라 해야 할 테니 수치스러워하지 마시오. 당당히 신도(臣道)의 길을 바르게 걸어왔소."

"조금 전 장료를 통해 약조해주신 세 조건을 너그럽게 받아주신 승상의 크나큰 은혜는 마음 깊이 새기겠습니다."

"걱정 마시오. 무인과 무인끼리 맺은 약속은 쇳덩이와 같소. 나도 덕이 얕은 인간이지만, 천하를 감동하기 위해 맹세코 약조를 어기지 않겠다고 다시 한번 말해두겠소."

"황송합니다. 그렇다면 맹세한 대로 옛 주군 현덕의 행방을 알게 되는 날, 전 그 자리에서 바로 떠난다고 생각해주십시오. 설사 불 위를 걷고 깊은 물을 건넌다 해도 그땐 승상 곁에 머물지 않을 것입니다."

"하하하. 관 장군은 여전히 내 마음을 의심하는군. 걱정하지 않아도…."

조조는 그리 말했지만, 웃음으로 얼버무리면서 숨길 수 없는 감정을 억눌렀다. 그 쓰디쓴 맛을 없애려고 먼저 일어서서 관우를 연회석으로 안내했다.

"자, 저쪽 전각에 성대한 술자리를 마련해두었소. 내 막료들도 소개하지. 이리 오시오."

만세의 술잔을 들고 장수들도 다들 취해갔지만, 평소에도 얼굴이 붉은 관우는 누구보다 더 얼굴이 달아올랐다.

술잔을 들며 조조가 속삭였다.

"관 장군, 그대가 만나길 바라는 사람은 아마 치열하게 싸우던 중에 이미 송장이 되었을지도 모르오. 차라리 혼을 모셔놓고 몰래 장례를 치러주는 편이 좋을 거요."

관우는 취기가 오르면 술로 인해 더 칠흑같이 윤이 나는 긴 수염을 쓰다듬으면서 웃었다.

"그 사실을 알았다 하더라도 전 틀림없이 승상 곁에 없을 것입니다."

"어째서인가? 현덕이 이 세상 사람이 아니라면 이제 그대가 갈 곳은 없을 텐데…."

"아닙니다, 승상."

떡 벌어진 가슴을 다시 펴고 관우가 말을 이었다.

"이 수염이 까마귀가 되어 옛 주군의 시체를 찾아 날아갈 것입니다."

농담 따위는 하지 않을 것 같던 관우가 뜻밖에도 장난을 치니 조조가 손뼉을 치며 크게 웃었다.

"그런가, 아하하. 과연 그 수염이 전부 날개로 변한다면 까마귀 10마리쯤은 되겠소."

서주 지방을 토벌하려던 조조 계획은 일단락되었다. 다음 날 조조의 중군은 일찌감치 개선 길에 올랐다. 관우는 주군의 두 부인을 수레에 태우고 특별히 자기가 그 앞에 서서 부하였던 사졸 20여 명과 함께 수레를 지키며 한시도 떨어지지 않았다.

이윽고 허도에 다다랐다. 허도에 도착한 여러 장수는 각각 영채로 돌아가 평상시 복무에 임했으며, 관우는 도읍 안에 있는 한 저택을 하사받아 두 부인을 그곳에서 모셨다. 저택은 안과 밖 두 곳으로 나누어져 있어, 안채는 부인들의 거처로 쓰고 바깥채는 사졸들과 관우가 머물렀다. 양쪽 문 옆에는 밤낮으로 사졸 20여 명이 교대로 보초를 섰다. 관우도 이따금 아무 일이 없이 한가할 때면 파수막 안에서 책을 읽으며 부족한 보초병 대신 번을 서기도 했다.

4

도읍으로 돌아와서 밀린 군 업무도 갈무리하고 나니, 이번에는 안팎에 돌봐야 할 정무가 산더미처럼 쌓여 조조의 결정을 기다렸다. 조조는 정치에 대해서도 남들보다 배는 열정적이다. 허도를 중심으로 하는 새 문화가 눈에 띄게 부흥하고 있었다. 조조의 지도 하나로 백성이 누리는 생활이 개선되는 모습, 산업과 농업을 개혁하여 눈에 띄게 백성의 복리가 증진되어가는 모습을 지켜보았다.

"정치야말로 인간이 할 수 있는 일 중에서 최고의 이상을 이룰 수 있는 대사업이다."

조조는 그리 믿으며 해가 갈수록 정치에 대한 흥미와 열정이 깊어졌다.

그 무렵, 드디어 그 일도 매듭짓고 조금 한가해지자 조조는 문득 신하에게 물었다.

"그렇군. 관우는 도읍으로 와서 뭘 하면서 지내는가?"

가까이 있는 신하들이 대답했다.

"승상부에는 물론이고 거리 밖으로도 나온 적이 없습니다. 두 부인이 기거하는 처소를 지키며 마치 집 지키는 개처럼 문 옆에 있는 작은 파수막에 기거한다 들었습니다. 가끔 집 밖을 지나가는 사람이 들여다보면 글을 읽는 모습이 자주 보인다고 합니다."

관우의 근황을 들은 조조는 고개를 주억거리며 진심으로 동정하는 듯 혼잣말로 중얼거렸다.

"당연하지, 당연해. 영웅의 마음은 괴로울 것이다."

동정의 마음을 표하고 며칠이 지나 수레를 타고 입궐하는 길에, 조조가 갑자기 관우에게 함께 수레를 타도록 권했다. 그러더니 조정에서 함께 천자를 알현했다. 물론 신하의 신하인 몸이니 전상에는 올라가지 않았다.

계단 아래에 서서 배알하는 데 그쳤지만, 황제도 관우의 이름은 일찍이 알기도 했고 특별히 마음속에 둔 유 황숙의 의제라는 말을 듣고 눈여겨보며 명을 내렸다.

"믿음직스러운 무인이다. 적당한 관위를 내리는 게 좋겠소."

조조가 미리 세워둔 계획으로 관우는 그 자리에서 편장군(偏將軍)으로 임명되었다. 관우는 시종 침묵을 지키며 황제의 은혜에 감사하고 물러났다.

곧이어 조조는 또다시 관우를 위해서 황제의 임명을 축하하는 의미로 피로연과 함께 축하연을 베풀어 여러 대장과 백관들을 불러 대접했다.

연회에서 관우는 윗자리 귀빈석에 자리했다.

"관 장군을 위하여!"

조조가 선창하며 건배했지만, 그날 밤도 관우는 묵묵히 술만 마실 뿐 기쁜지 귀찮은지 도통 알 수 없는 표정을 지었다.

주연이 끝나자 조조는 부러 가까운 신하 몇몇에게 분부했다.

"관 장군을 모셔다 드려라."

그러면서 능라 100필과 금수 50필에 금은 그릇, 주옥으로 만든 보석 등을 가득 마바리에 실어 보냈다. 하지만 관우 눈에는 주옥도 금은도 기왓장이나 다름없어 보였다. 그 어느 것도 몸에 지니지 않고 전부 두 부인에게 갖다 바쳤다.

"조조가 이런 걸 보내왔습니다."

나중에 그 일을 전해 들은 조조는 오히려 존경의 마음을 품었다.

"더더욱 호감이 가는 사내다."

관우를 향한 흠모와 경애는 이상하리만큼 커져갔다.

조조는 사흘에 한 번꼴로 작은 연회를, 닷새에 한 번은 큰 연회를 벌이며 향응의 기회를 일부러 만들어 관우를 지켜보는 일을 하나의 즐거움으로 삼았다.

무장이 훌륭한 무사를 열렬히 흠모하는 정도를 표현하는 말로, 이 나라에서 예부터 전해지는 말이 있다. '말을 타면 금을 주고, 말에서 내리면 은을 준다.'

조조의 태도는 그 정도가 아니었다. 도읍 내에서도 고르고 고른 미녀들에게 서로 요염한 교태를 부리도록 부추겼다.

"관 장군을 설득한다면 너희 소원은 뭐든지 들어주겠다."

관우도 미인은 싫지 않았던지 보기 드물게 10명에 달하는 미희들에게 둘러싸여 거나하게 취해 껄껄 웃어젖혔다.

"이거야말로 꽃밭 속에라도 있는 것 같구나. 아름답다, 아름다워. 눈이 핑핑 돌 만큼…."

하지만 집으로 돌아오자마자 그 미인들도 모두 두 부인이 있는 내원으로 보내 시녀로 바쳐버렸다.

허름한 옷에 비단 같은 마음

1

어느 날, 관우가 승상부에 홀쩍 모습을 드러냈다. 두 부인의 처소인 내원 건물이 오래되어서인지 빗물이 새어 곤란하니 수리를 해달라고 관리에게 부탁하러 왔던 길이다.

"알겠습니다. 즉시 승상께 여쭈어 수리하겠습니다."

관리의 흡족한 대답을 듣고 천천히 돌아가는 관우의 뒷모습을 조조가 망루 위에서 흘끗 바라보게 되었다.

"관 장군이 아닌가?"

신하에게 그 즉시 관우를 불러들이라 명했다.

"부르셨습니까?"

관우가 밝은 얼굴로 다가왔다.

조조는 직접 비장의 청옥 잔을 들어 가볍게 한잔 권했다.

"장군이 입은 녹색 비단 도포는 녹색이라는 것도 모를 만큼 낡고 색이 바랬구려. 날이 화창하니 더더욱 남루해 보이오. 이 옷을 입어보시겠소? 장군 키에 맞추어 미리 준비해둔 것이니….”

조조는 잘 지은 비단 도포 1벌을 관우에게 내주었다.

“호오…. 참 좋은 옷입니다.”

관우는 옷을 받아 한 손에 들고 돌아갔다.

그 후 조조가 관우의 옷깃을 문득 엿볼 기회가 있었다. 관우는 일전에 자기가 내려준 비단 도포는 속에 입고, 겉에는 여전히 이가 들끓는 녹색의 허름한 도포를 걸쳐 입은 채 아무렇지도 않은 모습이었다.

“관 장군, 그댄 무인이면서 절약하며 사는 모양이오. 어째서 물건을 아끼는 거요?”

“예? 왜 그러십니까? 특별히 사치를 하지는 않습니다만, 그렇다고 유난히 절약한다고 생각지도 않습니다….”

“역시 어딘가 사양하려는 마음이 있나 보군. 내가 비용을 조달하는 만큼 아무런 부족함 없이 대접할 생각인데, 굳이 새 옷을 아껴서 낡은 옷을 일부러 위에 겹쳐 입을 것까지는…”

“아아…, 이 옷 말씀이십니까?”

관우가 자신의 소매를 바라보며 답했다.

“이 옷은 일찍이 유 황숙께 받은 은혜로운 옷입니다. 아무리 허름해졌다 해도 아침저녁으로 이 옷을 입으며 벗을 때마다 황숙을 친히 만나뵙는 듯한 느낌이 들어 마음이 기쁩니다. 해서 황송하게도 승상께 새 비단옷을 받았지만, 바로 이 헌 옷을 버릴 생각은 없습니다.”

관우의 말을 들은 조조는 가슴이 먹먹히 울려왔다.

‘아름다운 사람이다, 진정 충의로 가득한 사람이다….’

마음속으로 관우의 모습을 홀린 듯이 찬찬히 바라보는데, 마침 그곳에 현덕의 두 부인을 모시는 사람이 찾아와 관우에게 고했다.

"바로 집으로 와주십시오. 두 분께서 무슨 일인지 한탄하며 관 장군을 부르십니다."

"뭐라? 무슨 일이 생겼느냐?"

관우는 그때까지 이야기를 나누던 조조에게 인사말도 없이 달려 나갔다.

원래는 이런 무례한 행동에 잠자코 있는 조조가 아니었지만, 뒤에 남겨진 채로 멍하니 관우의 뒷모습을 지켜보며 혼잣말을 중얼거렸다.

"충성스러운 무사다. 잘난 체하지도 꾸미지도 않는구나. 그저 충의로 가득한 마음만 가졌구나. 아…, 어떻게든 저런 이의 마음을 사로잡고 싶구나."

조조는 맘속 깊이 자신과 현덕을 비교해보았다. 어떤 면으로도 현덕에게 뒤처진다고는 생각지 않았지만, 단 하나 자기 휘하에 관우 같은 충신이 있나 없나 하고 자문해보았다.

'그것만큼은 내가 졌구나.'

수긍할 수밖에 없었다. 조조는 가슴속으로 더더욱 열렬하게 남모르는 맹세를 다졌다.

'반드시 관우의 마음을 내 덕으로 얻고야 말 테다. 내 신하로 만들리라.'

2

두 부인이 보낸 사자의 말을 들은 관우는 쏜살같이 집으로 수염을 휘날리며 달려갔다. 도착하여 바로 내원에 들러보니 두 부인이 서로 끌어안고 통곡하는 중이었다.

"흑흑…."

"왜 그러십니까? 무슨 일이라도 생겼습니까?"

관우가 묻자 눈물 젖은 얼굴로 끌어안고 있던 미 부인과 감 부인이 비로소 떨어졌다.

"오오, 관 장군이오? 어찌해야 좋소. 이제 살아갈 보람이 없소. 차라리 죽어버릴까도 생각했지만, 장군의 마음이 어떤지 묻고 싶어서 기다리던 참이오."

두 부인은 함께 목 놓아 꺼이꺼이 울었다.

화들짝 놀란 관우가 두 부인을 달래었다.

"죽다니요? 당치도 않은 생각이십니다. 제가 있는 한 어떠한 어려움이 닥치더라도 마음 편히 계십시오. 일단 무슨 일인지 찬찬히 말해보십시오."

"그러니까…."

겨우 마음을 가라앉힌 미 부인이 그 까닭을 말하기 시작했다. 들어보니 별일은 없었고, 미 부인이 오늘 잠시 꾸벅꾸벅 조는데 꿈속에서 현덕의 죽음을 생생히 보았다는 말이었다.

"아하하. 무슨 일인가 했더니 꿈속에서 유 황숙의 신상에 흉한 일이라도 생긴 게 아닌가 걱정하셨던 모양이군요. 어떤 흉몽이라도 꿈은 그저 꿈에 지나지 않습니다. 그런 일로 슬퍼하는 건 더없이 어리석은 일입니다. 그만 우십시오, 그만."

관우는 그럴 리가 없다며 연방 홍겨운 이야깃거리를 꺼내며 화제를 일부러 딴 데로 돌렸다.

아무리 극진한 보호를 받고 아무 어려움 없이 살아간다 해도 이곳은 적국의 도읍이다. 두 부인의 마음을 헤아려보니 쉽게 웃지도 울지도 못하겠다는 생각이 들었다.

'꿈에서도 벌벌 떨며 우는 갓난아기처럼 연약하구나.'

관우는 나중에 두 부인을 다시 한번 위로했다.

"오래 걸리진 않을 겁니다. 그때까지 반드시 황숙을 뵐 수 있도록 맹세코 제가 잘 알아서 처리하겠습니다. 조금만 더 참으시고 두 분께선 그저 건강하게만 계십시오."

그때 내원 뜰에 어느 틈엔가 조조가 보낸 신하가 들어와 있었다. 관우가 허둥대며 돌아가기도 했고 두 부인이 보낸 사자가 한 말도 찜찜해서 조조 역시 궁금했던 탓에 무슨 일인지 알아보라고 겸사겸사 보낸 것이다.

조조가 보낸 신하는 관우의 눈에 띄자 좀 멋쩍어했다.

"볼일이 끝나셨으면 다시 들라는 분부이십니다. 승상께서 주연을 준비하면서 다시 방문하기를 기다리십니다."

관우는 다시 승상부 관저로 발걸음을 옮겼다. 술을 마셔도 진정으로 즐거워할 수가 없었고, 조조를 마주하는 동안에도 옛 주군 현덕을 떨칠 수가 없었다.

'지금 여기서 조조의 기분을 상하게 한다면….'

관우는 가슴속에 차오르는 치욕을 참으며 무슨 말에도 순순히 응했다.

조금 전과 다른 객실에 꽃을 일일이 새로 장식하고, 미희들을 불러 앉혀 진수성찬과 홍주까지 마련하고 나니, 조조는 애인을 기다리듯이 목이 빠질 지경이다.

"아, 용무는 다 봤소?"

"도중에 자리를 떠서 죄송합니다."

"오늘은 한번 장군과 밤새도록 술을 권커니 잡거니 하고 싶소이다."

"더없는 행운입니다."

아무렇지 않은 듯 술잔 앞으로 몸을 기울였지만, 조조는 관우의 눈가에 눈물 자국이 남아 있는 걸 보고는 그냥 넘어가지 않고 짓궂게 물었다.

"장군, 무슨 일인지 모르나 눈물을 흘린 것처럼 보이오. 그대도 눈물을 다 흘리다니…."

"아하하, 눈치채셨습니까? 사실 전 울보입니다. 두 부인께서 밤낮으로 유 황숙을 그리며 탄식하시는 바람에 좀 전에도 그만 같이 눈물을 흘리고 말았습니다."

숨기지 않고 직설적으로 말하는 관우의 도량 있는 태도에 조조는 또다시 넋을 잃고 바라보다가, 술자리 분위기도 한층 무르익자 장난삼아 또 물었다.

"장군의 수염은 길고 멋진데 길이가 얼마나 되오?"

3

관우의 수염은 유명했다. 남달리 길고 아름다운 턱수염이라고 이 허도에서도 평판이 자자했다.

"아마도 도읍에서 으뜸가는 수염일 것이다."

지금 조조가 그 수염에 대해 묻자 관우는 가슴을 덮을 듯이 늘어뜨려진 그 칠흑 같은 수염을 붙잡고 한탄하듯 읊조렸다.

"일어서면 수염 끝이 허리를 넘을 겁니다. 가을이 되면 만상(万象)과 함께 수백 뿌리에 달하는 묵은 수염이 절로 빠지고, 겨울이 되면 초목과 함께 윤기를 잃지요. 그러니 몹시 추운 날은 얼지 않도록 주머니로 싸두는데 손님을 만날 때는 주머니를 떼고 나갑니다."

"그토록 소중히 다루는가? 그대가 취하면 수염도 전부 술로 씻은 듯이 윤이 흐르는 것 같소."

"부끄럽습니다. 수염만 멋질 뿐, 몸은 실컷 놀고먹으며 나라를 받들지도 않습니다. 옛 주군과 형제의 약속을 저버린 채 허무하게 적국의 술에 취해 있는 형편입니다. 이런 한심한 사람이 어딨겠습니까?"

무슨 이야기가 나와도 관우는 금방 자신을 책하고 또 현덕을 사모해 마지않았다.

그때마다 조조는 바로 화제를 바꾸려 무진장 애를 썼지만, 속으로는 관우의 충의에 감복하는 한편 은근히 사내로서 질투나 불쾌감을 맛보기도 하는 등 꽤나 복잡한 심정에 빠지는 일이 허다했다.

이튿날 조정을 방문할 일이 있어 조조가 관우를 불러들였는데, 그때 겸사겸사 비단으로 만든 수염 주머니를 선물했다.

황제는 관우가 비단 주머니를 가슴에 걸친 모습을 보고 의아해하며 물었다.

"무엇에 쓰는 물건이오?"

관우가 주머니를 얼른 떼고 답했다.

"신의 수염이 너무 긴지라 승상께서 주머니를 하나 선물하셨습니다."

대장부 허리도 넘을 만큼 남달리 멋진 칠흑 같은 긴 수염을 바라보던 황제는 미소를 지었다.

"과연 미염(美髯) 공이오."

그날 이후 전상에서 부른 말이 전해져 모든 사람이 관우를 "미염 공, 미염 공" 하고 부르는 계기가 되었다.

궐문을 나와 나가려 할 때, 조조는 관우가 끌고 온 초라하고 야윈 말을 보았다.

"왜 더 좋은 사료를 먹여 말을 충분히 살찌우지 않는 건가?"

조조는 조심성 없는 무인의 행실을 탓했다.

"그게 아니라 제 몸이 거구라서 어지간한 말은 다 야위고 맙니다."

"그렇군. 평범한 말은 짓눌려버린다…."

조조는 곧바로 신하를 어딘가로 보내더니 말 1마리를 그곳으로 끌고 오라 지시했다. 그 말은 전신에 난 털이 불꽃처럼 붉고 두 눈은 구슬을 박아놓은 듯 빛났다.

"미염 공, 공은 이 말을 본 기억이 없소?"

"으, 으음…. 이 말은?"

관우가 눈을 떼지 못한 채 넋을 잃고 바라보다가 이윽고 무릎을 탁 쳤다.

"여포가 즐겨 타던 적토마가 아닙니까?"

"맞소. 기껏 얻은 준마지만, 성질이 거칠어 다룰 자가 없소. 장군이 타면 어떻겠소?"

"예? 진정 이 말을 제게 주신다는 말씀입니까?"

관우는 기쁨에 넘쳐 거듭 절을 했다.

관우가 기뻐하는 모습을 본 건 조조도 처음인지라 묻지 않고는 배길 수가 없었다.

"10명의 미인을 선물해도 기쁜 표정 하나 내비치지 않던 그대가 어째서 짐승 하나에 이리도 기뻐하는 게요?"

관우가 한마디로 딱 잘라 답했다.

"1000리를 가는 이런 준마의 발을 손에 넣으면, 어느 날 아침 옛 주군의 행방을 알았을 때 하루 만에 달려갈 수 있으니 그걸 자축하였습니다."

4

적토마를 타고 유유히 집으로 돌아가는 관우의 뒷모습을 지켜보며 조조는 입술을 잘근잘근 깨물었다.

"낭패로군…."

어떠한 근심도 얼굴에 오래 머무르는 법이 없는 조조도 그날은 온종일 우울했다. 조조 곁에 있는 신하로부터 그날에 있었던 일을 상세히 전해 들은 장료는 책임을 통감했다.

해서 장료는 조조에게 제안을 하나 했다.

"제가 한번 친한 벗으로서 관우를 만나 그 본심을 살펴보겠습니다."

조조의 허락을 얻은 장료는 며칠 후 관우를 찾아갔다. 이런저런 세상 살아가는 이야기를 나눈 끝에 장료는 슬슬 깊은 대화를 이어가기 시작했다.

"공을 승상께 추천한 사람은 바로 나요. 이젠 도읍 생활에 좀 적응하셨소?"

"그대와 나누는 우정과 승상이 베풀어주는 은혜 모두 마음속에 깊이 새겨두었지만, 내 마음은 언제나 유 황숙에게 가 있고 도읍에는 없소. 여기 있는 나는 매미의 허물과도 같소."

"허어…."

장료는 그런 관우를 측은지심의 눈으로 바라보았다.

"대장부인 몸은 바깥에서 벌어지는 사소한 일에 말려들지 않고 대국적인 일에 몸을 담아야 하오. 지금 승상은 조정 제일의 신하인데 패망한 옛 주군을 그리워하다니 어리석은 일이 아니오?"

"승상의 높은 은혜는 잘 알지만, 늘 물건을 선물하는 모습뿐이시네. 나와 유 황숙 사이에 맺은 맹세는 물건이 아니라 마음과 마음을 나눈 약속이었소."

"오해요. 조 승상께도 정은 있소. 아니, 선비를 사랑하는 마음은 결코 현덕에게 지지 않을 분이오."

"하지만 유 황숙과 난 병사도 창 자루도 없던 빈궁한 시절에 맺어진 관계로 수많은 역경을 함께하고 생사를 맹세한 사이라오. 그렇다 해도 승상의 은혜를 아무것도 아니라 여기는 것도 무인의 마음가짐으로는 용납할 수 없소. 무슨 일이 생기면 내 힘껏 공을 세워 이 평소에 입은 은혜에 보답한 후에 떠날 생각이오."

"혹시 현덕이 이 세상 사람이 아니라면 어찌할 요량이오?"

"땅속까지 가서라도 그리워할 거요."

"아…."

이제 더는 장료도 무인의 철석같은 마음을 함부로 추궁할 수 없었다. 문을 나서 돌아갈 때 장료는 혼자서 번민했다.

'승상은 주군이니 도리론 아버지와 같고, 관우는 마음으로 맺은 벗이니 도리론 형제와도 같다. 형제의 정에 이끌려 아버지를 속인다면 불충불의다. 아, 어찌해야 한단 말인가!'

장료는 관우의 충절을 거울삼아서라도 주군에게 거짓을 말할 수는 없었다.

"다녀왔습니다. 많은 이야기를 나눈 끝에 이리저리 탐색해보았지만, 계속해서 머물 생각은 없는 듯했습니다. 승상의 높은 은혜는 마음 깊이 새기지만, 그렇다고 해서 2명의 주군을 모시는 일은 생각할 수도 없다고 여기는 듯합니다."

아무것도 숨기지 않고 장료는 미주알고주알 보고했다. 조조도 대단했다. 굳이 화내는 기색을 드러내지 않았다. 그저 길게 탄식만 할 뿐.

"주군을 섬기며 그 근본을 잊지 않는다. 관우는 진정한 천하의 의로운 무사다. 언젠가는 떠날 것이다! 언젠가는 돌아가겠지! 아, 어쩔 수가 없구나."

"관우는 또 이런 말도 했습니다. 무슨 일이 생긴다면 제 한 몸 역할을 다해 공을 세울 거라고…. 그 은혜에 보답한 연후에 떠날 거라고…."

장료의 말을 듣고 옆에서 순욱이 중얼거리듯이 말했다.

"아마도 그럴 것이다. 충절의 무사는 틀림없는 인자일 터. 이렇게 된 이상 관우가 공을 세우지 못하게 하는 게 상책이다. 공을 세우지 못한다면 그동안은 관우도 어쩔 수 없이 허도에 머무르리라."

백마의 들판

1

유현덕은 괴로운 나날을 보내는 중이다. 이곳 하북의 수부(首府)인 기주성 안에 몸을 피하는 동안 빈객 대우를 받으며 부족함 없는 듯하지만, 마음은 늘 편치 않아 보였다. 아무리 그래도 얹혀사는 신세다. 게다가 멀리 소식을 전할 재주도 없어 패망의 고독을 품고 그저 원소에게 의지하는 처지다.

"내 처자식은 어떻게 되었을까…. 두 형제는 어디로 도망쳤을까…."

고통스러워하다 보니 봄날의 평화롭고 한가한 나날도 그저 기나긴 시간처럼 여겨져 절망적인 기분이 들었다.

"위로는 나라를 받들지도 못하고 아래로는 가정을 지키지도 못하네. 그저 이 한 몸만 편하니 부끄러운 마음뿐…."

혼자서 얼굴을 감싸고 등잔불 아래에서 울적한 마음에 이를 악무는 밤도 있었다. 물이 따뜻해지고 봄날 정원에는 복숭아나무와 자두나무에 달린 꽃봉오리가 하나둘 벌어졌다.

아아, 복숭아꽃이 피는 걸 보니 또다시 가슴이 저려온다. 도원에서 맺은 의로운 맹세가 절로 떠오르는구나….

"관우야, 아직 이 세상에 있는 거냐? 장비는 또 어딨느냐?"

하늘도 무심하다. 위를 올려다보니 봄날의 구름 한 무리가 한가로이 봄바람에 실려 두둥실 떠다닌다. 현덕은 무심히 하늘을 쳐다보기만 했다.

그때, 어느 틈엔가 다가와서 어깨를 두드리는 사람이 있었다. 원소다.

"무료할 거요. 이렇게 따뜻한 봄날이 오면."

"아아…."

"공에게 좀 의논할 게 있으니, 기탄없이 의견을 들려주시오."

"무엇입니까?"

"사랑하는 자식이 앓는 병도 씻은 듯이 낫고 산과 들에 쌓였던 눈도 조금씩 녹기 시작했습니다. 오랜 숙원을 풀 겸 군사를 도읍으로 이끌고 가 단번에 조조를 평정할 계획을 짰소. 헌데 신하 전풍이 간언하길, 지금은 공격하기보다 수비에 집중해야 할 시기라는 거요. 오로지 국방에 힘을 쏟아 병마를 조련하고 안으로는 농업을 권장하면서 앉아서 기다리기만 하면 된다는 거요. 허도의 조조는 앞으로 2~3년 내에 반드시 파탄을 일으켜 자멸할 거라면서. 그때를 기다려 단번에 결정하는 게 이득이라고 말하는데…."

"과연 안전한 생각입니다. 전풍은 학자니 아무래도 탁상 논리를 말하겠지요. 하지만 저라면 그렇게 하지 않을 겁니다."

"공이라면?"

"때는 지금입니다. 당연히 조조의 병마가 강하고 용병 기술은 얕볼 수 없지만, 요즘 갈수록 조조가 자만심에 빠진 징조가 보여 세상 사람들은 조 승상을 꺼립니다. 특히 일전에 국구 동승과 함께 수백 명을 벌건 대낮에 도읍에서 참한 일로 민심도 떠났을 것입니다. 유학자가 펼치는 논리에 귀를 기울이시어 지금 편안하게 지내신다면 후회는 오랫동안 남을 것입니다."

"그런가? 전풍은 언제나 학자티를 내는 주제에 자기 집 창고 재산만 악착같이 지키는 성격이라, 지금 오른 위치에 만족하고 여생을 무사안일하게 보내기만 바라니 그런 보수적인 논리를 내게 권했을지도 모르지."

그 밖에도 뭔가 마음에 들지 않는 점이 있었던 것 같다. 원소는 그 후 전풍을 불러 소극적인 의견을 사정없이 비난했다.

'누군가 주군을 뒤에서 부추긴 것이다.'

직감한 전풍은 평소 하던 봉공은 제쳐두고 위험을 무릅쓴 채 반론을 펴부었다. 조조의 실력과 신망은 결코 외부에서 헤아릴 수 있을 만큼 미약하지 않으며, 섣불리 출군했다가는 대패를 맛볼 것이라고 열변을 토했다.

"공은 하북의 노직(老職)에 머물면서 내 군사가 약하다고 비웃는 건가?"

화가 치민 원소는 전풍을 베어버리려고 했지만, 현덕과 주위 사람들이 말리는 바람에 화를 가라앉히고 엄명을 내렸다.

"불길한 놈이다! 옥에 가두어라!"

사소한 감정이 일어 원소는 큰 결심을 하게 되었다. 얼마 지나지 않아 하북의 4개 주에 격문을 띄워 조조가 저지른 악한 죄목 10가지를 들며 고하고 바로 영을 내렸다.

"각 일족에서 병마와 노궁을 선발한 다음 백마의 전장으로 모여라."

2

'백마의 들판'이란 하북과 하남 국경에 걸친 평야를 말한다. 4개 주에서 파견한 대군은 속속 전장으로 몰려들었다. 과연 부강한 대국이다. 장비를 갖춘 군사의 모습은 어디에 소속된 부대라 해도 어마어마했다.

"천재일우의 기회다."

이번 출진에서 각 일족에게 공명과 공적을 세우도록 격려했지만, 단 한 사람 저수만은 출진하는 마음가짐이 남들과 달랐다. 저수는 전풍과 함께 군부의 중요한 인물이다. 전풍과는 평소 사이가 꽤 좋았지만, 전풍이 주군에게 정론을 펴다 옥에 갇히게 된 걸 보고 깨달은 바가 있었다.

'세상일은 예측하기가 어렵구나.'

구구절절이 무상함을 느낀 저수는 집안 친척들을 일일이 불러 출진하기 전날 밤, 재산과 보물 등을 모조리 유품으로 나누어 주었다. 그러고는 작별 인사를 미리 하고 전장으로 떠났다.

"이번 전투는 천에 하나도 승산이 없다. 혹시나 요행으로 아군이 이긴다면 단번에 천하를 움직일 것이며 패한다면 처참할 것이다. 내가 살아 돌아오길 기대하긴 어려우리라."

백마의 국경에는 적은 수이긴 하나 조조가 파견해놓은 상비병이 주둔하였다. 하지만 원소가 이끄는 대군이 도착한 후로는 개미 새끼 한 마리 보이지 않았다. 원소의 군사에게 공격을 당해 뿔뿔이 흩어져 도망가버린 것이다.

선두에 선 진은 기주에서 맹장으로 이름난 안량이다. 기세에 힘을 얻은 안량은 여양까지 쳐들어갔다. 저수는 위험하다는 생각이 들었는지 원소에게 주의를 환기시켰다.

"안량의 용기는 쓸 만합니다만, 그 생각에 의지하시면 큰일 납니다. 게다가 선봉을 두 사람에게 맡기신 것도 그다지 좋지 않습니다."

원소는 간언을 귀담아듣지 않았다.

"확실하게 이기는 전쟁을 어째서 변경하라는 건가? 사자처럼 떨쳐 일어나는 모습을 보이는 용장에게 후퇴하라는 명을 내린다면, 전의도 사그라질 터. 그대는 입 다물고 구경이나 하시게."

한편, 국경 방면에서 줄줄이 급보가 날아오면서 도읍 안이 소란스러워지더니 갑자기 군량과 병마를 동원하고 당장이라도 천지가 뒤바뀔 듯이 혼란스런 모습이다. 그 속에서 키가 큰 관우가 긴 수염을 봄바람에 나부끼며 느릿느릿 승상부 문으로 들어섰다.

조조를 만난 관우는 전장에 나가기를 지원했다.

"평소의 은혜를 갚고자 하니 이번 큰 전투에서 꼭 선봉에 세워주십시오."

조조는 처음엔 기뻐하는 표정이었지만, 금세 무슨 일이라도 생각난 듯 당황한 얼굴로 거절했다.

“아니, 아니오. 이 정도 전투엔 그대가 출마하지 않아도 되오. 다른 기회에 싸워주시오. 더 중요한 때가 오면.”

너무나도 딱 잘라 거절하는 바람에 관우는 아무 대답도 하지 못하고 맥없이 돌아갔다.

며칠 지나지 않아 조조가 지휘하는 15만 군사는 백마의 들판을 둘러싼 주위 일대의 산을 따라 진을 치고 조조도 몸소 지휘에 나섰다. 둘러보니 망망한 들판에 안량이 이끄는 정병 10만여 기가 철(凸) 자 형으로 진을 치고, 조조 군 오른쪽 부대를 쳐부순 다음 불길이 온 풀을 다 태울 듯이 들판을 덮쳐왔다.

“송헌, 송헌 있는가?”

“여기 있습니다.”

조조가 부르는 소리에 송헌이 득달같이 달려오자 조조는 무엇을 보았는지 아주 느긋하게 명했다.

“지금 적의 선봉을 보니 저놈은 예전에 여포 밑에 있던 맹장이다. 기주에서 이름난 안량이 잘난 체하며 혼자 싸움터에서 날뛰는구나. 처치하고 와라, 지금 당장.”

송헌은 무사다운 모습으로 흔쾌히 말을 달려 나갔지만, 적장 안량에게 다가가자 제대로 싸움도 못 해보고 한 줄기 붉은 연기로 변하고 말았다.

보은하는 고독한 몸

1

안량이 질풍처럼 달려오자 초목들도 피투성이가 되어 하나 둘 쓰러졌다. 조조 군 수만 기 중 용맹한 자들도 많았지만, 그 누구도 당해낼 자가 없었다.

"저 봐라, 저. 안량 하나 잡지 못해 저러고 있지 않나? 저놈을 쳐부술 자는 없느냐?"

조조는 본진이 위치한 높은 곳에 서서 고함을 질러댔다.

"제게 맡겨주십시오. 벗 송헌의 원수를 갚아야겠습니다."

"오오, 위속인가? 가라!"

위속은 긴 모를 꼬나들고 쏜살같이 달려 나가 감연히 안량이 걸터탄 말 머리에 부딪혔다. 사자같이 덤벼들어 누런 흙먼지를 일으키며 대적했지만, 불과 7~8합 만에 안량이 내지르는 고함과 동시에 말과 함께 고꾸라졌다. 그 뒤로 잇달아 이름을 걸고 나가는 자든 포위하는 자든 한낱 안량의 먹잇감이 될 뿐이다.

그 대단한 조조도 간담이 서늘해져 혀를 차며 온몸을 부르르 떨었다.

"처량하구나. 적이지만 무시무시한 대장이다."

안량 하나가 떨치는 위세에 눌려 우익이 궤멸되면서 그 여파가 벌써 중군까지 미쳤다. 승상기를 둘러싼 모든 군사가 그저 부들부들 떨며 두려워할 때였다.

"오오, 서황이 왔다. 서황이 나가는구나."

"와…."

기대에 부풀어 오른 병사들이 다들 입을 모아 함성을 지르며 생기를 되찾았다.

중군 한쪽 끝에서 상모마(霜毛馬)를 타고 하얀 불꽃 같은 도끼를 손에 꼬나든 채 안량을 향해 들입다 달려드는 용사가 있었다. 바로 조조가 총애하는 무사면서 허도 으뜸 용장으로 이름난 약관의 서황이다.

두 영웅이 칼과 도끼를 휘두르며 맹렬히 불꽃을 튀기며 싸우는데 20합, 50합, 70합을 거듭하며 무기도 으스러뜨릴 듯했지만 여간해서 승부가 나지 않았다. 아뿔싸! 용맹하고 끈질기게 맞서는 안량 기세에 눌려버렸는지 서황은 서서히 지쳐갔다. 이제 더는 버틸 수 없다고 판단했는지 그 대단하던 약관의 서황도 도끼를 적에게 내던지더니 이리저리 섞여 싸우는 군사들 틈으로 꽁무니를 뺐다.

이미 해가 뉘엿뉘엿 넘어갔다. 부득이하게 조조는 잠시간 진을 10리쯤 후퇴시켜 그날은 간신히 곤경에서 벗어났지만, 위속과 송헌 두 대장을 비롯하여 엄청난 손해와 불명예를 맛본 채 오로지 안량의 명예만 추켜세워준 건 너무나도 원통했다.

이튿날 정욱이 조조에게 진언했다.

"안량을 무찌를 자라면 이제 관우밖에 없습니다. 이런 때야말로 관우를 진으로 부르시는 게 어떻겠습니까?"

관우라면 조조도 마음에 두고 있었다. 하지만 관우에게 공을 세우게 한다면 그 일을 기회로 삼아 자신에게서 떠나버릴 것 같은 기우에 젖어 있었다.

"평소에 은혜를 베푸셨던 건 지금 같은 상황에 맞닥뜨렸을 때 도움을 받기 위해서가 아닙니까? 만약 관우가 안량을 무찌른다면 더더욱 은혜를 베풀고 총애하시면 됩니다. 관우가 안량에게 질 실력이라면, 그때야말로 관우를 단념하시면 되지 않겠습니까?"

"음, 과연…."

조조는 곧바로 사자 편에 관우에게 지금 당장 전장으로 달려오라는 서신을 전하게 했다.

기뻐한 쪽은 되레 관우다.

"드디어 때가 왔구나."

즉시 무장을 갖추고 내원으로 찾아가 두 부인에게 전후수말을 설명한 후 잠시간의 이별을 고했다. 편시간 떨어져 있어야 한다는 말을 듣자마자 두 부인은 벌써 눈물을 글썽이며 비단 소맷자락으로 얼굴을 감쌌다.

"몸조심하시오. 전장에 가시거든 황숙의 행방도 신경 쓰셔서 실마리라도…."

"걱정 마십시오. 제가 속으로 생각하는 것도 바로 그 점입니다. 반드시 조만간에 뵙게 해드리도록 노력하겠습니다. 슬퍼하지 마십시오. 그럼….”

청룡언월도를 짚고 일어서자 두 부인은 바깥 문 근처까지 배웅했다. 관우는 적토마에 올라타고 곧장 백마의 들판으로 서둘러 달려갔다.

2

조조는 번쩍이는 투구와 갑옷으로 무장한 여러 장군에게 파묻혀 있어 눈에 띄지 않았다. 무슨 일인지 포진도(布陣圖) 같은 걸 둘러싸고 모의라도 하듯 여러 장수가 머리를 맞대고 의논하는 중이었다.

“지금 막 관 장군이 도착했습니다.”

뒤에서 사졸이 소리 높여 고했다.

“뭐, 관우가?”

조조는 기뻐하는 모습이 역력했다.

여러 장군을 뒤로하고 몸소 성큼성큼 마중을 나갔다. 관우가 진영 밖에 도착해 적토마를 매는 모습이 눈에 들어왔다. 조조가 마중 나오자 황송해하며 관우가 말안장을 두드리면서 말했다.

“부르심을 받고 즉시 하사하신 적토마를 타고 얼마나 발이 빠른지 시험하며 달려왔습니다.”

조조는 며칠 사이에 있었던 패전을 아무 꾸밈없이 관우에게 들려주었다.

“전장을 한번 둘러보게.”

조조는 사졸에게 술을 들게 한 다음 몸소 앞장서 산으로 올라갔다.

"과연…."

관우는 수염 위로 팔짱을 낀 채 사방으로 난 들판을 휘 둘러보았다. 들판을 가득 메운 양쪽의 정예 군사는 마치 메밀 껍질을 가지런히 깔아서 대지 위에 진(陣) 모양을 그림으로 그려놓은 듯했다.

하북 군 쪽은《주역》의 산가지(대나무 따위의 막대를 일정하게 늘어놓아 숫자를 계산하는 법 – 옮긴이)를 깔아놓은 듯한 모양이다. 물고기 비늘 모양으로 어린(魚鱗) 정공진을 펼친 형세다. 조조의 진은 그보다 훨씬 흩어진 모습으로 새가 구름처럼 떼를 지어 날아가는 모습의 진을 치고 적군과 대치 중이다.

그 한쪽과 한쪽이 지금 혼전을 벌이며 격렬히 싸우는 중이었다. 이따금 함성이 하늘을 흔들고 창칼은 햇빛에 반짝여 하얗게 빛났다. 함성이 울려 퍼질 때마다 홍백기와 황록기가 폭풍처럼 흔들렸다.

척후병이 딸린 장수가 달려 올라왔다. 그러고는 멀리서 조조를 향해 무릎을 꿇고 보고했다.

"또 안량이 진두로 움직이기 시작했습니다. 보시는 대로입니다. 안량이라는 말을 듣고 아군 사졸들이 겁에 질려 전의를 잃고 아무리 사기를 북돋아도 무너져만 갑니다."

숨을 헐떡이며 외쳤다.

조조는 신음하듯이 놀라며 탄식했다.

"역시 강대국이다. 지금까지 이 조조가 적으로 상대한 여러 나라의 군대와는 질도 장비도 수준이 다르군. 힘이 왕성하다, 하북의 병마는."

관우가 웃으며 일갈했다.

"승상 눈에는 그리 비치십니까? 제 눈에는 무덤을 나란히 하고 묻히는 개나 닭 같은 목각 인형이나 토우로밖에 보이지 않습니다만…."

"아니오, 적의 왕성한 사기는 아군에 비할 수가 없소. 말은 용과 같고 병사는 호랑이 같소. 저 한 폭의 선명한 대장기가 보이지 않는가?"

"하하하. 허세를 부리는 놈들에게 금으로 만든 활에 옥 화살을 겨눈다는 게 오히려 아깝습니다."

"보시오, 관 장군."

조조가 손가락으로 가리키며 말을 이었다.

"저기 펄럭이는 비단 깃발 아래 지금 말을 쉬게 하면서 조용히 우리 진을 노려보는 무시무시한 사내가 바로 줄곧 우리 군을 괴롭혀온 안량이오. 보기에도 만부부당의 용장 같지 않소?"

"그렇습니까? 제 눈엔 등에 팻말을 세워 걸고 자기 목을 팔러 다니는 모습인 것 같습니다만."

"글쎄, 오늘 그대는 호언장담이 과하군그래. 언제나 겸손한 관 장군과는 사뭇 다른 사람 같소."

"여기는 전장이니까요."

"그렇다 해도 적을 너무 얕보는 건 아닌지…"

"아닙니다."

몸을 살짝 떨면서 관우가 늠름하게 단언했다.

"결코 호언장담이 아니라는 증거를 지금 바로 보여드리겠습니다."

"안량의 목을 내 앞에 가져오겠다?"

"전투 중엔 농담이란 없습니다."

관우는 사졸을 부리나케 보내 적토마를 그곳으로 끌고 오게 한 다음, 투구를 벗어 안장에 매달고 청룡언월도를 덥석 잡아 들더니 눈 깜짝할 사이에 산길을 달려 내려갔다.

3

때는 바야흐로 봄이다. 하남 들판에도 초록 새싹이 움트고, 하북 산도 연푸르다. 따뜻하게 불어오는 강바람에 관우의 수염이 나부끼고 적토마 갈기는 산들거린다. 한동안 전장에 나오지 못했던 적토마는 오늘 여기서 여포가 아닌 새로운 주인을 태우고 꼬리를 흔들며 울었다.

"비켜라! 내 앞길을 막아서 헛되이 목숨을 버리지 마라."

82근이 된다는 관우가 꼬나든 청룡도는 천천히 안장 위에서 좌우에 포진한 적병을 후려쳐 쓰러뜨리기 시작했다. 압도적인 우세를 자랑하던 하북 군은 갑자기 무너져가는 아군의 모습을 보고 의아해했다.

"누가 왔는가?"

"관우, 관우라는 자가 누군가?"

알든 모르든 폭풍 밖에서 견뎌낼 수는 없었다. 관우가 지나가는 길에는 순식간에 시체들이 겹겹이 산처럼 쌓여갔다.

그 모습을《삼국지연의》원서에는 이렇게 묘사하였다.
"향기를 뿜는 코끼리가 바다를 건너고 파도를 가르는 것처럼 대군을 가르며 지나가면 그 누구도 당해낼 자 없이 하나둘 쓰러져간다."

안량은 기괴한 모습을 지켜보다가 놀라 마지않았다.
"허어, 괴상한 놈이로구나. 현덕의 의제, 관우라? 좋다!"
잽싸게 대장기 아래를 떠나더니 번개처럼 말을 몰고 내달려 나갔다. 그보다 더 빨리 관우도 깃발을 향해 다가갔다. 대장기와 안량의 모습을 발견한 것이다. 적토마 꼬리가 높이 날아올랐다. 번쩍하고 붉은 번개가 목표물을 향해 벼락 치듯 달려가는 듯했다.
"네놈이 안량이냐!"
"에잇! 나야말로…."
그 말만을 남기고 안량은 뒷말을 이을 틈도 없었다. 청룡언월도가 휙 하고 안량을 내리쳤다. 그 재빠른 속도와 이상한 압력 아래에서 몸을 피할 겨를도 없었다. 안량은 칼 한번 휘두르지 못하고 관우가 단칼에 휘두른 언월도에 베여 쓰러졌다. 쨍! 하고 금속이 부딪치는 무시무시한 소리가 났다. 갑옷도 투구도 둘로 쪼개지면서 뿜어져 나온 피가 한 장(丈)이나 되어 하늘에 뱀처럼 치솟아 오르더니 목이 달아난 몸뚱이가 퍽 하고 땅 위에 떨어졌다.

관우는 안량의 머리를 들어 올려 유유히 말안장에 매달았다. 순식간에 어디론가 적군 속으로 달려갔지만, 마치 전장에 아무도 없는 듯했다.

이 모습을 지켜본 하북 군사들은 얼이 빠져서는 깃발을 버리고 북도 내팽개치고 뿔뿔이 흩어져 도망치기 바빴다. 물론 기회를 잡는 일에 민첩한 조조는 지금이 전투의 기회임을 알아챘다.

"지금이다! 총공격하라!"

"우와와…."

명령이 떨어지자마자 징과 북, 현악기 소리가 지축을 뒤흔들며 공격 신호를 알렸다. 장료와 허저 등도 마음껏 활약하며 며칠 사이에 맛본 패전을 실컷 되갚아주었다.

관우는 순식간에 조금 전에 올랐던 산으로 돌아갔다.

"맙소사!"

안량의 머리가 진짜로 조조 앞에 놓여 있는 게 아닌가. 조조는 그저 혀를 차며 경탄해 마지않았다.

"관 장군의 용맹은 진정 남들과 다르오. 신의 위력이라 해도 될 것이오."

"무슨 말씀이십니까? 저 같은 사람은 아직 멀었습니다. 제 의제로 연나라 사람 장비라는 장군이 있습니다. 대군 속으로 들어가 대장군의 머리를 가져오는 일을 마치 나무에 올라 복숭아 따기보다 쉽게 해치우는 사람입니다. 안량의 머리 따위, 장비에게 맡기셨다면 주머니 속 물건을 꺼내듯 손쉽게 처리했을 겁니다."

관우가 별일 아니라는 듯 대답했다.

순간 조조는 간담이 서늘해졌다. 그러고는 양옆에 있는 사람에게 농 섞인 말을 던졌다.

"그대들도 잘 기억하라. 연나라 사람 장비라는 이름을 허리띠 끝이든 옷깃 뒤에든 써두게. 그런 초인적인 맹장을 만나거든 추호도 경솔하게 덤비지 마라."

황하를 건너다

1

안량이 죽자 그 지휘 아래 있던 군대는 지리멸렬해지고 뿔뿔이 흩어져 줄걸음을 놓았다. 후진이 지원해주어 간신히 무너지지는 않았지만, 이 일로 원소의 본진도 적잖이 동요했다.

"대체 누가 우리의 안량 같은 호걸을 그리 간단히 죽였단 말이냐! 범상한 자가 아닌가 보다."

원소는 편치 않은 기색을 보이며 주위에 있는 사람에게 물어보았다. 저수가 곧바로 대답했다.

"아마도 그자는 현덕의 의제 관우라는 자일 겁니다. 관우 외에는 안량을 쉽게 무너뜨릴 용사가 없습니다."

원소는 쉽사리 믿지 않았다.

"그럴 리 없다. 지금 현덕은 날 의지하면서 여기서 종군하고 있지 않은가?"

혹시 몰라서 지금 막 전선에서 패하고 도망쳐 온 병사 하나를 불러 직접 물었다.

"안량을 죽인 자는 어떤 대장이었느냐? 본 그대로 말하라."

그 순간을 목격했다고 말한 병사가 가감 없이 고했다.

"무시무시한 벌건 얼굴에 수염이 멋진 대장이었습니다. 크게 휘어진 칼로 안량 장군을 일격에 쓰러뜨리더니 태연자약하게 그 머리를 붉은 말안장에 매달고 돌아가는데 관우의 앞길을 막지 마라, 하며 목청껏 외치며 연기같이 사라졌습니다."

원소는 뭐라 말할 수 없는 표정으로 듣다가 별안간 노기가 올랐는지 좌우를 돌아보며 버럭 화를 냈다.

"당장 현덕을 이리로 끌고 오너라!"

여러 장수가 앞다투어 현덕의 진영을 찾아가 불문곡직하고 양손을 비틀어 올려 원소 앞으로 끌고 갔다.

격노한 원소는 현덕을 보자마자 다짜고짜 욕을 퍼부었다.

"이 배은망덕한 놈! 잘도 조조와 내통해 내 소중한 용장을 의제 관우를 시켜 죽이게 했구나. 안량의 목숨은 돌아오지 않겠지만, 하다못해 네 목을 베어 안량의 혼에게 제사라도 지내주어야겠다. 여봐라, 이 은혜도 모르는 놈을 내 앞에서 베어라!"

현덕은 그다지 두려워하지도 않았다. 전혀 알지 못하는 일인 탓이다.

"기다려주십시오. 평소엔 사려가 깊으신 장군께서 어찌 오늘만은 격분하십니까? 조조는 전부터 절 죽이려고 여러 번 시도했습니다. 그런데 제가 왜 조조를 도와 지금 제 몸을 의지하는 은인이신 장군에게 불리한 일을 꾀하겠습니까? 붉은 얼굴에 수염이 멋진 무장이라고 하셨지만, 관우를 닮은 대장이 이 세상에 없다고 단언할 수는 없습니다. 조조는 뛰어난 병략가니 부러 그런 사람을 찾아 우리 편의 내분을 부추기는지도 모릅니다. 암튼 병사 한 사람이 하는 말만 듣고 절 죽이겠다는 말씀은 평소에 베푸시던 온정에 너무나도 맞지 않습니다."

조리 있는 현덕의 말을 듣자 원소의 마음은 또 금방 누그러졌다.

"으, 음…. 그 말도 일리가 있다."

무장이 갖추어야 할 중요한 자격 중 하나는 과단성이다. 그 과단성은 날카로운 직감력이 있어야만 생긴다. 원소의 단점은 그 직감력이 둔하다는 것이다.

현덕이 계속 이유 있는 변명을 해댔다.

"서주에서 패하고 돌아온 외로운 이 몸은 장군의 보호를 받고 나서부터 아직 제 처자는 물론 가족 누구의 소식도 듣지 못했습니다. 관우와 내통할 재주가 어딨겠습니까? 제 일상은 장군도 항상 봐오시지 않았습니까?"

"지당한 말이오. 아무래도 저수가 나빴소. 저수의 말에 혹해 설랑은. 지혜로운 사람이 너그러이 이해하시오."

원소는 현덕을 윗자리로 불러 저수에게 사죄의 예를 갖추게 한 다음, 그대로 패전을 만회하기 위한 계책을 의논하기 시작했다.

그때 곁에 있던 여러 장수 사이에서 한 사람이 앞으로 나와 힘차게 외쳤다.

"형 안량을 대신해 다음 선봉은 제게 분부를 내려주십시오."

누구인가 보니 얼굴은 게처럼 생겨 하얀 송곳니가 입술을 문데다가 붉은색의 머리카락과 수염은 곱슬곱슬하여 보기에도 무시무시한 외모였지만, 평소에는 무뚝뚝한 성격으로 그다지 말이 없던 문추다.

2

문추는 안량의 아우며 하북의 명장 중 한 사람이다.

"오오, 문추가 선봉을 맡겠는가? 장하다, 장해. 그대가 아니면 누가 안량의 원수를 갚겠는가? 어서 가라."

원소는 문추를 독려하며 10만 정병을 기꺼이 내주었다. 문추는 그날 바로 황하까지 진격했다.

조조는 군사를 이끌고 하남에 진을 펴고 기다렸다.

"적은 이제 그다지 전투할 의사가 없다. 벌벌 떨며 그저 수비만 하는구나."

깃발과 병마, 10만 정예 군사는 무수한 배에 나누어 타고 강을 건너 황하 건너편 기슭으로 쳐들어 올라갔다.

눈앞에 닥친 상황이 저수는 그 누구보다 걱정스러웠다. 원소에게 진언하며 줄기차게 설득했다.

"아무래도 문추가 사용하는 용병술은 불안하여 보고 있을 수 없습니다. 임기응변도 없고 묘한 계책도 없이 그저 진격만 하면 된다고 생각하는 모양입니다. 지금 할 수 있는 상책으로는 관도와 연진(延津, 하남성) 양쪽으로 군사를 나누어 승리를 올리면서 서서히 좁혀 들어가는 수밖에 없습니다. 그리한다면 실수는 없을 겁니다. 경솔하게 황하를 건너서 혹시라도 아군이 불리해진다면 그때야말로 살아 돌아오는 자는 눈을 씻고 봐도 없을 것입니다."

남이 해주는 좋은 충고를 듣지 않을 만큼 완고하고 미련한 원소가 아니었지만, 왠지 이때는 고집을 부렸다.

"모르느냐? 군사는 신속함이 으뜸인 법. 함부로 혀를 놀려 사기를 떨어뜨리지 마라!"

저수는 묵묵히 밖으로 나가 길게 탄식했다.

"유유히 흐르는 황하, 정녕 내가 그 황하를 건너야 하는가."

그날부터 저수는 꾀병을 부리고 진영으로 나오지도 않았다. 원소도 너무 지나쳤나 보다 속으로 후회했지만, 거듭해서 부르기도 아니꼽다는 생각이 들었는지 더는 묻지 않았다.

그사이에 현덕이 원소에게 탄원했다.

"평소에 크나큰 은혜를 입으면서 헛되이 중군에만 머무는 건 제가 바라는 일이 아닙니다. 지금이야말로 장군이 베풀어주신 높은 은혜에 보답하고, 안량을 죽인 자가 정말 관우인지 확인해보고 싶습니다. 부디 절 선봉에 세워주십시오."

원소는 그 청을 즉시 허락했다.

그 소식을 듣고 문추가 홀로 가벼운 배에 몸을 실어 중군으로 건너왔다.

"선봉 대장으로 저 하나론 안심이 안 됩니까?"

"왜 그런 불평을 하는 게냐?"

"현덕은 전투에 약하디약한 대장으로 잘 알려진 인간입니다. 그런 자에게 선봉을 맡으라고 명하신 건 무슨 의도인지 도무지 파악할 수 없습니다."

"아니다. 오해하지 마라. 그저 현덕의 재주와 능력을 시험해 보고 싶어서다."

"그런 의도라면 제 군사의 4분의 1을 주어 이진에 두면 좋겠습니다."

"그리해라."

원소는 문추의 말대로 배치하도록 일임했다.

이 부분만 보더라도 원소의 성격이 그대로 드러난다. 무슨 일이든 태도가 불분명하다. 전쟁에서도 독창성과 신념이 조금도 없다. 그저 원소는 조상 대대로 내려오는 명문과 유산, 자존심만으로 무사를 대한다. 원소는 예도 용모도 뛰어나 평소에는 그 결함이 눈에 띄지 않지만, 전장에 나가면 유산이나 명문, 풍채만으로는 부족하다. 전장에서는 인간 그 자체만으로 충분하다. 총대장이 발휘하는 정신력으로 명쾌한 판단을 내리고 앞일을 예측하는 것이야말로 전군의 큰 운명을 좌지우지한다.

"원 장군의 명령이오."

진으로 돌아온 문추는 4분의 1이 채 안 되는 병사를 현덕에게 내주며 이진으로 물러나도록 했다. 그러고는 자신은 우세한 병력을 이끌고 일진으로 전진하기 시작했다.

등불로 점을 치다

1

관우가 안량을 처치한 다음부터 관우를 아끼는 조조의 마음은 전과 비할 바가 아니었다.

"무슨 일이 있어도 관우를 내 편에서 떠나가게 하지 않겠다."

궁리 끝에 관우가 세운 공훈을 황제에게 상주하여 일부러 조정에 속한 주물공에게 제후를 상징하는 인장을 주조하게 했다. 인장이 만들어지자 조조는 장료를 사자로 보내 관우에게 그 인장을 전하도록 부탁했다.

"아니, 이걸 내게?"

관우는 일단 은혜에 감사했지만, 받아들지도 않고 인장 앞에 새겨진 글을 보았다.

'수정후지인(壽亭侯之印).'

다시 말해 수정후에 봉한다는 사령장이다.

"돌려드리겠소. 가지고 돌아가시오."

"받지 않으시오?"

"훌륭하신 뜻은 황송하지만…."

"왜 그러시오?"

"여하튼 이건…."

아무리 설득해도 관우는 받지 않았다. 장료는 어쩔 수 없이 돌아가서 있는 그대로 보고했다.

조조는 잠시 고민하더니 장료에게 물었다.

"인장을 보지도 않고 거절하던가? 아니면 인장에 쓰인 글을 보더니 거절했는가?"

"봤습니다. 인장에 새겨진 다섯 글자를 찬찬히…."

"내 잘못이다."

조조는 무슨 생각이 들었는지 즉시 주물공을 불러 인장을 다시 주조하도록 시켰다. 다시 만든 인장 앞면에는 글자 하나를 덧붙여 주조하였다.

'한수정후지인(漢壽亭侯之印).'

새로 새긴 인장을 장료 편에 들려 보냈더니 관우가 그 인장을 보고 껄껄 웃었다.

"승상은 내 마음을 제대로 파악하였소. 만약 내 풍정(風情)과 같이 신도를 실천하는 사람이었다면, 우리와 좋은 의형제가 될 수 있었으련만…."

이번에는 흔쾌히 인수를 받아들었다. 그때 전장에서 파발이 도착하여 위급한 상황을 후다닥 보고했다.

"원소의 대장이며 안량의 아우인 문추가 황하를 건너 연진까지 쳐들어왔습니다."

조조는 당황하지 않았다. 행정관을 먼저 파견하여 그 지방의 백성을 재빨리 서하(西河)라는 땅으로 이주시켰다. 그런 다음 몸소 군사를 이끌고 나가면서 도중에 묘한 명령을 내렸다.

"짐을 실은 마바리와 군량, 수레 등 모든 치중대(輜重隊)는 앞쪽으로 치고 나가라. 전투 부대는 멀찌가니 뒤에서 따라가는 게 좋다."

"이런 행군법이 있습니까?"

사람들이 의아해했지만, 이상한 형태의 진을 친 채로 연진으로 열심히 달려갔다. 그러자 예상대로 전투 장비를 갖추지 않은 치중대는 맨 앞에서 적에게 산산이 무너졌다. 엄청난 양의 군량을 내팽개치고 조조 군의 선봉은 사방으로 흩어져 달아나고 말았다.

"걱정할 것 없다."

조조는 술렁거리는 아군 병사를 진정시키며 명령했다.

"군량 따위는 버리고 아군 한 부대는 북으로 우회하여 황하를 따라 적의 퇴로를 막는다. 또 한 부대는 도망치는 것처럼 남쪽 언덕으로 올라가라."

싸우기도 전에 이미 뿔뿔이 흩어져 병사의 응집력이 없고 사기도 오르지 않은 조조 군의 모습을 본 문추는 우쭐했다.

"봐라. 적이 벌써 우리의 파죽지세에 벌벌 떨면서 도망친다."

이때를 놓치지 않으려는 듯 문추가 이끄는 대군은 마음껏 날뛰며 돌아다녔다. 투구도 갑옷도 벗어던진 채 언덕 위에서 유유히 잠복하던 조조 부하들도 약간은 안절부절못하였다.

"어떻게 될까? 오늘 전투는…. 이러다가는 여기도 결국…."

정말로 도망이라도 칠 생각이었다.

그때 순유가 그늘 속에서 근처에 있는 사람들에게 외쳤다.

"뜻밖의 횡재다. 이제 됐다!"

그때 조조가 힐끗 순유의 얼굴을 노려보았다.

순유는 깜짝 놀라 한 손으로 입을 틀어막고 한 손으로 머리를 긁적일 수밖에 없었다.

2

순유는 조조의 계략을 정확하게 간파했던 것이다. 도망치려고 엉거주춤하던 아군 병사에게 그만 자신의 생각을 입 밖에 내고 말았다. 이제 막 중요한 때가 무르익었으니 '쓸데없는 말은 말아라!'라고 말하듯 조조의 눈길이 꾸짖었던 것도 당연했다.

먼저 자기편부터 속인다. 이윽고 조조가 짜놓은 계략이 척척 들어맞았다.

문추를 대장으로 하는 하북 군은 마치 적군이 하나도 없는 곳처럼 전선(前線)을 펼쳐 한때는 7만 군대가 후방에서 크게 무적권(無敵圈)을 형성하기도 했다.

"전과는 충분히 올렸다. 자만하여 단독으로 깊이 들어가는 건 위험하다."

그제야 문추도 눈치를 채고 해가 저물 무렵 다시 각 진에게 모이라고 명했다. 후방 점령권 내에 가장 먼저 궤멸한 조조의 치중대가 여기저기 버려놓은 막대한 군량과 군수품이 흩어져 있는 걸 떠올렸다.

"그렇지. 노획물은 전부 우리 부대로 운반해 오너라."

후방으로 물러나면서 여러 부대는 너도나도 군량을 채 가기 시작했다.

산지에는 뉘엿뉘엿 땅거미가 깔리는가 싶더니 어느 사이에 어둠이 진하게 앞을 가렸다. 척후병에게서 적의 동정을 보고받은 조조는 이때다 싶어 명령을 내렸다.

"지금이다! 언덕을 내려가라!"

전군이 표범과 호랑이처럼 기슭에서 내려가자마자 언덕 한쪽 구석에서 봉화를 피워 올렸다. 낮에 패하여 도망친 것처럼 꾸며 사실은 들이나 언덕, 강, 숲속 그늘에 몸을 숨기고 있던 조조 군은 봉화를 보자 일제히 대지에서 솟아오르듯이 사방에서 떨쳐 일어났다.

조조도 들판을 신나게 질주하면서 사방으로 외쳤다.

"낮에 버렸던 군량은 적을 큰 그물에 몰아넣을 미끼로 삼는 계략이었다. 그물을 조이듯이 잡어조차 놓치지 마라!"

다시금 전군을 몰아붙이며 독려했다.

"문추를 생포하라, 문추도 하북의 명장이다. 그놈을 생포한다면 안량을 죽인 공적에 버금갈 것이다!"

휘하의 장료나 서황이 앞다투어 쫓아가더니 드디어 난전이 벌어지는 싸움터에서 문추를 찾아냈다.

"더러운 문추야, 꼴사납게 어디로 도망가느냐!"

"뭐라!"

뒤에서 지껄이는 소리에 문추가 뒤돌아보며 달리는 말 위에서 철 반궁(半弓)을 메겨 쏘았다. 화살이 장료의 얼굴로 날아왔다. 앗! 하고 고개를 숙이자 화살촉이 투구 끈을 끊고 빗나갔다.

"네 이놈!"

격분한 장료가 뒤에서 덮치려던 찰나, 이내 다음 화살이 날아왔다. 이번에는 피할 겨를도 없이 장료의 얼굴에 정확하게 꽂혀버렸다. 쿵 하고 장료가 말에서 고꾸라지는 걸 본 문추가 되돌아왔다. 머리를 베어 가려고 온 것이다.

"담도 크구나, 이노옴!"

서황이 달려와 장료를 뒤로 부리나케 피신시켰다. 서황이 가장 자신 있게 내세우는 무기는 언제나 몸에 지녀 익숙한 커다란 도끼다. 스스로 자신의 무기를 '백염부(百焰斧)'라 불렀다. 백염부를 휘두르며 문추에게 득달같이 달려들었다. 문추는 한 발짝 물러서더니 철궁을 안장에 끼워 넣고 대검을 가로로 휘두르며 쓴웃음을 지었다.

"애송이 주제에! 이제 좀 싸움에 익숙해졌느냐?"

"큰소리는 나중에 쳐라."

젊은 서황은 혈기가 뻗쳤다. 약관이긴 하지만 그 역시 조조 휘하의 한 용장이다. 호락호락하게 당할 수는 없는 노릇이다. 대검과 백염부가 30여 합 동안 새파란 불꽃을 튀기며 싸웠다. 서황도 슬슬 지쳐갔지만, 문추도 흐트러졌다. 사방에서 적의 숫자가 불어난 걸 감지했다.

그때 사나운 말을 걸터탄 기병 한 부대가 가까이에서 가로질러 갔다. 문추는 그 기회를 틈타 황하 쪽으로 도망쳤다. 그 순간 등 뒤에 흰색 깃발을 꽂은 무사 10기쯤을 이끌고 기마 장수가 저편에서 다가오는 게 아닌가.

"적인가, 아군인가."

의심스러워하며 그 장수가 꽂은 흰 깃발에 가까이 다가가서 보니 무엇인가 검은 글자가 쓰여 있었다.

'한수정후 운장 관우.'

3

수수께끼에 휩싸인 적장 관우? 형 안량을 죽인 의문스러운 인물? 문추는 등골이 오싹해지면서 말을 세우고 강물 위에서 반짝거리는 빛을 지켜보았다. 그러자 어깨에 작은 깃발을 꽂은 대장이 벌써 문추의 그림자를 알아채고 채찍질을 하며 말을 달려왔다.

"패장 문추, 뭘 그리 헤매고 다니느냐? 깨끗하게 내게 머리를 바쳐라."

말은 발이 빠른 적토마다. 말을 탄 사람은 붉은 얼굴에 긴 수염을 자랑하는 관우고.

"아니! 네놈이구나. 얼마 전 내 형을 죽인 나쁜 놈이!"

문추도 소리 지르며 곧바로 대검을 휘두르더니 덤벼들었다. 번쩍이는 청룡언월도, 빛나는 문추의 대검…. 서로 목숨을 걸고 맞서 싸우기를 수십 합, 그 소리와 불꽃은 황하에 물결을 일으키고 하남 산야에 메아리치며 마치 천마(天魔)와 지신(地神)이 천지를 싸움터로 만들어 서로 으르렁거리는 듯했다.

도중에 당해낼 수 없겠다고 판단했던지 문추가 급히 말 머리를 돌려 줄행랑을 놓았다. 문추가 최후 수단으로 생각한 건 상대가 말려들어 쫓아오면 그사이에 검을 거두고 뒤돌아보면서 철 반궁으로 쏘아 맞히겠다는 계책이다.

관우에게 그 작전은 씨도 먹히지 않았다. 어떤 화살도 전부 빗나가고 결국 따라잡혀 뒤에서 언월도가 일격을 가하며 문추의 목을 깨끗하게 가로질렀다. 문추의 말은 머리 없는 주인 몸뚱이만 태운 채, 끝도 없이 황하 하류 쪽으로 달려갔다.

"적장 문추의 머리가 관우 손에 들어갔다!"

외치는 소리가 들리자, 100리 어둠 속을 헤매던 하북 군은 더한층 도망치기에 급급했다.

"이때다. 모조리 몰살시키고 추격하라!"

소식을 전해 들은 조조는 중군에 있는 북 부대와 징 부대에게 명하여 북과 징을 동시에 치고 각적을 불게 하여 우레와 바람 소리처럼 모든 적을 일거에 제압했다. 베여 죽는 자, 황하에 빠져 죽는 자, 새벽까지 하북 군 대부분은 어이없이 조조 군의 밥이 되고 말았다.

그때 현덕은 이 전투가 시작될 때부터 문추에게 방해자 취급을 받으며 줄곧 후진에 머무르다가, 드디어 무너져 도망쳐 오는 선봉 병사들로부터 일진이 참패했다는 보고를 받고 굳게 진용을 지켰다.

"여기도 방심해서는 안 된다."

헐레벌떡 도망쳐 오는 패주병들은 하나같이 입을 모았다.

"문 장군을 죽인 건 얼마 전 안 장군을 죽인 수염이 긴 붉은 얼굴의 적이다."

해서 희붐히 날이 밝아오자 현덕은 한 부대를 이끌고 전선 가까이 조심조심 접근했다. 황하 물줄기는 넓은 들판에 작은 호수며 큰 호수를 만들며 무수히 이어져 흐른다. 봄날의 짙은 안개를 걷고 산에도 강에도 환하게 날이 밝아왔지만, 밤사이에 벌어진 섬멸전은 아직도 강 저편에서 엄청난 사람들을 휘감고 포효하는 중이다.

"아, 저 작은 깃발. 저 희고 작은 깃발을 꽂은 사내입니다."

길을 안내한 패주병 하나가 강줄기 건너편을 손가락으로 가리켰다. 수많은 짐승을 쫓아다니는 사자왕 같은 적의 대장이 멀리 보였다.

"음…?"

현덕은 잠시간 뚫어지게 깃발을 쳐다보았다. 작은 깃발에 쓰인 글자가 희미하게 보였다.

'한수정후 운장 관우.'

햇빛을 받아 펄럭이자 또렷이 볼 수 있었다.

"아아! 분명 의제 관우구나."

현덕은 눈을 감고 속으로 관우의 무운을 하늘에 기원했다.

그때 후방에 해당하는 호수를 건너서 조조 군이 퇴로를 막는다는 말을 듣고 서둘러 후진으로 후퇴했지만, 그 후진도 위험해져 또 수십 리쯤을 더 퇴각했다.

그 무렵, 원소가 파병한 원군이 간신히 강을 건너왔으므로 합류하여 잠시간 관도 땅으로 물러났다.

4

곽도와 심배 두 대장은 분노하여 원소 앞에서 고했다.

"괘씸한 일입니다. 이번에 문추를 죽인 것도 현덕의 의제 관우라고 합니다."

"사실이냐?"

"이번에는 한수정후 운장 관우라고 쓰인 작은 깃발을 등에 꽂고 전장에 나왔다고 하니 사실일 겁니다."

"현덕을 불러들여라. 얼마 전에는 교묘하게 꾸며댔지만, 오늘은 어림없다."

아군이 거듭 패배하자 심기가 언짢은 때기도 했다. 이윽고 면전에서 현덕을 본 원소는 불쾌한 기색을 여과 없이 드러내며 힐문했다.

"귀가 큰 공, 변명의 여지가 없을 터. 아무 말 않겠소. 그저 공의 머리를 바라오. 베어라!"

원소가 좌우에 서 있는 장수에게 명령하자 현덕이 두 눈이 휘둥그레지며 외쳤다.

"잠시만 기다려주십시오. 장군은 스스로 조조가 짜놓은 책략에 걸려들 셈이십니까?"

"네놈의 목을 베는 일이 어째서 조조의 술책에 넘어가는 것이냐?"

"조조가 관우를 이용하여 안량과 문추를 죽이게 한 건 오로지 장군을 화나게 한 연후에 이 현덕을 없애버리기 위해서입니다. 생각해보십시오. 전 지금 장군의 은혜를 입고 일군의 대장으로 소임을 다하는데 무슨 불만이 있어 아군에게 불리한 일을 꾀한단 말입니까? 부디 현명하게 판단해주십시오."

현덕의 큰 장점은 바로 올곧은 태도다. 현덕의 말은 지극히 평범하고 언변이 뛰어나지도 않고 기지도 없었지만, 가식도 없고 이리저리 머리를 굴리지 않았다. 순박하고 성실할 뿐이다. 내심은 어떤지 모르지만 남의 눈에는 그리 보였다.

원소는 형식을 생각하는 사람이었던 만큼 현덕의 태도를 보자 또 금세 조금 전에 분노한 일을 누잣혔다.

"아아, 그 말을 듣고 보니 오해가 있었소. 한때에 치솟은 분노로 그대를 죽인다면 난 현자를 싫어하는 사람으로 세상의 조롱거리가 되었을 거요."

기분이 나아지면 원소는 무척이나 은근하고 정중했다. 정중히 현덕을 윗자리로 불러 물었다.

"우리가 거듭 패하는 것도 공의 의제인 관우가 적중에 있는 탓이오. 공에게 무슨 좋은 생각이라도?"

현덕은 고개를 숙여 사죄했다.

"그리 말씀하시니 저도 책임을 느끼지 않을 수 없습니다."

"공의 힘으로 관우를 우리 쪽으로 불러올 수는 없겠소?"

"제가 지금 여기 있는 걸 관우가 아는 날에는 밤낮을 가리지 않고 달려올 것입니다만…."

"왜 그런 좋은 계책을 여태 말하지 않았소?"

"의제와 전 지금까지 전혀 소식을 알 수 없었는데도 항상 의심을 받기 일쑤였는데 혹시라도 관우와 서신을 주고받는다는 말이 나돈다면 그 자리에서 화를 면치 못했겠지요."

"잘못했소. 이제 더는 의심하지 않겠소. 즉시 소식을 전하시오. 만약 관우가 우리 편으로 온다면 안량과 문추가 살아 돌아온 것보다 더한 기쁨일 터."

현덕은 승낙하고 묵묵히 자기 진영으로 발걸음을 옮겼다. 진영 막사 밖에 뜬 별이 그날따라 파랬다. 현덕은 그날 밤, 한 줄기 등불을 밝히고 붓을 들어 꼼꼼히 무엇인가를 써 나갔다. 물론 관우에게 보내는 서신이다. 이따금 붓을 멈추고 눈을 잠시간 감았다. 지금까지 지나왔던 일들이 주마등처럼 떠오르며 이런저런 감개가 가슴속으로 먹먹하게 밀려왔다. 막사 안으로 새어 들어오는 바람에 등불이 깜박깜박하며 환하게 정향나무 꽃을 피웠다.

"아…. 다시 만날 날이 가까이 왔구나!"

현덕은 자기도 모르게 중얼거렸다. '등불이 밝으면 좋은 일이 생긴다'는 《주역》의 한 구절이 떠올랐다. 현덕의 가슴에도 한 줄기 희망의 불빛이 켜졌다.

바람이 전하는 소식

1

대전이 길어질 대로 길어졌다. 황하 연안에도 봄이 무르익어 갔다. 그 후에 원소가 이끄는 하북 군은 지형의 이점을 활용하여 양무(陽武, 하남성 원양原陽 부근) 요지로 진을 옮겼다.

조조도 일단 도읍으로 돌아가 장병을 위로하고 날을 잡아 축하연을 열었다. 그때 조조는 사람들에게 전투 중 있었던 일 따위를 이야깃거리로 삼아 즐겁게 떠들었다.

"연진 전투에선 내가 일부러 군량 부대를 선두에 세워 적을 낚는 계략을 이용했는데 그걸 알아챈 사람은 순유뿐이다. 그렇다고 순유도 입을 함부로 놀리면 안 된다."

때마침 연회장으로 여남(汝南, 하남성)에서 파발이 도착해 변고가 생겼다는 보고를 올렸다. 여남에는 전부터 유벽(劉辟)과 공도(龔都)라는 두 비적이 유명하다. 원래는 황건 잔당이다. 전부터 조홍을 보내 토벌하도록 명했지만, 비적 세력이 맹렬하여 조홍 군은 큰 패배를 입고 여전히 퇴각하는 중이라는 내용이었다.

"강력한 원군을 보내지 않으시면 여남 지방은 비적이 창궐하게 되어 후에 큰일이 벌어질지도 모릅니다."

파발은 덧붙여 보고했다.

마침 연회가 한창 무르익은 와중에 사람들이 웅성거리며 의논하는데 관우가 나섰다.

"절 보내주십시오."

조조는 기뻤지만 약간 의아해하며 물었다.

"오오, 관 장군이 간다면 그 자리에서 평정되겠지만, 얼마 전에 그대가 세운 공훈이 혁혁한데 나는 아직 공에게 은상도 내리지 않았소. 또다시 전장으로 나가기를 바란다니, 무슨 마음에서 그러시오?"

"필부는 아름다운 궁전에 머물지 못한다는 말처럼, 전 타고나기를 잠시라도 아무 일 없이 지내면 몸에 병이 생겨 견딜 수가 없는 몸입니다. 백성이 괭이와 떨어지면 쇠약해진다고 하듯, 제게는 무사안일이 독이 됩니다."

조조는 껄껄 웃으며 무릎을 치더니 명했다.

"장하오. 5만 군사와 함께 우금, 악진을 부장으로 딸려 보낼 테니 다녀오시오."

나중에 순욱이 조조에게 진언했다.

"조심하시지 않으면 관우가 떠나서 영영 돌아오지 않을지도 모릅니다. 항상 살피는데 여전히 현덕을 깊이 그리워하는 눈칩니다."

조조도 반성하며 고개를 주억거렸다.

"아차, 이번에 여남에서 돌아오면 그 후엔 자주 내보내지 않아야겠다."

여남을 쳐들어간 관우는 오래된 절에 본진을 치고 이튿날 벌어질 전투를 준비하였는데, 그날 밤 보초를 맡은 소대가 적의 세작인 듯한 수상한 남자 둘을 잡아왔다. 관우가 앞으로 끌고 오게 해 두 사람의 복면을 벗기자 한 사람은 뜻밖에도 현덕 휘하에 함께 있던 옛 친구 손건이었다.

"아니, 어찌 된 일인가?"

깜짝 놀란 관우는 몸소 손건의 포박을 풀어주고 주위 병사들을 조용히 물린 다음 아주 오랜만에 회포를 풀었다.

관우가 다급한 나머지 먼저 물었다.

"형님 행방을 아오? 지금 어디 계시오?"

"그러니까 서주에서 뿔뿔이 흩어진 후에 여기 여남으로 도망쳐서 이리저리 떠돌아다녔는데 우연한 기회에 유벽과 공도 두 두목과 친해져 비적 군이 되었소."

"아, 적이 된 건가?"

"기, 기다리시오. 그 후에 하북 원소한테서 물자와 돈을 꽤 받아 썼소. 조조의 측면을 치라는 교환 조건으로 말이오. 그런 연유로 이따금 하북 소식도 들었는데, 얼마 전 어느 확실한 정보통에게 주군께서 원소를 의지하며 하북 진영 안에 계시다는 소식을 접했소. 확실하오, 걱정 마시오. 여하튼 건재하시니까."

2

옛 주군 현덕이 지금 무사히 하북에 있다는 말을 접한 관우는 반짝거리는 눈으로 그리움의 정을 불태우며 잠시간 손건의 얼굴을 바라보았다. 이윽고 큰 기쁨을 드러내며 안도의 한숨을 내쉬었다.

"그런가. 고마운 일이다. 혹시라도 날 기쁘게 할 마음으로 근거 없는 소문을 말한 건 아니오?"

"무슨 말씀이오? 여남으로 온 원소의 가신이 한 말을 들었으니 틀림없소."

"하늘의 가호로군."

관우는 눈을 감고 뭔지 모를 은혜에 감사하는 것처럼 보였다.

손건이 목소리를 한껏 낮춰 대화를 이어 나갔다.

"여남의 비적과 원소는 지금 말한 대로 서로 연락을 주고받는 중이라오. 해서 말인데, 내일 전투에서 유벽과 공도가 거짓으로 도망칠 계획이니 그리 알고 적당히 공격하시오."

"왜 거짓으로?"

"비적 군의 장수지만 유벽도 공도도 예전부터 속으로는 공을 깊이 사모했다오. 이번에 관 장군이 치러 온다는 말을 듣고 되레 기뻐할 정도였소. 그래도 원소와 맺은 관계가 있으니 싸우지 않을 수는 없지 않겠소."

"알겠소. 그 두목들이 그런 마음이라면 적당히 알아서 하리다. 난 이곳을 평정할 임무만 다하면 족하오."

"도읍으로 돌아가거든 두 부인을 모시고 다시 여남으로 와주시겠소?"

"하루라도 빨리 그리하겠소. 주군이 계신 곳을 안 이상, 잠시도 가만히 있을 수가 없지만, 지금 계신 곳이 원소 중군인 만큼 혹시라도 내가 느닷없이 찾아간다면 어떤 변이 생길지 모를 터. 하필 안량과 문추의 목을 내가 베었으니…."

"이렇게 합시다. 내가 먼저 하북으로 가서 미리 원소와 그 주변의 동정을 살피겠소."

"으음, 그리한다면야…. 내게 변고가 생기는 거야 두렵지 않소만, 원소에게 몸을 의지하는 주군이 걱정되니…. 부탁하오, 손건."

"걱정 마오. 그곳 동정을 확인하고 공이 두 부인을 모시고 오면 도중에서 기다리겠소."

"한시바삐 주군이 무사하신 모습을 보고 싶소. 내 눈으로 한 번만이라도 볼 수 있다면…. 난 만족하고 언제 죽어도 좋소."

"무슨 말씀이오? 이제부터가 시작이오. 관 장군에게 어울리지 않는 말을 다 하시는구려."

"기분이 그렇소. 그만큼 학수고대하던 일이오."

그사이 진중에 찾아온 밤은 이미 깊었다. 관우는 손건과 또 다른 세작 하나를 뒷문으로 몰래 빼돌렸다.

"뭐라, 수상한 밀담을…?"

저녁부터 유심히 지켜보던 부장 우금과 악진이 그 모습을 어둠 속에서 매서운 눈초리로 지켜보았다. 하지만 관우를 두려워한 두 사람은 그 자리에서는 아무 말도 할 수 없었다.

이튿날 비적 군과 벌인 싸움은 예상대로였다. 적장인 유벽과 공도는 진두에 나섰지만, 금세 호들갑을 떨더니 관우에게 쫓기며 퇴각했다. 목을 벨 생각도 없었지만 도망치는 둘의 뒤를 따라 관우도 무시무시한 기세로 추격했다.

그때 공도가 뒤를 돌아보더니 이리 말하는 게 아닌가.

"쇳덩이같이 충성스러운 마음이 우리 토적에게조차 통하니 어찌 하늘을 감응하지 않겠는가? 장군, 훗날 다시 오시오. 그러면 우리가 반드시 여남성을 넘겨주겠소."

관우는 힘들이지 않고 주군(州郡)을 손에 넣자 이윽고 군을 이끌고 도읍으로 돌아갔다. 병마가 입은 손상은 당연히 적었다. 게다가 공은 컸다. 조조는 이루 말할 수 없이 기뻐했다.

우금과 악진은 몰래 조조에게 진언할 기회를 노렸지만, 관우를 대하는 조조의 신뢰와 경애가 최고조에 다다른 걸 보고는 선불리 옆에서 고할 수도 없었다.

3

작은 잔이며 큰 잔이며 가리지 않고 축하 술잔을 거듭하더니 거나하게 취기가 오른 관우가 그 거구를 흔들흔들 움직이며 물러났다. 대취했지만, 집으로 돌아가자마자 두 부인이 기거하는 내원으로 문안 인사하러 갔다.

"지금 여남에서 이기고 돌아왔습니다. 제가 없는 동안 무탈하셨습니까?"

오랜만에 얼굴을 마주 보고 두런두런 이야기를 주고받기 시작했다. 그러자 감 부인은 벌써 눈물을 머금었다.

"장군, 우리가 기다리던 소식은 그런 세상사가 아니오. 전투 중에 혹시 황숙의 소식을 듣지는 않았소? 행방을 알 수 있는 실마리라도…."

관우는 부풀어 오른 뱃속에서 크게 술내를 풍기며 실망스러운 듯 입을 열었다.

"그 일이라면 아직 아무 단서도 없습니다. 그렇지만 제가 함께 있을 테니 너무 염려 마십시오. 무슨 일이든 제게 맡기시고 때를 기다려주십시오."

그 말을 들은 감 부인도 미 부인도 주렴 안에서 엎드려 목 놓아 슬피 울었다. 원망스러운 듯이 관우에게 구시렁거렸다.

"필시 황숙은 벌써 어느 전장에선가 싸우다 돌아가셨나 보오. 그리 말하면 우리가 슬퍼할 테니 장군만 알고 속으로 감추는 거지요? 그런 거지요? 아, 어찌하면 좋을꼬…."

온갖 잡념으로 여인들의 감상은 엉겨 붙은 눈물과 장난치는 듯했다. 미 부인도 함께 통곡하면서 오늘 밤 술에 취한 관우를 곡해했다.

"지금은 조조의 총애도 두터워지고 관 장군도 예전과 달리 은혜에 이끌려 이제 우리가 거추장스러운 건 아닌지…. 그렇다면 그렇다고 말해주시오. 차라리 장군의 칼로 우리의 덧없는 목숨을 단칼에…."

"무슨 말씀이십니까?"

술기운이 확 깨자 관우는 가슴을 바로 폈다. 그러고는 다시 두 부인을 설득했다.

"제 고충도 조금은 헤아려주십시오. 조조의 은혜를 스스럼없이 받아들일 정도라면 왜 참고 괴로워하겠습니까? 황숙의 행방을 아는 일도 조금씩 서광이 비치기 시작했습니다. 혹시 두 부인께 알려드려 그게 어쩌다 하녀 입을 통해 밖으로 새나간다면 지금까지 참았던 괴로움도 물거품이 될 거라는 생각에 비밀로 해두었던 겁니다."

"예? 황숙의 행방을?"

"하북 원소에게 몸을 의지하시고 얼마 전에는 황하 후진까지 출진하셨다는 소식을 어렴풋이 들었습니다만…. 아직 바람이 전하는 소식일 뿐. 더 확인해봐야 합니다."

"장군, 그 말은 누구한테?"

"전장에서 만난 손건이 들려주었습니다. 머지않아 확실한 소식을 접하면 손건이 마중을 나오겠다고 약속했습니다."

"그, 그러면 내원을 버리고 허도에서 도망칠…."

"쉿…."

관우가 갑자기 뒤를 홱 돌아보더니 내원으로 난 뜰을 가만히 지켜보았다. 바람도 없는데 그곳의 나뭇가지가 움직이며 바스락거렸던 것이다.

"아직은 섣불리 입 밖에 내서는 곤란합니다. 다시 황숙을 만날 날까지 조용히 계시면서 오직 저만을 믿고 무슨 일이 벌어져도 아무 일도 모르는 척 계십시오. 벽에도 귀가 있고 초목에도 눈이 숨어 있다고 생각하십시오."

피객패(避客牌)

1

이윽고 현덕이 하북에 있다는 사실은 조조 귀에도 흘러 들어갔다. 조조는 장료를 불러 친히 물었다.

"요사이 관우의 동정은 어떤가?"

"뭔가 깊은 생각에 빠진 듯 술도 즐기지 않고 묵묵히 그 내원에 있는 보초막에서 날마다 책을 읽으며 지냅니다."

조조는 어느 때보다 애가 탔다. 물론 장료도 그 일을 알고 속이 상한 참이라 이렇게 말하고 물러났다.

"아무래도 조만간 제가 한번 관우를 찾아가 심경을 슬쩍 떠보겠습니다."

며칠 후 장료가 불쑥 내원에 설치한 보초막에 발걸음했다.

"오오, 잘 오셨소."

관우는 읽던 책을 내려놓고 장료를 살뜰히 맞이하였다. 그렇기는 해도 작은 오두막 같은 초소여서 두 사람만 앉아도 꽉 찰 만큼 비좁았다.

"무슨 책을 읽고 있소?"

"아, 《춘추》요."

"장군은 《춘추》를 애독하시는구려. 《춘추》에는 그 유명한 관중과 포숙이 나눈 아름다운 우정이 쓰인 구절이 있는데, 공은 그 부분을 읽어보고 어떤 생각이 드오?"

"별다른 생각은…."

"부럽다는 생각은 안 해봤소?"

"음, 그다지…."

"어째서 그렇소? 《춘추》를 읽고 관중과 포숙이 나눈 우정을 부러워하지 않는 사람은 없소. '날 낳은 사람은 부모지만, 날 알아주는 사람은 포숙'이라고 말하는 관중을 보고 두 사람 사이에 쌓인 신뢰를 선망하지 않는 자가 없잖소."

"내겐 실제로 살아 있는 현덕이라는 사람이 있으니 옛사람의 우정을 부러워할 것까지는…."

"허…. 공과 현덕 사이가 그 옛날 관중과 포숙보다 더하다는 말씀이오?"

"물론이오. 죽을 때도 함께 죽고 살아 있을 때도 함께한다. 관중과 포숙 같은 사람들과 같다고 말할 수 없소."

세찬 물결 속에서 빛나는 반석은 수백 년을 흐르는 격류에 씻겨 내려도 여전히 반석이다. 장료는 관우의 철석같은 마음에 오늘도 가슴이 잔잔하게 울려왔지만, 자기 입장을 떠올리며 그런 마음을 힘겹게 떨치고 날카롭게 시험하듯 물었다.

"우리 둘이 나눈 교분은 어찌 생각하시오?"

"우연히 공을 알게 되어 얕지 않은 우정을 맺어 함께 길흉을 나누고 역경을 견뎌왔지만, 일단 군신의 대의에 어긋나는 일이 생긴다면 나도 어쩔 수 없는 일이오."

"공과 현덕 사이에 맺어진 군신 관계와는 비교할 게 못 된다, 이 말이오?"

"묻는 것조차 어리석은 일이오."

"그렇다면 왜 공은 현덕이 서주에서 패했을 때 목숨을 버리고 싸우지 않았소?"

"그걸 말린 사람은 공이 아니었소?"

"음…. 그런 일심동체 같은 사이라면…."

"당시 만약 유 황숙이 돌아가셨다는 걸 알았더라면 당장이라도 죽었을 것이오."

"아시겠지만, 현덕은 지금 하북에 있소. 그러니 공도 머지않아 찾아갈 생각이오?"

"마침 잘 말씀하셨소. 옛날에 맺은 약속도 있고 하니 꼭 약속대로 이행할 거라오. 마침 좋은 기회니 이제 떠나겠다는 말을 공이 승상께 전해주시오. 부탁하오."

관우는 오히려 자세를 고쳐 앉으며 장료에게 거듭 절했다.

'그렇다면 관우는 조만간 도읍을 떠나 옛 주군 곁으로 돌아가리라.'

관우 마음을 확실히 알아챈 장료는 놀란 가슴을 쓸어내리며 부리나케 조조에게 달려갔다.

2

관우는 이미 마음에 결정을 내렸다. 관우 마음은 벌써 하북 하늘을 날고 있었다.

장료가 낱낱이 보고하는 내용을 잠자코 듣던 조조는 크게 탄식하며 미간에 괴로운 기색을 내비쳤다.

"아, 충성스러운 사람이다. 내 진심으로도 관우를 붙들어 맬 수는 없었단 말인가…. 좋다, 일이 이리됐지만 아직 내게 관우를 붙잡아둘 계책이 있다."

조조는 그날부터 승상부 문기둥에 주련(柱聯)을 걸고 함부로 출입하지 못하게 명을 내렸다. 조만간 무슨 사태가 벌어질 것만 같았다.

'장료가 무슨 소식을 전해올 것이다.'

관우는 그날 이후 은근히 연락을 기다려왔지만 승상부에서는 아무런 기별이 없었다.

그러던 어느 날 밤 보초막에서 나와 집으로 돌아가려던 참인데, 어둠 속에서 한 남자가 불쑥 다가오는 게 아닌가.

"관 장군, 관 장군…. 나중에 이걸 좀 봐주십시오."

그 남자는 무엇인가 서신 같아 보이는 물건을 슬쩍 쥐어주고는 바람처럼 총총 사라졌다. 나중에 그 물건을 펼쳐본 관우는 창황하였다. 관우는 독방에 들어 등잔불을 켜고 하염없이 눈물을 흘리면서 몇 번이고 서신을 읽고 또 읽었다. 그립고도 그리운 현덕의 필적이다. 현덕은 옛정을 하나하나 돌이켜보며 써 내려간 끝에 이렇게 갈무리했다.

그대와 난 일찍이 도원에서 의를 맺은 사이지만, 내가 불초하고 시기도 이롭지 않아 쓸데없이 그대의 의로운 마음을 괴롭히기만 했소. 만약 그대가 그 땅에서 지금처럼 부귀를 바란다면 오늘까지 보답한 일도 많지 않은 내가 내 머리를 보내 그대가 공을 세울 수 있도록 남몰래 기원하겠소.

글로는 다 전하지 못하니 아침저녁으로 하남 하늘을 바라보며 그대의 명을 기다리겠소.

관우는 유비의 애절하고 정이 담긴 글이 오히려 원망스럽다고까지 생각했다. 부귀, 영달 그따위를 의와 바꿀 정도라면 왜 이런 고충을 견딘단 말인가!

"아니다, 내 의로운 마음은 내 마음속에만 있는 것. 멀리 계신 분이 아실 리가 없다."

그날 밤, 관우는 제대로 잠을 이룰 수가 없었다. 이튿날도 보초막에 홀로 앉아 책을 잡고는 있었지만, 왠지 모르게 집중할 수가 없었다.

그때였다. 지나가는 행상인 하나가 어디에서 섞여 들어왔는지 관우 보초막 창으로 다가가 목소리를 죽이며 말을 걸어오는 게 아닌가.

"답장은 쓰셨습니까?"

자세히 보니 어젯밤에 만났던 그 남자다.

"누군가?"

관우가 따져 물으니, 그 남자는 경계하는 눈초리로 사방을 두리번거렸다.

"원소 신하 진진(陳震)입니다. 하루빨리 이 땅을 벗어나 하북으로 오시라는 전갈입니다."

"내 마음도 조급하지만, 두 부인을 모시고 가야 하는 처지니…. 내 한 몸뿐이라면 지금이라도 가겠지만서도…."

"어찌하실 생각입니까? 탈출 계획은 있으십니까?"

"계획도 술책도 없다. 허도에 오기 전 조조와 세 가지 약속을 했다. 얼마 전 몇 번 공을 세워 간접적으로나마 조조에게 은혜도 갚았으니 이제 떠나겠다는 말만 하면 된다. 올 때도 확실하게 했으니 떠날 때도 확실하게 할 것이다. 반드시 선처해주시리라 믿는다."

"혹시 조조가 장군이 떠나는 걸 허락지 않으면 어찌할 작정입니까?"

관우가 빙그레 웃어 보였다.

"그때는 이 몸뚱이를 벗어던지고 혼백으로 변해 옛 주군 곁으로 돌아갈 것이네."

관우의 답장을 받은 진진은 재빨리 도읍에서 모습을 홀연히 감추었다.

관우는 이튿날 조조를 만나 직접 떠난다는 말을 해야겠다며 집을 나섰다. 조조가 있는 승상부에 갔더니 문기둥에 이런 글귀가 쓰인 피객패가 걸려 있는 게 아닌가.

방문객이 문을 두드리는 걸 사절함

3

주인이 모든 손님을 피하고 문을 닫을 때는 문에 주련을 걸어두는 풍습이 있다. 손님도 문에 피객패가 걸려 있을 때는 어떤 용무가 있어도 아무 말 없이 돌아가는 게 예의다. 조조는 관우가 직접 떠나겠다는 말을 하러 올 거라는 사실을 눈치채고 미리 피객패를 걸어두었던 것이다.

"이게 무슨 일인가?"

관우는 잠시간 그 앞에 우두커니 서 있었지만, 부득이하게 발걸음을 돌려 그날은 돌아갔다. 이튿날도 아침 일찍 다시 찾아갔지만, 피객패는 여전히 관우를 거부했다. 그다음 날은 저녁 시간에 찾아갔다. 문은 저녁 어둠 속에서 벙어리처럼 장님처럼 닫혀 있을 뿐이다.

허무하게 돌아간 관우는 하비에 있을 때부터 자신을 따르는 부하 20명 정도를 모아서 분부했다.

"머지않아 두 부인을 수레에 모시고 내원을 떠날 것이다. 조용히 채비하라!"

감 부인은 기쁨에 찬 표정을 감추지 못했다.

"관 장군, 언제 떠나실 거요?"

관우는 막연히 대답했다.

"머지않아 떠날 생각입니다."

관우는 출발 준비를 하면서 두 부인도 잘 설득하고 하인들에게도 단단히 명을 내렸다.

"내원 안에서 쓰던 세간은 물론, 지금껏 조조가 내게 보낸 금은, 비단 꾸러미 등은 모두 봉한다! 그 어느 것이라도 가져가서는 안 된다!"

그러면서 사이사이 날마다 승상부로 찾아갔다. 그렇게 허무하게 돌아오는 날이 일주일쯤 이어졌다.

"그렇다, 장료 사저를 찾아가 부탁해보자."

아뿔싸! 장료 역시 병이 났다며 만나기를 꺼렸다. 아무리 부탁해도 가신은 주인을 만나게 해주지 않았다.

"이렇게 된 이상 어쩔 수 없다!"

관우는 길게 탄식하고 남몰래 결심했다. 성품이 올곧은 관우는 어떻게든 조조를 만나 대장부와 대장부 사이에 맺은 약속에 따라 깨끗하게 결별하고 싶어 밤낮으로 괴로워했지만, 지금은 마치 100년 동안 열리지 않는 문을 기다리는 것 같았다.

"이제 와 결심을 뒤집을 수는 없다!"

그날 밤, 귀가한 관우는 편지를 1통 써서 수정후 인수와 함께 창고 안에 걸어두었다. 창고에 가득히 쌓인 금은보화 상자와 비단옷들, 산더미 같은 보물 등 모든 물건에 하나하나 이름을 붙인 뒤 문을 굳게 걸어 닫았다.

"다들 내원 안을 구석구석 청소하라!"

청소는 한밤이 지나서까지 끝나지 않았다. 은은하게 빛나는 새벽달이 먼지 하나 없이 깨끗해진 내원을 교교히 비추었다.

"자, 이제 출발하겠습니다."

수레 하나가 내원 문 앞에 대기 중이다. 두 부인은 주렴 안으로 모습을 감추었다. 부하 20명이 그 수레를 따라 씩씩하게 걸었다. 관우는 직접 적토마를 끌고 와서 올라타고 청룡언월도를 꼬나들었다. 수레에 살포시 내려앉은 밤이슬을 일일이 떨쳐내고 북쪽 성문을 빠져나와 부(府) 밖으로 나가려고 길을 나서는 참이다.

성문을 지키는 보초병들은 수레 안에 있는 사람이 두 부인이 틀림없다며 수레를 막고 멈춰 세우려고 했지만, 관우가 눈을 부릅뜨며 소리쳤다.

"수레에 손가락 하나라도 댔다간 봐라, 네놈들의 가는 목이 저 달까지 날아갈 것이다!"

그리 말하며 껄껄 웃기만 했는데도 관우를 본 보초병들은 사시나무 떨 듯 벌벌 떨며 새벽 어둠 속으로 꽁무니를 뺐다.

"날이 밝아오면 추격대가 분명 쫓아올 것이다. 너희는 오로지 수레를 지키면서 앞서 가라. 두 부인께서 놀라시는 일이 없도록."

관우는 부하들에게 지시하고 뒤에 남았다. 그러고 나서 북쪽 큰 거리의 관도를 유유히 홀로 나아갔다.